O AMANHÃ A
DEUS
PERTENCE
NOVA EDIÇÃO

© 2006, 2023 por Zibia Gasparetto
©créditos de imagem: alexkoral

Coordenadora editorial: Tânia Lins
Coordenador de comunicação: Marcio Lipari
Capa, diagramação e projeto gráfico: Equipe Vida & Consciência
Preparação: Janaina Calaça
Revisão: Equipe Vida & Consciência

1ª edição — 43 impressões
2ª edição — 1ª impressão
5.000 exemplares — novembro 2023
Tiragem total: 496.000 exemplares

**CIP-BRASIL — CATALOGAÇÃO NA PUBLICAÇÃO
(SINDICATO NACIONAL DOS EDITORES DE LIVROS, RJ)**

L972ã
2. ed.

Lucius (Espírito)
O amanhã a Deus pertence / Zibia Gasparetto ; pelo espírito Lucius. - 2. ed., reimpr. - São Paulo : Vida & Consciência, 2023.
288 p. ; 23 cm.

ISBN 978-65-88599-90-7

1. Romance espírita. 2. Obras psicografadas. I. Gasparetto, Zibia. II. Título.

23-86346   CDD: 133.93
            CDU: 82-97:133.9

Todos os direitos reservados. Nenhuma parte desta edição pode ser utilizada ou reproduzida, por qualquer forma ou meio, seja ele mecânico ou eletrônico, fotocópia, gravação etc., tampouco apropriada ou estocada em sistema de banco de dados, sem a expressa autorização da editora (Lei nº 5.988, de 14/12/1973).

Este livro adota as regras do novo acordo ortográfico (2009).

Vida & Consciência Editora e Distribuidora Ltda.
Rua das Oiticicas, 75 – Parque Jabaquara – São Paulo – SP – Brasil
CEP 04346-090
editora@vidaeconsciencia.com.br
www.vidaeconsciencia.com.br

O AMANHÃ A DEUS PERTENCE

NOVA EDIÇÃO

ZIBIA GASPARETTO

Romance ditado pelo espírito Lucius

Ninguém
pode amar
por obrigação.
O amor é
espontâneo,
aparece.

Prólogo

Marcelo deixou-se cair na cadeira assustado, a carta que segurava entre as mãos foi ao chão, e ele não fez um gesto para apanhá-la.

Nervoso, passou a mão pela testa como se quisesse afastar do pensamento a notícia inesperada. Gotas de suor brotaram de seu rosto, enquanto um aperto desagradável no peito surgiu de pronto.

Aquilo não podia ser verdade! Agora que conseguira equilibrar as despesas, estava ganhando bem, comprara a casa, a mobiliara com capricho, Aline o deixara.

Talvez tivesse entendido mal. Não podia acreditar. Abaixou-se, apanhou o papel do chão com mãos trêmulas e leu:

Caro Marcelo,

Quando ler esta carta, já terei ido embora. Há algum tempo, venho tentando dizer-lhe a verdade, mas você não me deu chance. Sinto vontade de viver, ser feliz, ver o mundo, aproveitar minha mocidade. Recebi uma boa oferta de trabalho em outro país e aceitei. A vida ao seu lado tornou-se uma rotina e não é essa a vida que quero para mim.

Você é um homem bom e certamente encontrará outra mulher que aceitará o que pode oferecer. Não me procure mais. Vou em busca da felicidade e desejo que você também seja feliz. Adeus,

Aline.

Marcelo suspirou triste. Precisava render-se à realidade. Aquela carta o apanhara de surpresa.

Aline não deixara transparecer desinteresse nem insatisfação. Começou a imaginar que talvez houvesse acontecido alguma coisa que ela não desejara contar-lhe.

Só podia ser isso. Levantou-se depressa, apanhou a pasta, a chave do carro, e resolveu ir ao aeroporto procurá-la a fim de tentar impedir que embarcasse.

Durante o trajeto, recordando o namoro, o casamento, os momentos de amor que tinham desfrutado durante os sete anos de convivência, inclinava-se a acreditar que alguma coisa muito grave teria acontecido para ela ter tomado aquela atitude.

Pisou no acelerador. Precisava chegar o quanto antes para descobrir o que havia acontecido e impedi-la de ir embora. Aline o amava, tinha certeza.

Ela era o grande amor de sua vida. Não se conformaria em perdê-la para sempre.

Imerso em seus pensamentos, desejando chegar logo, entrou em uma rua de pouco movimento para encurtar o caminho. Sem diminuir a velocidade, Marcelo não percebeu que um caminhão manobrava próximo à esquina.

Bateu de frente com o veículo. A cabeça de Marcelo pendeu sobre o volante, e suas pernas ficaram presas entre as ferragens.

Os populares correram para tentar socorrê-lo, mas era tarde. Marcelo estava morto.

A polícia chegou e tomou as providências necessárias. Um policial fez a identificação. Segurando a carteira de motorista, leu: "Marcelo Duarte. Vinte e nove anos".

Comentou com um colega:

— Que pena! Tão jovem e forte!

O motorista do caminhão, pálido, aproximou-se e disse nervoso:

— Não tive culpa! Ele entrou com tudo na rua. Eu estava manobrando, garanto que olhei, mas não vi carro nenhum. De repente, esse estrondo!

Um homem aproximou-se:

— Ele está falando a verdade. Eu vi tudo. O moço entrou em alta velocidade. Acho que não viu o caminhão.

— Tudo bem. O senhor poderá testemunhar. Alguém mais viu como foi?

As pessoas foram saindo, e o policial reiterou:

— Colaborem. O rapaz morreu. Vamos precisar de testemunhas.
Uma senhora voltou e disse:
— Está bem. Eu também vi. Estava na janela, ali em frente. Ele entrou em alta velocidade. Acho que não viu mesmo o caminhão. Eu vi que ele iria bater e gritei, mas não adiantou. Foi horrível. Nunca vou esquecer isso.

O policial anotou os nomes, o corpo foi removido, e no local tudo voltou ao normal. Mas as pessoas que estiveram ali ainda comentaram durante alguns dias o trágico acontecimento.

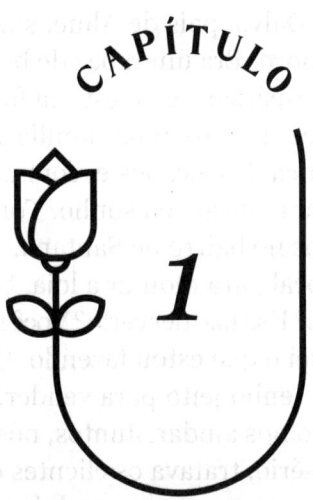

CAPÍTULO 1

Aline subiu no avião, colocou a mala de mão no bagageiro e acomodou-se gostosamente. Apanhou uma revista que a aeromoça lhe oferecera e começou a folheá-la.

Mas não conseguiu prestar atenção no que estava escrito. Não conseguia pensar em outra coisa que não fosse na aventura que a esperava em Miami.

Desde a adolescência, sonhava em um dia poder ir morar nos Estados Unidos e esforçara-se estudando inglês, que falava com certa fluência.

Segunda filha de um casal de classe média, desde cedo Aline se empenhou nos estudos pensando em conseguir uma bolsa em alguma escola norte-americana.

Procurou o consulado, informou-se das possibilidades. Apesar de haver intercâmbio cultural entre os dois países, eles não estavam facilitando as coisas.

Foi convidada a preencher alguns formulários e percebeu logo que a instituição não tinha interesse em receber alunos brasileiros. Enquanto cursava o segundo grau, fez tudo o que sabia para conseguir o que desejava, mas foi inútil.

Quando entrou para a faculdade de letras, conheceu Marcelo, que cursava o terceiro ano de arquitetura. E, desde o primeiro dia, ele apaixonou-se por ela.

Aline não estava querendo namorar firme, pois tinha outros projetos. Mas Marcelo insistiu, cercou-a de tantos carinhos que ela acabou cedendo.

Tanto Mário como Dalva, pais de Aline, simpatizaram logo com ele e faziam gosto no namoro. Era um rapaz de boa família, bem situado na vida, inteligente, simpático e logo estaria formado.

Mário, pai de Aline, viera de uma família modesta. Trabalhara alguns anos em uma fábrica de calçados e, com muito esforço, sacrifício e economia, conseguiu realizar seu sonho. Tornou-se comerciante: abriu uma loja de calçados no bairro de Santana.

Quando alugou o local para montar a loja, Dalva ficou temerosa. Vai deixar o emprego? E se não der certo? Você nunca foi comerciante.

— Nunca fui, mas sei o que estou fazendo. O comércio é melhor, mais lucrativo. Acho que tenho jeito para vender. Depois, as meninas estão crescendo e poderão nos ajudar. Juntos, nós vamos prosperar.

Mário era amável, sério, tratava os clientes com atenção, pagava as contas pontualmente, e, aos poucos, sua loja ganhou credibilidade e ele começou a prosperar. Aline e Arlete, a filha mais velha, ajudavam na loja quando voltavam da escola.

Quando Marcelo conversou com Mário, desejando marcar a data do casamento, Aline tentou esquivar-se. Gostava dele, mas, ao mesmo tempo, não desejava desistir de seus projetos.

Seus pais nunca a haviam levado a sério. Para eles, Aline era sonhadora como todas as moças naquela idade. Logo se casaria, constituiria família e esqueceria essas fantasias.

Marcelo era um rapaz atraente, bonito, cheio de vida. A princípio, Aline sentiu-se muito orgulhosa de desfilar com ele pelas ruas do bairro e ver os olhares invejosos das moças da vizinhança.

Mas, com a convivência, começou a gostar dele de verdade e, naqueles tempos, deixou de lado todos seus projetos.

Quando ele se formou, o pai deu-lhe dinheiro para montar um escritório. Marcelo associou-se a um colega, e juntos começaram a trabalhar. Rodrigo, como ele, pertencia a uma família de classe média. Tornaram-se bons, prósperos profissionais, obtiveram sucesso.

Marcelo montou uma linda casa e casou-se com Aline. A princípio, tudo correu bem. Ela envolveu-se inteiramente com a nova vida, continuando os estudos e dedicando-se aos afazeres da casa.

Mas, com o passar do tempo, a rotina foi tomando conta, fazendo-a retomar seus antigos objetivos.

Marcelo desejava filhos, mas ela esquivava-se, alegando que só os teria quando acabasse os estudos e pudesse se dedicar completamente ao papel de mãe.

Depois de formada, sentiu-se frustrada, não tendo onde exercer seus conhecimentos. Pensou em arranjar um emprego, mas Marcelo foi contra.

Aline, porém, foi se tornando uma pessoa triste, irritada, dizendo que havia estudado durante tantos anos para nada.

— Logo, teremos filhos, e você, como mãe, será mais feliz do que trabalhando para os outros.

Aline, contudo, não engravidava e tornava-se mais aborrecida a cada dia. Ele não suportava vê-la triste, sem vontade de conversar e acabou concordando que ela arranjasse um emprego, fazendo-a prometer que, quando engravidasse, iria abandoná-lo. Aline logo arranjou um emprego em uma empresa de comércio exterior e começou a trabalhar com entusiasmo.

Em pouco tempo, voltou a ser a moça alegre de sempre, e Marcelo sentiu-se feliz.

Lembrando-se do marido, Aline remexeu-se na poltrona do avião. Uma sensação desagradável a acometeu. Àquela hora, ele certamente já teria lido a carta. Deveria estar desesperado.

Ela havia pensado muito antes de tomar aquela decisão. Reconhecia que Marcelo era um marido ideal, que a amava profundamente, mas, por outro lado, sentia que nunca havia correspondido a esse amor como ele merecia.

Muitas vezes, sentia-se irritada com a maneira como ele a tratava, fazendo-lhe todas as vontades, sendo tão passivo.

Nessas ocasiões, tornava-se um tanto agressiva, provocando-o para ver se ele reagia, mas não. Marcelo fazia exatamente o oposto do que ela queria. Ela teria preferido que ele se posicionasse de outra forma, fosse mais exigente. Aos poucos, Aline foi perdendo a admiração que sentia por ele e o amor foi morrendo.

Por outro lado, a vontade de deixar aquela vida sem graça e de tentar a sorte nos Estados Unidos reapareciam com toda a força.

Quando recebeu a proposta de uma empresa para trabalhar no escritório de Miami, ela não conteve o entusiasmo. Era tudo o que ela mais queria. Não podia perder essa chance tão ardentemente desejada. Sabia que Marcelo não aceitaria e, para ir, teria de acabar com o casamento. Para ela, o relacionamento acabara havia muito. Não o amava mais nem desejava continuar fingindo um sentimento que não possuía.

Sabia que ele iria sofrer, mas considerava pior continuar enganando-o. No começo, ele ficaria desesperado, mas, com o tempo, acabaria esquecendo, tocando a vida para frente, e encontraria outra pessoa que lhe oferecesse o amor que ela não estava apta a dar.

Naquele momento, reconheceu que nunca o amara de verdade. Por isso, mesmo sem ele saber, continuou tomando pílulas para não engravidar.

A aeromoça estendeu-lhe a bandeja com o jantar, e Aline, arrancada de seus pensamentos íntimos, apressou-se a abrir a mesa à sua frente.

Sentiu fome e começou a comer prazerosamente. Precisava banir os pensamentos tristes. Estava realizando seu grande sonho e vivendo um momento especial em sua vida. O passado havia ficado para trás.

Certamente, seus pais não aceitariam o que ela havia feito. Quando soubessem, iriam tentar fazê-la voltar atrás, mas ela não cederia. Estava disposta a assumir as consequências de sua decisão e seguir em frente.

O filme ia começar na televisão à sua frente, e Aline ajeitou-se satisfeita, disposta a não perder nada. Era uma comédia, e ela adorou.

Depois, as luzes foram apagadas, e todos tentaram dormir. Aline ajeitou o pequeno travesseiro, colocou a manta sobre as pernas e procurou acomodar-se.

Estava cansada, mas sem sono, devido à excitação da aventura. Quase não dormira na noite anterior e o dia fora cansativo, tendo que preparar tudo às escondidas.

Procurou relaxar e finalmente adormeceu. Algum tempo depois, sonhou que o avião estava atravessando uma tempestade e havia perigo. Os passageiros estavam assustados, e, de repente, ela viu entre eles a figura de Marcelo, com o rosto machucado, sangue escorrendo do peito e das pernas.

Ele gritava seu nome desesperado. Parou diante dela e disse aflito:

— Aline! Finalmente a encontrei! Não me deixe nunca mais! Diga que ficará para sempre ao meu lado.

Aline deu um grito e acordou suando frio, com dificuldade para respirar.

Na mesma hora, as luzes do avião acenderam-se, e uma aeromoça foi até ela dizendo:

— Calma. Está tudo bem. Você sonhou.

— O que aconteceu com Marcelo? Ele estava cheio de sangue. Como veio parar aqui?

Outra aeromoça colocou um copo com água na mão de Aline, dizendo:

— Acalme-se. Você teve um pesadelo. Não tem ninguém aqui.

Aline tomou a água sentindo seu coração bater descompassado. Respirou fundo e, por fim, disse:

— É. Acho que foi um pesadelo mesmo. Foi horrível. Havia uma tempestade, os passageiros estavam assustados, o avião estava prestes a cair.

— É comum acontecer isso com quem tem medo de voar. Está tudo bem. Quer um calmante?

— Não, obrigada. Eu não tenho medo de voar.

— Seja como for, você sonhou. Veja, está tudo calmo. As pessoas voltaram a dormir. Procure descansar.

Aline tentou se acalmar. Fora mesmo um pesadelo. A viagem às escondidas de todos, a separação do marido... tudo isso, certamente, a impressionara mais do que ela supusera.

Seu coração ainda batia descompassado, e ela esforçou-se para manter a calma. Conseguiu até certo ponto, porém não dormiu mais.

Quando fechava os olhos tentando dormir, a figura de Marcelo desesperado, com os olhos esbugalhados e o corpo cheio de sangue, reaparecia à sua frente, fazendo-a assustar-se.

Começou a pensar que talvez houvesse sido melhor ter enfrentado a situação em vez de fugir.

Sabia que Marcelo não aceitaria com facilidade a separação e por isso decidira agir daquela forma. Ele sofreria o abalo, mas, como a situação estava consumada, não teria outro remédio senão aceitar e tocar a vida adiante.

Novamente, a lembrança do sonho apareceu, e ela viu Marcelo desesperado à sua frente. Aline remexeu-se na poltrona, inquieta. Ela programara aquela viagem havia muito tempo, mas não imaginara que ficaria tão assustada. Sim, porque um pesadelo como aquele só poderia ter acontecido porque ela, apesar de não perceber, estava com medo.

Chamou a aeromoça e disse que aceitaria um calmante. Tomou o comprimido e acomodou-se, tentando relaxar. Logo estaria em Miami e esqueceria aquele momento desagradável.

Pouco depois, adormeceu e desta vez sem sonhos. Mas, ao seu lado, durante todo o tempo, estava o espírito de Marcelo.

No momento do acidente, ele sentiu que foi projetado para longe e perdeu os sentidos. Quando acordou numa rua desconhecida, apesar de atordoado, lembrou-se de que precisava procurar Aline e impedi-la de viajar.

Olhou em volta e viu o carro, o caminhão, pessoas ao redor e lembrou-se do estrondo que ouvira. Pelo jeito, sofrera um acidente e fora atirado para fora do carro.

Aproximou-se do local e pensou:

"Ainda bem que fui arremessado para fora, pois o carro se acabou. Felizmente, eu estou vivo."

Precisava ir ao aeroporto. Aproximou-se mais, querendo saber se o carro ainda teria condições de uso. Sentiu uma tontura que o obrigou a sentar-se no meio-fio.

Respirou fundo, procurando reagir. Ele não podia desmaiar agora. Aline iria embora, e ele precisava impedi-la. No entanto, não estava conseguindo se levantar.

Foi quando viu um furgão aproximar-se e um corpo ser retirado do carro com dificuldade. Reconheceu ser ele mesmo e gritou com todas as suas forças:

— Não! Não pode ser! Eu não estou morto!

Sua visão turvou-se, e ele perdeu os sentidos. Quando acordou, estava deitado em uma maca e um enfermeiro estava ao seu lado.

— Onde estou? — indagou Marcelo.

— Estamos indo para um hospital. Você sofreu um acidente e precisa de tratamento.

— Não posso ir. Preciso ir ao aeroporto impedir Aline de tomar aquele avião.

— Acalme-se. Agora, você não está em condições. Quando melhorar, poderá procurá-la.

Então será tarde. Ela terá partido.

Você precisa de tratamento agora. Acalme-se.

Marcelo sentou-se na maca. Seu corpo doía, e, conforme se movia, o sangue escorria de suas feridas abertas. Ele não se importou.

Observando sua inquietação, o enfermeiro disse:

— Se não se deitar e ficar quieto, serei forçado a lhe dar um calmante.

— Não quero nada. Minha vida não importa mais se eu perder Aline. Preciso encontrá-la! — disse isso com tanta força que foi arremessado para fora do veículo. O enfermeiro disse a seu companheiro que conduzia a ambulância:

— Vamos para o posto de socorro. O paciente não aceitou nossa ajuda.

Imediatamente, o veículo mudou o rumo, enquanto eles conversavam sobre as dificuldades que as pessoas têm de aceitar o desencarne.

Marcelo viu-se em um corredor escuro, com poltronas e pessoas adormecidas. Passou por elas procurando Aline.

Exultou quando a viu dormindo. Finalmente, encontrara Aline. Chamou-a várias vezes querendo acordá-la, mas foi inútil. Ela dormia.

Decidiu esperar. De repente, teve uma estranha sensação. Viu-a entrar no avião e aproximar-se do seu corpo adormecido.

Foi quando ele a encarou dizendo:

— Aline! Finalmente a encontrei! Não me deixe nunca mais. Diga que ficará para sempre ao meu lado.

Aline deu um grito e mergulhou no corpo adormecido. As luzes se acenderam, e as aeromoças foram conversar com ela, enquanto algumas pessoas acordavam e olhavam assustadas.

Marcelo não entendeu de pronto o que estava acontecendo. Porque ela gritara ao vê-lo? Certamente, assustara-se devido aos seus ferimentos.

Mas não lhe deu tempo de explicar. Ouviu a conversa delas e pensou: "Não consegui chegar ao aeroporto e ela embarcou. Estamos no avião. Como vim parar aqui?".

Sentiu aumentar a tontura e reagiu com medo de perder os sentidos outra vez. Havia sofrido um acidente e precisava se recuperar. Seria melhor não tentar saber o que havia acontecido, pelo menos até estar mais forte.

Quando pensava nisso, sentia-se mal. O que importava era estar ao lado dela. Viu quando Aline tomou o comprimido e adormeceu.

Marcelo esperou que Aline deixasse o corpo, mas, dessa vez, isso não ocorreu. Ele não notou nada, então, se acomodou ao lado dela. Sentia-se mais calmo agora. Aline não o deixaria mais. Iria com a esposa aonde ela fosse.

Afinal, o mais importante era estarem juntos. Pensando assim, conseguiu relaxar até que finalmente adormeceu.

CAPÍTULO 2

Aline desembarcou e, depois de passar pelos controles de identificação, empurrando o carrinho com as malas, saiu olhando ansiosa por todos os lados. Sorriu ao ver um rapaz segurando um cartão com o nome dela.

Aproximou-se dele satisfeita e apresentou-se. Era um rapaz alto, elegante, louro, de olhos azuis, que se apertavam um pouco quando sorria.

Ele apertou a mão que Aline lhe estendeu, dizendo:

— Muito prazer. Meu nome é Michael. Trabalho na empresa. Fui encarregado pela direção de dar-lhe as boas-vindas e levá-la até o lugar onde ficará hospedada.

Obrigada.

Permita-me levar suas malas.

Aline afastou-se um pouco, ele segurou o carrinho e continuou:

— Meu carro está no estacionamento. Vamos.

Aline acompanhou-o com satisfação. O dia estava lindo, e ela olhava curiosa à sua volta, não querendo perder nenhum detalhe.

Naquele momento, esquecera-se completamente do pesadelo e do marido, que ficara para trás.

Seus olhos brilhavam alegres, enquanto caminhavam até o carro. Michael a observava, curioso. Notou a euforia dela e indagou:

— É a primeira vez que vem a Miami?

— É a primeira vez que saio do Brasil. Desde criança, sonho em conhecer os Estados Unidos.

— Pensei que já tivesse vivido aqui. Você fala corretamente nosso idioma.

Aline sorriu alegre.

— Estudei inglês desde criança. Parece um sonho estar aqui.

Chegaram ao carro, e Michael abriu a porta para que ela se acomodasse. Depois, colocou as duas malas no veículo e sentou-se ao lado dela.

Durante o trajeto, ele sorria observando a curiosidade de Aline, que olhava tudo ao redor. Conversou um pouco sobre a cidade, sobre a empresa, e finalmente parou em frente a um prédio de três andares.

— A empresa alugou um flat para você. Se não gostar, mais tarde poderá se mudar.

— Vamos ver — respondeu Aline.

Estava adorando o jardim cheio de flores. O prédio era simples, mas elegante. Aline tentou parecer natural, pois não queria que ele a achasse provinciana.

Entraram no saguão, Michael apresentou-a, apanhou a chave, e os dois subiram um lance de escada. Ele abriu a porta, e entraram na espaçosa sala mobiliada com gosto. Logo chamou a atenção dela um balcão, atrás do qual havia uma pequena cozinha.

Michael levou as malas para o quarto e colocou-as sobre uma mesinha. Aline olhava tudo encantada. Voltando para a sala, ele perguntou:

Acha que ficará bem aqui?

Sim, obrigada.

— Você deve estar cansada da viagem. Amanhã cedo, às oito, passarei aqui para levá-la até a empresa.

— Não precisa vir me buscar. Amanhã, às oito horas, estarei lá.

Ele meneou a cabeça negativamente:

— De forma alguma. Fui encarregado de levá-la e é o que farei. Depois, poderá ver-se livre de mim.

— Não diga isso. Apreciei muito o fato de ter me recebido e acompanhado. Pensei em facilitar as coisas para você.

— Não pense. Eu sou suficiente para cuidar de mim.

— Tenho certeza disso.

— Comprei algumas coisas e coloquei na geladeira. Espero que goste. Se desejar algo mais, há um mercado a três quadras daqui.

— Obrigada.

Depois de um aperto de mão, ele se foi, e Aline suspirou feliz. Foi logo ver a cozinha e abriu a geladeira, olhando curiosa os alimentos.

Na parede, havia um porta-chaves pintado com motivos culinários, onde estavam dois chaveiros com chaves. Ao lado, havia um porta-correspondência. Dentro havia um papel que ela apanhou e leu. Eram algumas regras de convivência dos moradores e algumas instruções para o manuseio dos aparelhos elétricos.

Aline sentiu fome, mas queria tomar um banho antes de comer. Foi para o quarto, abriu as malas, apanhou o que precisava e foi ao banheiro.

O perfume gostoso do lugar e as novidades que observava davam-lhe uma grande sensação de liberdade.

Parecia estar sonhando. Finalmente, estava livre para viver todos os seus sonhos. Dali para frente, tudo seria diferente. Novos amigos, novos ambientes, nova vida.

A água jorrava sobre seu corpo, e ela sentia-se feliz. Quando saiu do banheiro, estava renovada. Todo o cansaço da viagem havia desaparecido.

Aline foi para a cozinha pensando: "Vou comer alguma coisa e sair para dar uma volta".

Havia pão de forma, queijos e manteiga. Abriu as gavetas do armário, adorou a louça, os copos, tudo. Arrumou a mesa com um jogo americano, colocou várias iguarias sobre ela e sentou-se para comer.

Era um lanche simples, mas para Aline era como um banquete.

Depois de comer, apanhou algum dinheiro e saiu. O dia estava quente e o sol forte. Ao passar por uma loja, Aline entrou pensando em comprar óculos escuros. Havia deixado o seu no Brasil na certeza de que em Miami encontraria um mais bonito.

Notou que as pessoas se vestiam de modo descontraído e, em matéria de moda, havia de tudo. Passou pelo mercado que Michael lhe indicara e entrou para conhecê-lo.

O calor era forte, e ela tomou um sorvete. Depois, continuou andando e entrando nas lojas que a agradavam.

Até que, sentindo-se cansada, comprou algumas revistas e resolveu voltar para casa. O sol ainda estava alto, e ela não sabia que horas eram, pois não acertara seu relógio ainda.

Quando chegou ao saguão do prédio, viu que o relógio de lá marcava apenas sete horas. Acertou o seu e subiu para o flat.

Havia comprado alguns petiscos, comeu um pouco, tomou refrigerante e sentou-se na sala para ver televisão.

Lembrou-se de Marcelo e teve uma sensação desagradável. Certamente, ele estaria triste, inconformado.

Suspirou pensativa. Apesar de não querer magoá-lo, pensava que havia sido a melhor solução. Ela não o amava mais e não seria justo fingir um sentimento que não tinha. Ele sofreria a princípio, mas, como não sabia onde encontrá-la, com o tempo a esqueceria.

O espírito de Marcelo, que a seguira durante todo o tempo, aproximou-se. Ela estava pensando nele. Não fizera isso o dia inteiro.

Havia momentos em que ele se sentia atordoado, as dores voltavam, e ele recostava-se para descansar. As imagens misturavam-se em sua cabeça. Apesar disso, ele pensava que, acontecesse o que acontecesse, ele não poderia perdê-la de vista.

Sua prioridade era ficar ao lado de Aline. Tinha esperanças de que, em algum momento, ela o pudesse ver ou ouvir.

Às vezes, duvidava que tivesse morrido naquele acidente. Ele ouvira dizer que estava morto... Por que, então, desejavam levá-lo a um hospital? Por que ele se sentia vivo e, quando se apalpava, percebia os músculos de seu corpo? Sabia que alguma coisa diferente havia lhe acontecido, mas não tinha certeza de nada.

Sentindo que Aline pensava nele, Marcelo aproximou-se esperançoso e procurou ouvir seus pensamentos.

"Eu preferia ter conversado com ele, explicado meus motivos. Fui cruel ao fugir e lhe deixar apenas uma carta. Mas, se eu houvesse conversado, seria pior. Ele não aceitaria e faria tudo para me impedir de vir."

— Por que você insiste em querer me deixar? Você é minha! Eu nunca vou deixá-la fazer isso. Ficaremos juntos para sempre — disse ele, abraçando-a.

Aline não ouviu o que Marcelo lhe dizia, mas sentiu um arrepio desagradável.

"É melhor que eu esqueça esse assunto. Ele não sabe onde estou; terá que se conformar. Um dia, ainda vai me agradecer por haver sido tão sincera."

— Nunca, Aline. Jamais me conformarei com seu abandono. Eu nunca vou deixá-la.

Sem ouvir o que ele dizia, Aline continuou pensando: "Eu não poderia ficar vivendo com ele sem amor. Quando o amor acaba, o melhor é separar. O nosso acabou. Não tem volta".

Marcelo beijou-a várias vezes na face, dizendo aflito:

— Como pode dizer isso? Nós nos amamos! Juramos pertencer um ao outro para sempre.

Ele agarrou-se mais a ela, soluçando, e Aline sentiu uma forte tontura. Sua respiração ficou difícil, e ela levantou-se assustada tentando respirar fundo. Foi até a cozinha. Suas mãos tremiam e as pernas estavam bambas.

Aline apanhou um copo, colocou água e tomou alguns goles, tentando reagir. Talvez fosse cansaço. Vivera muitas emoções em pouco tempo. Resolveu se deitar.

Vendo que Aline não estava bem, Marcelo largou-a, fitando-a preocupado.

Ela sentiu-se melhor e foi para o quarto. Precisava estar bem-disposta no dia seguinte. Vestiu o pijama, lavou-se e mergulhou prazerosamente na espaçosa cama macia. Apesar de excitada com a viagem, ela estava cansada e logo adormeceu.

Acordou bem-disposta na manhã seguinte e levantou-se apressada. Michael foi pontual. Quando tocou a campainha, já eram oito horas, e Aline estava pronta.

Foram imediatamente para a empresa. Lá, Aline foi apresentada ao doutor Edward, seu chefe, e a alguns dos seus colegas com os quais teria contato mais direto.

Tratava-se de uma empresa de comércio exterior, que importava produtos do mundo todo, suprindo o mercado interno e exportando os excedentes.

Aline fora contratada para fazer parte da equipe do doutor Edward, um dos diretores e sócio da empresa. A chefe de pessoal, Janet, conduziu-a à sala em que ela deveria trabalhar.

— Por enquanto, você vai dividir a sala com a Rachel. Vocês já foram apresentadas?

A moça alta, magra e muito elegante aproximou-se e, sorrindo, disse:

— Seja bem-vinda.

— Obrigada — respondeu Aline.

Janet entregou-lhe um livreto e disse:

— Aqui você encontrará todas as informações sobre nossa empresa. Se não entender alguma coisa, pode me procurar. Há algumas facilidades que nossa empresa oferece a pessoas como você.

— Quais?

— Além das que você já foi informada, o financiamento de um carro com juros baixos e um bom prazo para pagar.

Satisfeita com a novidade e interessada em aprender tudo rápido e realizar um bom trabalho, Aline dedicou-se inteiramente às novas tarefas.

Tratava-se de uma empresa importante, e o cargo que ela iria ocupar na diretoria lhe proporcionava, além do ótimo salário, alguns privilégios.

Aline simpatizou com Rachel desde o primeiro momento. Além de mostrar-se cordial, olhava direto em seus olhos quando falava, agia com naturalidade e notava-se que era muito eficiente.

Michael havia lhe contado que Rachel trabalhava naquele cargo havia mais de cinco anos e era a secretária predileta do presidente da empresa, pois cuidava de todos os seus assuntos pessoais.

O dia passou depressa, e, na saída, Rachel ofereceu-lhe uma carona.

— Não se incomode — respondeu Aline, um pouco acanhada. — Sei como voltar para casa.

Notando o constrangimento de Aline, ela explicou:

Eu moro um pouco depois de você. De qualquer forma, terei de passar pela sua casa. Será uma boa oportunidade de nos conhecermos melhor.

Nesse caso, aceito. Estou mesmo querendo fazer amigos.

Durante o trajeto, Aline ficou sabendo que Rachel era divorciada e tinha um filho de oito anos que ela mencionava com entusiasmo.

— E você, não tem filhos?

— Não. Mas acho que foi melhor assim. Fui casada por sete anos, mas acabamos de nos separar. Com criança, tudo fica mais complicado.

Rachel pensou um pouco, depois respondeu:

— Tudo depende da maneira como você faz isso. John é um menino inteligente, entendeu nossas razões e aceitou bem a situação. Para mim, foi bom, porque ele é muito ligado a mim e é um excelente companheiro.

Aline suspirou pensando em sua família. Como teriam recebido a notícia de sua partida?

Rachel olhou-a rapidamente e continuou:

— É a primeira vez que você vem a Miami?

— Sim. Nunca havia viajado para fora do meu país.

— Admiro sua coragem. É uma mudança radical. Não vai sentir falta de sua família?

— Talvez. Mas, desde criança, eu sonhava em vir trabalhar nos Estados Unidos.

— O que esperava encontrar aqui?

— Não sei. Houve uma época em que isso chegou a ser uma fixação. Eu não pensava em outra coisa. Por esse motivo, dediquei-me ao estudo do idioma, costumes etc.

— Sei que, em muitos países, os jovens têm esse sonho. Mas você acha que vale a pena abdicar do país de origem, onde estão suas raízes, sua família, o ambiente em que foi educada, para se aventurar em um lugar estranho no qual não conhece ninguém e não sabe o que vai encontrar?

— Achei que valia a pena tentar. Não me iludo quanto à vida aqui. Sei que, se não trabalhar duro e não der o melhor de mim, não terei sucesso. Mas quero pelo menos experimentar. Se não gostar, voltarei para meu país.

— Você me parece determinada. Penso que vai gostar de viver aqui.

— Por enquanto, estou adorando. Estava precisando mudar. Eu vivia em uma rotina que, com o tempo, se tornou insuportável. Quando não aguentei mais, virei a mesa, aceitei a oferta de emprego e vim para cá.

— Assim? De repente?

— Foi. Preparei tudo sem ninguém saber. Deixei uma carta para meu marido e vim embora.

— Pensei que fosse mais corajosa, mas estou vendo que não é tanto assim.

— Agi assim não por falta de coragem, mas por impaciência para lidar com o apego de Marcelo. Ele não fazia nada sem mim. Jamais aceitaria nossa separação. Faria drama, insistiria, me perseguiria. Então, vim embora sem dizer a ninguém onde estou. Não podendo me encontrar, ele acabará aceitando a separação, e, quando isso acontecer, darei entrada no divórcio.

Rachel olhou-a séria e considerou:

— Você deve saber o que está fazendo. Espero que tudo saia como deseja. Chegamos.

O carro parou diante do prédio, e Aline convidou:

— Quer entrar, tomar alguma coisa?

— Obrigada, agora não dá. Preciso pegar John no colégio. Não posso me atrasar.

Aline não insistiu. Agradeceu e se despediu. Subiu para o apartamento pensando nos acontecimentos do dia.

Eram quase sete horas, mas o sol, embora não tão forte, ainda não havia se escondido. Aline entrou em casa alegre, pensando em como iria aproveitar sua noite.

Gostaria de sair, conhecer a cidade, ver coisas novas, mas pensou melhor e resignou-se a dar uma volta pelas redondezas e procurar um lugar para jantar.

Tomou um banho, arrumou-se e saiu. Estava começando a escurecer, e Aline caminhava pelas ruas observando as pessoas, olhando as vitrines, e acabou entrando em uma livraria.

Circulou por lá entretida, pensando em comprar um livro, quando uma moça se aproximou perguntando:

— Posso ajudá-la?

— Obrigada. Se eu encontrar alguma coisa que me interesse, irei procurá-la.

— Não sou vendedora. Meu nome é Ruth. Sou relações públicas do Instituto Ferguson. Pensei que tivesse vindo por causa da palestra do doutor William Morris.

Aline interessou-se:

— Quando será essa palestra?

— Logo mais, às nove horas, no auditório do primeiro andar.

— Estou morando na cidade há apenas alguns dias. Não conheço esse instituto. O que se estuda lá?

— Paranormalidade. O doutor Morris é um cientista que há muitos anos estuda o assunto. Começou a pesquisar desde que perdeu sua única filha em um acidente.

— Sou brasileira, e no meu país esse assunto é muito discutido. Alguns acreditam, outros não.

E você, de que lado está?

— De nenhum. Nunca pensei muito a respeito.

Ruth pegou um cartão e entregou-o a ela, dizendo:

— Se um dia se interessar e quiser conhecer as pesquisas do instituto, procure-nos. Temos vários cursos a esse respeito e muitas provas da continuidade da vida após a morte, obtidas em anos de trabalho.

— Nunca pensei que existisse aqui quem se dedicasse seriamente a esse assunto.

Ruth sorriu e questionou:

— Por quê não? Afinal, todos vamos morrer um dia e enfrentar o outro lado da vida. Com conhecimento, tudo ficará mais fácil.

Aline sentiu um arrepio e pensou: "Pois eu não quero me envolver com isso". Sorriu tentando dissimular o que sentia e perguntou:

— A palestra de hoje é sobre qual tema?

— Vida após a morte. Estarão presentes dois médiuns muito bons, que vão trabalhar com as pessoas presentes. Se quiser ir, tenho apenas mais dois lugares.

Aline hesitou, e Ruth sugeriu:

— Talvez seja útil para você assistir. Sinto que, vindo para cá, sua vida mudou radicalmente. Muito mais do que imagina. Veio buscar uma coisa e talvez encontre outra.

Aline olhou-a admirada:

— Como sabe que mudei minha vida? Você não me conhece.

— Eu sinto. Você está precisando de ajuda espiritual.

— Não é verdade. Estou muito feliz por estar aqui. Agradeço seu interesse, mas está enganada. Obrigada pelo convite. Boa noite.

Aline deu as costas e saiu.

Ruth, acompanhando-a com os olhos e pensou: "Que pena! Seria melhor aceitar meu convite".

Aline saiu inquieta da livraria. Como Ruth sabia o que estava acontecendo em sua vida? Isso não era possível. Ela dissera aquelas palavras porque estava interessada em fazê-la assistir àquela palestra e pagar pelo convite.

Acertara por acaso. Nunca se sentira tão feliz. Tinha certeza de que, trabalhando direito, faria carreira, ganharia dinheiro e encontraria amigos.

Continuou caminhando e, ao passar por um restaurante de aspecto agradável, viu que estava cheio e pensou: "A comida deve ser boa".

Aline entrou e acomodou-se. As pessoas conversavam alegres, e ela sentiu-se à vontade. Pediu a comida e, enquanto esperava, olhou em volta.

Três rapazes na mesa vizinha a olhavam com insistência, mas ela fingiu não perceber. A garçonete trouxe a comida, e ela começou a comer com apetite.

Quando terminou, um dos rapazes, segurando uma taça de vinho, aproximou-se dizendo:

— Meu nome é Robert, e o seu?

Aline sorriu e respondeu:

— Aline.

— Pronto, estamos apresentados! Posso me sentar?

— Pode.

Ele era alto, louro, tinha olhos azuis, cabelos encaracolados, rosto fino e, quando sorria, parecia um menino.

— Eu e meus amigos jantamos aqui com frequência, mas é a primeira vez que a encontramos. Onde se escondia?

Aline sorriu novamente:

— É a primeira vez que venho aqui. Sou brasileira; cheguei há poucos dias.

— Nesse caso, faço questão de mostrar-lhe nossa cidade.

Robert fez um sinal para os dois amigos, que, imediatamente, se aproximaram sorrindo. Ele fez as apresentações:

— Steve e Roy, esta é Aline. Ela veio do Brasil.

Depois dos apertos de mão, eles se sentaram. Steve não era tão alto como Robert, tinha ombros largos, olhos castanhos e cabelos lisos. Roy era magro, alto, tinha cabelos escuros, pele morena, lábios grossos e, quando sorria, exibia dentes alvos e bem distribuídos.

Aline notou logo que eram rapazes educados e gentis. Convidaram-na para ir a um bar em que havia música mais tarde, mas Aline recusou:

— É tarde, e preciso voltar para a casa. Amanhã, levanto cedo para trabalhar.

A conversa foi agradável. Eles falando sobre coisas da cidade e fazendo perguntas sobre o Brasil, que eles não conheciam.

Aline pediu a conta, pagou e levantou-se:

— Adorei conhecê-los. Vocês são as primeiras pessoas, além dos meus colegas de trabalho, com quem tive o prazer de conversar, mas preciso ir.

— É cedo. Fique um pouco mais — pediu Robert.

— Não posso.

— Gostamos de você — disse Steve. — Gostaríamos de mostrar-lhe a cidade.

— Não faltará oportunidade — prometeu ela.

Eles trocaram telefones, e Roy tornou com um ar misterioso:

— Não nos esqueça. Esta cidade é perigosa para moças bonitas e sozinhas. Está cheia de conquistadores inveterados. Não vamos deixar que caia na lábia deles. Temos orgulho de ser seus primeiros amigos e acredite que tomaremos conta de você direitinho.

— É verdade — concordou Robert. — Queremos apresentar-lhe algumas amigas. Gente boa, você vai gostar.

— Nada de apresentar marmanjo — disse Steve.

— Você está de carro? — perguntou Robert.

— Não.

— Nesse caso, vamos levá-la até sua casa.

— Não é preciso. Moro perto e gosto de andar.

A custo, eles deixaram-na sair. Aline caminhou contente de volta para a casa. Tudo estava correndo como ela havia desejado. Estava conhecendo pessoas, fazendo novos amigos.

Chegou e foi preparar-se para deitar. Passava das onze, e ela estava com sono.

O espírito de Marcelo a olhava com raiva. Ela estava passando dos limites, permitindo que outros homens a assediassem.

Ele bem viu que os rapazes a olhavam com admiração. Principalmente Robert, que se sentira muito atraído por ela. Enquanto eles conversavam, Marcelo ficou atrás dela, prestando atenção a tudo e pronto para reagir, se eles tentassem se aproximar mais.

Felizmente, isso não aconteceu. Mas ela estava toda sorrisos, gostando de estar com eles, como se fosse uma mulher livre e não tivesse marido.

Marcelo desejava falar com ela, dizer o que estava sentindo, mas ela não o escutava. Quando isso acontecia, ficava desesperado.

Por que ela não o ouvia? Estaria realmente morto? Nesse caso, por que sentia a rigidez do seu corpo, as dores dos seus ferimentos?

Ele notara que, quando se desesperava, essas dores aumentavam de maneira insuportável. Às vezes, desejava procurar um médico, mas imaginava que, se saísse de perto de Aline, poderia perdê-la de vista. Isso ele não queria.

Aline adormeceu, e Marcelo deitou-se ao lado dela, tentando acalmar-se. Foi então que viu o espírito de Aline sair pela cabeça de seu corpo adormecido e ficar em pé ao lado da cama.

Imediatamente, Marcelo levantou-se e chamou-a angustiado:

— Aline! Aline! Sou eu, Marcelo. Estou aqui.

O espírito de Aline fixou os olhos nele assustada:

— Marcelo! O que faz aqui? Por que está ferido desse jeito?

— Foi o acidente! Você me deixou, mas estou novamente aqui. Nunca vou deixá-la! Você é minha.

Marcelo aproximou-se dela, querendo abraçá-la, mas Aline não suportou. Atirou-se sobre seu corpo adormecido e acordou gritando apavorada:

— Que horror! Isso não é verdade! Foi um pesadelo.

Quando conseguiu se mexer, sentou-se na cama, coração batendo descompassado, sentindo arrepios pelo corpo.

Acendeu a luz, olhou em volta e procurou se acalmar. Havia sido apenas um pesadelo. Foi à cozinha, tomou um copo d'água e voltou para o quarto.

Lembrou-se do sonho no avião, em que Marcelo havia aparecido ferido, exatamente como no sonho que tivera há pouco.

Era muita coincidência. Teria acontecido alguma coisa com ele? Ela não deixara endereço nem se comunicara com sua família. Queria dar um tempo para que ele se acalmasse e não fosse atrás dela pedindo para voltar.

Aline ficou com medo de apagar a luz e dormir. Deixou, então, a luz do abajur acesa e deitou-se novamente. A lembrança da presença de Marcelo, ferido, cheio de sangue, falando em acidente, contudo, não a deixava em paz.

Tentou se acalmar. Ela talvez não fosse tão corajosa quanto gostaria e estivesse se sentindo culpada por haver fugido dele daquela forma.

Esses sonhos poderiam ser fruto de sua imaginação, causados pela culpa.

Mas, quando Aline pensava nele, sentia-se angustiada, inquieta, aflita.

"Não posso continuar assim", pensou. "Preciso saber se tudo está bem com ele. Amanhã cedo, vou ligar para mamãe para saber como ele está. Mas não vou dar meu endereço."

Tendo resolvido isso, Aline sentiu-se mais calma, mas, ainda assim, o dia estava clareando quando ela, vencida pelo cansaço, adormeceu.

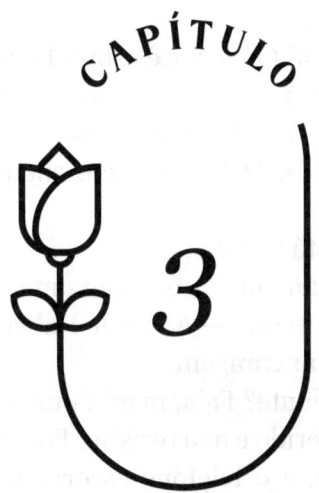

CAPÍTULO 3

Por ter dormido pouco, Aline acordou tarde na manhã seguinte. Pretendia ligar para casa de seus pais, saber se estava tudo bem, mas estava atrasada e não queria chegar tarde ao trabalho.

A lembrança de Marcelo ferido não lhe saía do pensamento. Sentia-se ansiosa, angustiada. Queria ligar logo, mas teria de esperar a hora do almoço.

Foi trabalhar e para ela o tempo custou a passar. Rachel notou a inquietação de Aline e perguntou:

— Aconteceu alguma coisa? Você parece nervosa.

— Dá para notar? É que dormi mal essa noite. Tive um pesadelo horrível.

— Você ficou impressionada.

— Fiquei. Tanto que, na hora do almoço, vou ligar para casa de meus pais para saber se tudo está bem.

— Há sonhos que parecem verdade.

— Foi tão real que cheguei a temer que estivesse acontecendo mesmo.

— Por que não liga logo?

— Não posso ligar daqui.

— Basta informar à telefonista. Ela fará a ligação. A taxa será descontada do seu salário. É de praxe.

— Nesse caso, vou pedir a ligação.

Aline acessou a telefonista e informou o telefone. Pouco depois, reconheceu a voz de sua mãe:

— Mãe, sou eu, Aline.

— Aline, minha filha! Onde você está? O que você fez?

— Estou ligando para dizer que estou bem, mas pensando muito em vocês, principalmente no Marcelo. Como ele está?

Por alguns segundos, Dalva guardou silêncio. Aline sentiu seu receio aumentar:

— Mãe, Marcelo está bem?

— Não, filha. Infelizmente, aconteceu uma coisa horrível. Ele sofreu um acidente com o carro... — A voz de Dalva estava trêmula, e ela parou um pouco para criar coragem.

— O quê?! Um acidente? Fala, mãe! Como ele está?

— Ele ficou muito ferido e não resistiu. Foi enterrado há dois dias.

Aline empalideceu, e o telefone escorregou de suas mãos. Ela desfaleceu sobre a mesa.

Rachel correu para acudi-la e ouviu a voz do outro lado do fio, que gritava:

— Aline, Aline, minha filha, fale comigo!

Sem entender o que estava ouvindo, Rachel segurou o telefone e disse:

— *Sorry, I don't speak portuguese* [Desculpa, eu não falo português]. — E desligou.

Depois, discou para o departamento pessoal, pedindo ajuda. Enquanto esperava, tentou reanimar Aline, batendo levemente em seu rosto e chamando:

— Aline, Aline, acorde! Volte!

Pouco depois, o médico da empresa apareceu na sala:

— Ela estava falando com uma pessoa da família, passou mal e desmaiou. Deve ter recebido uma notícia ruim.

Pouco depois, Aline suspirou e começou a voltar a si. Ao lembrar-se das palavras de sua mãe, não conseguiu conter o pranto.

Rachel segurou a mão dela com carinho e perguntou:

— O que aconteceu, Aline?

— Não foi um pesadelo, Rachel. Foi verdade. Meu marido morreu em um acidente de carro.

O médico, que as observava, interveio:

— Ela está muito nervosa. É melhor ir para a casa.

— Nunca pensei que isso pudesse acontecer — disse Aline, sem conter as lágrimas. — Preciso ligar de novo e saber como foi.

O médico tornou:

— Você até pode fazer isso, mas, neste momento, será melhor se acalmar. Vou dar-lhe um calmante. Vá para casa, deite-se e tome o remédio. Você está muito abalada. Precisa descansar.

— Eu sinto muito. Não queria incomodar ninguém.

— Em um caso como o seu, a empresa oferece uma semana de descanso. Vou assinar a ordem.

— Obrigada, doutor, mas não quero ficar tanto tempo afastada. Sou nova na empresa.

— É uma regra geral. Você perdeu o marido, portanto, tem direito a essa pausa. Aproveite esse tempo para se refazer e se sentir melhor.

Voltando-se para Rachel, ele continuou:

— É bom alguém acompanhá-la até a casa dela.

— Eu mesma irei. Vou avisar Mary para atender meu chefe em meu lugar.

— Não precisa se incomodar — balbuciou Aline.

— Vou tomar algumas providências, e iremos logo em seguida.

Aline sentia a cabeça atordoada, o estômago enjoado e as pernas bambas. Deixou-se levar sem dizer nada. Durante o trajeto, chorava baixinho e repetia de vez em quando:

— Era ele! Foi verdade. Era ele! Meu Deus, que horror! Preciso ligar, saber como foi.

— Acalme-se. Chegando em casa, você liga novamente. Talvez não tenha entendido direito.

— Ouvi muito bem. Minha mãe disse que ele sofreu um acidente de carro e morreu.

— Se for isso, você terá de se conformar, pois a morte é irreversível.

— A culpa é minha! Eu não conversei com ele, fugi, o abandonei. Ele ficou louco! Vai ver que não foi acidente. Ele pode ter feito de propósito.

— Não exagere. Sua mãe não disse que foi um acidente?

Aline não respondeu e continuou chorando. Quando chegaram ao flat, ela ligou imediatamente para a mãe, que atendeu aflita:

— Filha, onde você está? Fiquei desesperada com tudo isso, sem saber onde encontrá-la. Foi horrível. O que deu em você? Por que fugiu dessa forma?

— Mãe, você sabe que, desde criança, eu desejava morar no exterior.

— Mas você não podia fazer isso, Aline! Abandonar um marido bom, que a amava. Onde estava com a cabeça? Seu pai não se conforma.

— Mãe, nunca pensei que isso pudesse acontecer. Como foi o acidente?

— Ele virou uma esquina e não viu um caminhão que estava fazendo uma manobra. Bateu de frente. As testemunhas do acidente dizem que ele estava dirigindo em alta velocidade. Morreu na hora. Nós ainda não nos recuperamos do choque.

— Dona Ivone e seu João devem estar desesperados.

— Tanto eles quanto Márcio não se conformaram. Quando soubemos, eu e seu pai fomos ao velório. Eles nos trataram mal, pois encontraram sua carta no bolso de Marcelo. Principalmente seu João... Ele não se conformou de perder o filho. Marcelo era o orgulho dele. Seu pai tentou conversar, dizer que nós não sabíamos por que você o havia deixado, mas acho que eles não acreditaram. Queriam que eu ligasse para você e a chamasse de volta. Eu, no entanto, não sabia onde encontrá-la.

Aline soluçava desalentada.

— Mãe, eu nunca poderia imaginar essa desgraça.

— Por que não me procurou, contando o que se passava? Ele fez alguma coisa que a desagradou?

— Ele não fez nada. Eu cansei da rotina e quis mudar de vida. Algumas vezes, tentei convencê-lo a vir para cá, mas ele nunca me levou a sério.

— Mas você se casou por amor.

— É verdade, no entanto, percebi depois que não o amava como antes.

— Você arranjou outro? Foi por isso que fugiu sem dizer nada?

— Não, mãe. Nunca tive outro. Ofereceram-me um bom emprego aqui, em Miami, e eu quis vir.

— Se você tivesse nos contado, teríamos evitado essa loucura.

— Não contei exatamente por esse motivo.

— É melhor arrumar suas coisas e voltar o quanto antes.

— Quando eu soube, desmaiei. Estava na empresa trabalhando. O médico me deu um calmante e uma semana de folga para me refazer.

— Seu lugar é aqui, no seu país, com sua família. Tome o primeiro avião e volte para casa.

— Não, mãe. Vou descansar conforme o médico recomendou e depois pensarei no que fazer.

— Volte. Estamos sentindo muito sua falta.

— Agora vou desligar. O calmante que tomei está fazendo efeito. Vou me deitar. Depois, eu ligo.

— Quero o número do seu telefone.

— Vou me deitar. Quando me sentir melhor, voltarei a ligar. Sinto muito por tudo o que aconteceu. Até amanhã.

Aline desligou antes que Dalva tivesse tempo de dizer mais alguma coisa. Rachel a observava e perguntou:

— Então, como foi?

Aline contou e finalizou:

— Estou me sentindo culpada. Se eu não o tivesse abandonado, nada disso teria acontecido.

— Como pode saber? Eu acredito que a morte não acontece por acaso. Você não teve culpa de nada. Foi um acidente.

— Foi, mas ele sempre dirigiu com bastante cuidado. Entrar em uma rua em alta velocidade, sem olhar... ele nunca faria algo assim, se estivesse em estado normal. Ele estava desesperado.

— Agora é melhor se deitar, tentar dormir, esquecer. Não adianta ficar sofrendo por uma coisa que não pode ser remediada.

— Tenho medo. Ele me apareceu, no avião, no sonho, ferido, o sangue escorrendo em vários lugares. Como pode ser isso? Ele está morto!

Rachel ficou calada, sem saber o que dizer. Aline contara-lhe o sonho, antes de saber a verdade. Não podia duvidar do que ela estava dizendo. Tentou justificar:

— Pode ser coincidência. Você estava preocupada por ter saído sem se despedir e pode ter imaginado esse drama. Os mortos não voltam.

— Era ele. No avião, ele disse: "Aline! Finalmente a encontrei. Não me deixe nunca mais. Diga que ficará para sempre ao meu lado".

Rachel sentiu um arrepio percorrer seu corpo e respondeu assustada:

— Você não pode dar força a esse pensamento, Aline. Não devemos evocar os mortos.

— Eu não o estou evocando. Nem sequer sabia que ele havia morrido. Repito, a alma dele veio atrás de mim.

— Que horror! Não se deve mexer com essas coisas. É melhor dormir, descansar, recuperar a calma e tentar esquecer. Nenhuma atitude sua vai trazê-lo de volta.

— Eu queria pelo menos não sentir tanta culpa.

— Você está fragilizada. O que pensa em fazer? Vai voltar para o Brasil?

— Penso que não. Agora tenho mais uma razão para ficar aqui. Nas férias, se sentir saudade, irei visitar minha família.

— Como se sente?

— Com sono.

— Você vai dormir, e eu vou embora. Se precisar de alguma coisa, você tem todos os meus telefones. Pode me ligar a qualquer hora.

— Obrigada.

Rachel se foi, e Aline, depois de acompanhá-la até a porta, foi para o quarto, trocou de roupa e deitou-se.

Apesar de estar sonolenta, a figura de Marcelo ferido, com sangue escorrendo, não lhe saía do pensamento. É que o espírito dele estava lá, sentado na beira da cama, deprimido, triste, desanimado.

Era verdade. Ele estava morto. Por uma razão desconhecida, sentia-se vivo, suas feridas ardiam, seu corpo doía, quando ele se movimentava, e o sangue, apesar de estar escorrendo, não acabava.

A princípio, Marcelo quis estancá-lo, achando que perderia os sentidos quando ele se acabasse. Mas depois notou que, embora o sangue continuasse escorrendo, não o estava perdendo.

Marcelo seguiu Aline o tempo todo e viu quando ela ligou para a mãe e desmaiou.

Emocionado, pensou: "Ela ainda me ama. Está sofrendo por causa do acidente".

Apesar da sua tristeza, confirmando a suposição de que estava morto, Marcelo sentiu certa satisfação por ela estar se culpando.

— É isso mesmo. Ela é a culpada de tudo. Se eu não estivesse tão fora de mim, não teria provocado o acidente. Aline é a única culpada. Agora, ela vai perceber que nunca será feliz longe do meu amor. Foi preciso que eu morresse para que ela pudesse avaliar o quanto nos amamos e a falta que vou fazer na vida dela.

Marcelo chegou mais perto de Aline, que havia adormecido, e acariciou seus cabelos, dizendo:

— Nunca vou deixar você. Ficarei ao seu lado para sempre. Um dia, você vai morrer, e eu a estarei esperando.

Sentindo-se cansado, Marcelo deitou-se ao lado de Aline na cama espaçosa, tentou abraçá-la, mas suas mãos atravessavam o corpo dela.

Apesar disso, aconchegou-se mais que pôde e ficou ali, triste e ao mesmo tempo satisfeito por estar ao lado dela.

Aline dormia profundamente, enquanto seu espírito descansava nas brumas da inconsciência, provocada pelo calmante fortíssimo que o médico lhe dera.

※

Dalva desligou o telefone aflita, deixando que as lágrimas rolassem por sua face. Não se conformava com aquela desgraça.

A notícia da fuga de Aline e do acidente do genro caíram como uma bomba sobre a família, que, até então, ela considerava feliz e bem-constituída.

Arlete aproximou-se dela dizendo nervosa:

— Era Aline novamente?

— Era.

— Ela contou por que fez isso? Disse onde está?

— Só disse que está nos Estados Unidos. Ela está louca. Sempre com aquela mania de ir morar lá. Pensei que, depois do casamento, houvesse esquecido essa grande bobagem.

— Ela nunca se esqueceu. Eu temia que um dia ela fosse embora. Em que lugar está e com quem?

— Ontem, seu João insinuou que ela tenha fugido com outro. Não é verdade. Ela foi trabalhar.

— Dona Ivone me disse a mesma coisa. Eles acham que ela se apaixonou por outro. Você acha que isso pode ter acontecido?

— Não creio. Ir trabalhar e morar lá sempre foram o sonho dela desde pequena.

— Nesse caso, Aline nunca deveria ter se casado.

— Quando ela se apaixonou por Marcelo, pensei que houvesse desistido desse sonho bobo. Mas não. Agora, ela está lá, cheia de culpa, chorando. Deve ter se arrependido do que fez. Mas agora é tarde, e a desgraça está feita. Eu disse para ela vir embora.

— Será que ela vai voltar?

— Seria o melhor.

— Não sei. Aqui, ela sofreria ainda mais. A família, o sócio dele, os amigos, todos a estão culpando pela morte de Marcelo. Se eu fosse ela, ficaria por lá, pelo menos por mais algum tempo.

— Ela disse que iria pensar, mas eu prefiro que ela venha. Junto da família, estará melhor.

— Ela deu o endereço, o telefone?

— Não. Ela estava atordoada. Quando falou comigo na primeira vez, desmaiou. O médico da empresa a atendeu e, sabendo da ocorrência, deu-lhe um calmante forte. Mandou-a para casa, e uma colega a levou. Ficou de ligar quando estivesse melhor.

As lágrimas desciam pela face de Dalva, e, comovida, Arlete abraçou-a, dizendo:

— Mãe, estamos chocadas, mas não podemos fazer nada. Temos de nos conformar.

— Ela jogou a felicidade fora. Isso foi castigo.

— Não diga isso, mãe. Ela foi embora porque não amava mais o marido. Penso que ela nunca o amou de verdade. Estava infeliz.

— Não posso entender. Estavam casados havia sete anos, e ele sempre foi um marido maravilhoso.

— Mas ela não o amava.

— Não deveria ter fugido daquele jeito.

— Se ela tivesse contado a Marcelo o que pretendia fazer, talvez fosse pior. Do jeito que ele era agarrado a ela... Penso até que foi esse apego dele que a fez enjoar de sua companhia. Não gostaria de ter um homem meloso, agarrado à minha saia.

— Você não sabe o que está dizendo. A vida não é como você pensa. O amor não é aquele sonho maravilhoso, e príncipes encantados não existem. Muitas mulheres gostariam de ter um marido apaixonado como ele.

— O que me incomoda, mãe, é que agora todos vão culpá-la. Mas, pensando bem, quem estava dirigindo o carro era ele. Aline nunca imaginou que isso pudesse acontecer.

— Não gosto quando você fala essas coisas. Não entendo sua frieza diante dessa tragédia.

— Não é frieza. Sempre que acontece um acidente como esse, em vez de lamentar a ocorrência, as pessoas logo procuram um culpado para atirar sobre ele o peso da situação.

— Mas ela foi a culpada. Se não tivesse fugido, Marcelo ainda estaria vivo.

— Quem garante isso, mãe? Se a hora de ele morrer houvesse chegado, isso aconteceria de um jeito ou de outro. Penso que Aline não deveria voltar, pelo menos por enquanto. Já basta para ela carregar o peso dos acontecimentos. Se fosse eu, nunca mais voltaria.

— E você ainda reclama quando lhe digo que é fria e não tem sentimentos. Seria capaz de abandonar seus pais e ficar para sempre longe da família?

— Não falei em abandono. Quando a saudade batesse, enviaria passagens para que fossem ficar comigo por algum tempo.

— Espero que você também não esteja pensando em nos abandonar.

— Por enquanto, não. Mas quem sabe o que o futuro nos reserva?

— Não diga isso nem por brincadeira. Já chega uma filha desmiolada.

Arlete sorriu e respondeu:

— Pois, se eu me casar com um homem bem rico, como pretendo, irei viajar pelo mundo, conhecer outros países, e a senhora terá de se conformar.

A campainha tocou, e Arlete foi abrir a porta. Rodrigo, sócio de Marcelo, estava na soleira.

— Precisamos conversar — disse sério.

— Entre, Rodrigo.

Ela conduziu-o até a sala e pediu que se acomodasse. Depois, tornou:

— Meu pai ainda não chegou da loja. Vou chamar minha mãe.

Assim que Dalva entrou e o viu, recomeçou a chorar. Ele levantou-se e abraçou-a dizendo:

— Sei que estão muito chocados com o que aconteceu e que talvez eu devesse esperar um pouco mais para vir conversar com vocês. Mas estou meio perdido, sem saber direito o que houve. Não tenho conseguido trabalhar. Pensei que talvez vocês pudessem me dizer alguma coisa.

— Não consigo aceitar o que aconteceu. Mário reabriu a loja hoje, mas também está perdido — tornou Dalva, esforçando-se para conter o choro.

— Eu li a carta que Aline deixou e fiquei muito surpreso. Eles pareciam tão felizes. Marcelo vivia para ela, só pensava nela. Tudo o que fazia era para que ela o aprovasse. Por que será que tomou essa atitude?

Foi Arlete quem respondeu:

— Desde pequena, Aline tinha vontade de morar nos Estados Unidos. Estudou inglês desde cedo, tanto que ela fala corretamente e sem sotaque. Quando Marcelo se apaixonou por Aline, cortejou-a, e ela entusiasmou-se por ele, nós pensamos que ela tivesse se esquecido desse sonho da adolescência, mas não foi isso o que aconteceu.

— Quer dizer que ela foi para os Estados Unidos?

— Foi.

— Com quem? Quem arrumou tudo para ela ir?

— Aline foi sozinha. Pelo que sabemos, ela recebeu uma oferta de emprego lá e decidiu aceitar.

Rodrigo deixou-se cair no sofá e não respondeu logo. Dalva, que havia parado de chorar, interveio:

— Ela fez tudo sozinha e em segredo. Nenhum de nós sabia o que ela pretendia fazer.

— É difícil acreditar que ela tenha ido embora sozinha. Alguém deve tê-la encorajado a tomar essa iniciativa.

— Sei o que todos estão pensando — disse Arlete, contendo a irritação a custo. — Mas ela não traía o marido nem fugiu com nenhum homem. Ela nos ligou há pouco da empresa onde está trabalhando. Quando soube do acidente, desmaiou e precisou ser atendida por um médico.

— Não é isso o que os pais de Marcelo estão dizendo. Desculpe, não quis insinuar nada. Acontece que ela agiu de maneira estranha.

Arlete disse com voz que a indignação tornava firme:

— Estou certa de que Aline nunca imaginou que pudesse acontecer o que aconteceu. Está arrasada como todos nós, lamentando esse fato. Sei que vocês todos a estão julgando culpada pelo acidente, o que é uma injustiça. Ela foi embora porque não amava mais o marido e, se Aline tivesse dito isso a ele, do jeito que Marcelo era apegado, a desgraça poderia ter sido maior. Apesar de tudo o que houve, reconheço que minha irmã tem direito de decidir com quem deseja viver.

Rodrigo olhou-a como se a estivesse vendo pela primeira vez. Ele não a conhecia bem, apesar da convivência com Aline e seu sócio.

Sentou-se novamente, passou a mão nos cabelos e disse com ar preocupado:

— É difícil aceitar a situação. Posso imaginar como Marcelo ficou quando leu a carta.

Mais calma, Dalva interveio:

— E como nós ficamos quando soubemos de tudo.

Ele hesitou um pouco e disse logo depois:

— Bem, não sei o que dizer. Naturalmente, depois do que houve, Aline vai desistir desse emprego e voltar. Sabe quando?

— Receio que ela não volte. Quando nos falamos, eu pedi que voltasse. Ela estava muito chocada, chorosa, mas disse que iria pensar.

— Eu penso que ela vai preferir ficar por lá. Depois de tanto esforço para ir, por que voltaria? — perguntou Arlete.

— Bem, Marcelo era meu sócio. De tudo que temos na empresa, a metade era dele. Vim procurá-los porque quero conversar com Aline sobre isso. Seu João quer que eu entregue tudo a ele, mas não posso fazer isso. Por direito, pertence a Aline.

— Eles estão com raiva dela, e eu, como mãe, fico muito triste com isso.

— Eu fico em uma situação incômoda, mas não posso passar por cima dos direitos de Aline e fazer o que eles querem. Vocês não acham? Depois do que houve, quero ficar fora disso. Eles acham que Aline é culpada até do acidente, o que de certa forma é uma injustiça. Por mim, eles podem ficar com tudo.

— Não pode ser assim, dona Dalva. Quero fazer o que é direito. Gostaria que me desse o telefone dela para podermos conversar.

— Se eu tivesse o número, lhe daria de bom grado. Mas, quando ela falou comigo, disse que passou mal e que o calmante que o médico havia lhe dado era muito forte. Ficou de me ligar quando estivesse melhor.

— Então, por favor, assim que souber o número do telefone ou o endereço dela, avise-me. Quanto à casa onde moravam, os pais dele estão com a chave. A polícia também lhes entregou os pertences pessoais de Marcelo.

— Assim que tiver notícias, ligaremos para você.

— Você vai continuar sozinho com a empresa? — indagou Arlete.

— Por enquanto, vou. Marcelo era muito bom no que fazia. Tenho medo de colocar outra pessoa e depois me arrepender.

— Para uma sociedade dar certo, é preciso haver muita seriedade e confiança.

— Concordo com vocês. Bem, vou pensar no que fazer.

Rodrigo levantou-se e, quando ele se despediu, Dalva reiterou sua promessa de ligar assim que Aline desse notícias.

— Esse é outro que ficou sem chão — comentou Dalva. — Onde Aline estava com a cabeça quando decidiu ir embora?

— Não adianta criticar agora. Ele saberá se arranjar muito bem sem Marcelo, a senhora verá. Aos poucos, tudo acabará indo para o seu lugar. Nisso tudo, o pior foi a morte de Marcelo, que nunca mais voltará.

— Isso mesmo. Esse se foi para sempre.

— Recejo que ela não volte. Quando nos falamos, eu pedi, que voltasse. Ela estava muito chorosa, mas disse que iria pensar.

— Eu penso que ela vai preferir ficar por lá. Depois de tanto esforço para ir, por que voltaria? — perguntou Alfieri.

— Bem, Marcelo era meu sócio. De tudo que temos na empresa, a metade era dela. Vou procurá-los porque quero conversar com Aline sobre isso. Seu João quer que eu entregue tudo... ele, mas não posso fazer isso. Por direito, pertence a Aline.

— Eles estiveram muito aqui em casa, faz pouco tempo, muito triste com isso.

Eu fico em uma situação incômoda, mas não posso passar por cima dos direitos de Aline e fazer o que eles querem. Vocês têm o laudo? Depois do que houve, eu fui lá fora disso. Eles acham que Aline é culpada até do acidente, porque de certa forma é uma musica. Por mim, eles podem ficar com tudo.

— Não pode ser assim, doutor Dalva. Quero fazer o que o diretor...

Gostaria que me desse o telefone dela para podermos conversar.

— Se eu tivesse o número, lhe daria de bom grado. Mas, quando ela falou comigo, disse que passou mal e que o caminhante que o ouviu havia lhe dado em muito tudo. Ficou de ligar quando estivesse em melhores...

— Então, por favor, saiba-me o número do telefone ou o endereço dela, avise-me. Quanto a casa onde moravam, os pais dela estão com a chave. A polícia também lhes entregou os pertences pessoais de Marcelo.

— Assim que tiver notícias, daremos para você.

— Você vai continuar sozinho com a empresa? — indagou Alfieri.

— Por enquanto, vou. Acho que vai muito bem no que eu faço. Tenho medo de colocar outra pessoa depois das arrependências.

— Para uma sociedade desse tipo é preciso haver muita sensibilidade e confiança.

— Concordo com vocês. Bem, vou pensar no que fazer.

Rodrigo levantou-se e, quando ele se despediu, Dalva reiterou o compromisso de ligar assim que Aline desse notícias.

— Esse é outro que pensou em casar-se com a Dalva — Dalva. Aline estava com a cabeça quando decidiu ir embora?

— Não adianta criticar agora. Ela saberá se arranjar muito bem sem Marcelo, a senhora verá. Aos poucos, tudo acabará indo para o seu lugar. Isso tudo é por tal a morte de Marcelo, que nunca mais voltará. É isso mesmo. Esse se foi para sempre.

CAPÍTULO 4

Alguns dias depois, Aline ligou, e Dalva atendeu. Ela perguntou:
— Como você está?
— Mais calma. Amanhã cedo, voltarei ao trabalho. Como vão as coisas aí?
— Mal, muito mal. Fomos à missa de sétimo dia do Marcelo. Seu pai não queria ir. Está ofendido porque os pais dele nos trataram mal. Eu, no entanto, insisti. Ele era como um filho para nós.
— Vocês foram?
— Sim, mas eles fizeram de conta que não nos conheciam. Nem nos cumprimentaram. Então, assim que a missa acabou, viemos embora. Nem fomos dar os pêsames.
— Não fique triste. Eles estão chocados. Quando refletirem melhor, voltarão atrás.
— Seu pai está muito revoltado. Por enquanto, será melhor que eles nem apareçam. E você, quando vai voltar?
— Eu pensei muito e decidi continuar aqui.
— Não pode fazer isso, Aline. Precisa vir pelo menos para cuidar de suas coisas. Rodrigo esteve aqui e disse que as chaves de sua casa estão com seu João. Além do mais, Marcelo tinha bens. Certamente, terá de ser feito o inventário. Você precisa estar presente.
Aline ficou silenciosa durante alguns segundos e depois respondeu:
— Não posso voltar agora. Tenho de pensar em meu futuro. Não quero perder o emprego. Quero falar com Arlete.

Dalva foi chamá-la, e ela atendeu em seguida. Depois dos cumprimentos, Aline disse:

— Não posso ir para o Brasil agora. Este emprego é muito importante para mim. Além do mais, não estou com cabeça para discutir com meus sogros. Eles não vão me poupar. Você pode me ajudar?

— Claro. Estou desempregada e tenho auxiliado papai na loja apenas para não ficar em casa. Tenho todo tempo disponível. O que quer que eu faça?

— Vou redigir uma procuração com amplos poderes em seu nome para que possa cuidar de todos os trâmites legais. Tenho certeza de que fará isso melhor do que eu.

— Rodrigo mencionou que a parte de Marcelo na sociedade agora lhe pertence. Será preciso cuidar disso também. Ele estava preocupado. Você sabe que era Marcelo quem cuidava de toda a parte financeira, enquanto ele ficava mais nos projetos. Ele não quer arranjar outro sócio. Tem receio de dar errado. Se você voltasse, poderia trabalhar com ele. Estou certa de que cuidaria de tudo tão bem quanto Marcelo. Depois, estaria cuidando do que é seu, em vez de trabalhar para os outros.

— Eu ainda não estou em condições de voltar. Por que você não assume isso por mim? Sabe tanto ou mais do que eu de administração. Tem experiência.

— Você acha que ele aceitaria?

— Acho que adoraria. Conheço sua capacidade. Combine uma retirada como se fosse eu. Esse dinheiro ficará todo para você. Estou ganhando muito bem, não preciso de nada. Vá procurar Rodrigo e diga-lhe que eu gostaria que você ficasse em meu lugar na sociedade até eu voltar.

— Acha que ele aceitará?

— Acho.

— Há o problema da casa. Tudo o que há lá lhe pertence por direito.

— Quando vim embora, deixei tudo. Abandonei o lar. Não tenho direito a nada.

— Mesmo assim, vou conversar com dona Ivone e ver o que eles pretendem fazer com as coisas.

— Eles vão falar mal de mim, dizer que sou culpada pela morte de Marcelo.

— Foi um acidente. Você não teve culpa de nada. Eu quero mesmo ter uma conversa com eles.

— Faça o que achar melhor. Não quero que se aborreça por minha causa.

— Fique sossegada. Sabe como eu sou. Nada que eles façam ou digam vai tirar meu bom humor. Não tenho medo de cara feia nem ligo para o que os outros pensam.

— Eu queria ser como você. Mesmo sabendo que foi um acidente, há momentos em que me sinto culpada. Afinal, se eu não tivesse fugido, ele poderia estar vivo.

— Não creio. Para mim, a morte tem o momento certo. A dele estava marcada para aquele dia. Se você tivesse esperado um pouco mais, estaria viúva e teria ido embora com o aval de todos.

— Como eu poderia imaginar uma coisa dessas?

— Só se fosse vidente. Aliás, você ligou porque sonhou com Marcelo ferido. Como foi isso?

— Vou escrever contando em detalhes. Nossa ligação está muito longa. Vou deixar meu endereço e telefone. Anote aí.

— Pode falar, estou com papel e caneta na mão.

Depois de tudo anotado, Aline se despediu:

— Assim que tiver alguma novidade, me ligue.

— Não se esqueça de me escrever contando detalhadamente como foi esse sonho.

— Pode deixar. Vou mandar o relato com a procuração. Dê um beijo em mamãe e diga ao papai que me perdoe e não fique zangado comigo.

Aline desligou, e Dalva não se conformava:

— Ela tinha de estar aqui para se defender. Eles a estão acusando de adultério.

— Aline não fez nada, e um dia eles descobrirão isso. Ela quer que eu assuma o lugar dela no escritório de Marcelo.

— Pelo menos isso. Segundo sei, Marcelo colocou muito dinheiro nessa sociedade.

— Hoje mesmo, vou falar com Rodrigo. Se aceitar minha colaboração, trabalharemos juntos.

— É uma boa solução. Seu pai vai sentir sua falta na loja. Acostumou-se, afinal, você fazia até a contabilidade.

— Posso continuar fazendo isso para ele, mas preciso ajudar Aline. Ela faz bem em não voltar agora. Para quê? Vai se aborrecer ainda mais. Tomar conhecimento dos detalhes do acidente, rever a casa vazia, enfrentar os problemas com a família e os amigos de Marcelo. Lá, pelo menos ninguém vai lhe cobrar nada.

Dalva suspirou triste:

— Começo a pensar que você tem razão. Se eu pudesse, também viajaria por algum tempo só para não ouvir os comentários até de pessoas que se diziam amigas dela.

— Mãe, você precisa deixar de se importar com o que os outros dizem. Isso tira seu sossego e não a ajuda em nada.

— Você é fria. Não sei a quem saiu.

— Sou controlada, tenho bom senso. Isso não quer dizer que não esteja sentida com o que aconteceu. Mas de nada adianta me preocupar com uma coisa que não tem remédio. O mais importante agora é conservar a lucidez para enfrentar a situação, procurando resolver tudo da melhor forma possível.

— Ainda bem que você pensa assim. Eu não tenho essa coragem.

Arlete riu, pendendo levemente a cabeça para trás, em um gesto muito seu.

— Agora vou me arrumar muito bem e ir ao escritório conversar com Rodrigo. Vou levar meu currículo para que ele saiba onde está entrando.

— Ele já deve saber que você é boa no que faz.

— Ele não sabe. Aliás, ele sempre foi retraído, nunca procurou estreitar a amizade com nossa família. Marcelo falava muito bem dele. Só espero que não seja implicante nem mal-humorado.

— Pelo menos se vocês se entenderem, trabalhará de novo.

— É bom. Nesses seis meses em que perdi o emprego, não procurei outro porque queria descansar um pouco. Mas, agora, já estava pensando em voltar a trabalhar.

— É bom mesmo que você vá cuidar dos interesses de sua irmã. Do jeito que ela está com a cabeça, é bem capaz de não querer nada, o que não é justo. Eles eram casados com comunhão de bens, e, mesmo que os sogros não queiram, ela tem direito a todos os bens.

— Foi por isso que aceitei enfrentar a situação. Vou imediatamente resolver isso.

Pouco depois, Arlete desceu as escadas, muito elegante, segurando uma pasta de couro, como convinha a uma executiva.

Dalva não se conteve:

— Você caprichou!

— A boa aparência é um quesito indispensável no trabalho. Liguei para o Rodrigo, e ele está me esperando.
— Boa sorte. Se encontrar seu João ou a Ivone, fique firme.
— Deixe comigo. Sei como fazer.

⟡⟡⟡

Meia hora depois, Arlete chegou ao elegante escritório, e a secretária a conduziu imediatamente à sala de Rodrigo.

Ele estava em pé diante de uma prancha, examinando um desenho. Vendo-a entrar, aproximou-se e perguntou:
— Então, Aline ligou?
— Há meia hora.
— Sente-se, vamos conversar.

Com um gesto, Rodrigo designou uma poltrona diante da escrivaninha. Depois que Arlete se sentou, ele acomodou-se do outro lado.
— Como ela está?
— Muito abalada.
— Disse o que pretende fazer?
— No momento, não deseja voltar ao Brasil. Vai mandar-me uma procuração com amplos poderes e pediu-me que a representasse em tudo.

Pensativo, Rodrigo passou a mão nos cabelos e ficou calado durante alguns segundos. Depois questionou:
— E como vai ser? Você sabe que os pais de Marcelo não se conformam e a culpam pelo acidente. Esse é um assunto muito delicado. Não quero entrar nessa discussão. Contava que ela viesse e resolvesse diretamente com eles as pendências.
— Que pendências?
— Eles não querem que ela receba nada do que pertenceu ao Marcelo. Estão revoltados. Por outro lado, Aline tem seus direitos, mas eles não querem aceitar isso. Marcelo foi mais que um amigo; era como um irmão para mim. Não quero indispor-me com os pais dele, que estão sofrendo muito essa perda. Talvez, se você lhe explicasse isso, ela voltasse para cá, nem que fosse apenas para resolver esse assunto.
— Aline avalia sua situação e deseja cooperar para que você não seja prejudicado. Pediu-me que lhe fizesse uma proposta. Se você aceitar, tudo estará resolvido.
— Proposta? Como assim?

— Aline pediu-me que, enquanto ela não voltasse ao Brasil, eu a substituísse. Não apenas nas formalidades legais, mas também aqui, na empresa de vocês.

— Você?

— Sim. Sei que Marcelo cuidava da parte administrativa e financeira da empresa e que você não gosta desse setor. Bem, embora eu não entenda de arquitetura, sou formada em administração de empresas, tenho oito anos de experiência e sei que posso cuidar muito bem dessa área.

Arlete abriu a maleta de couro, tirou uma pasta e entregou a Rodrigo, dizendo:

— Aqui está meu currículo. Pode examiná-lo. Você disse que não pretende arranjar outro sócio. Se aceitar o que estou lhe propondo, não precisará disso. Aline continuará sendo sua sócia, e tudo estará resolvido. Quando ela decidir voltar, vocês decidirão se desejam continuar com a sociedade.

Rodrigo olhava-a pensativo.

— Estou surpreso. Não esperava isso. Estava me preparando para, depois do inventário, pagar a Aline a parte dela, o que neste momento não me seria fácil, porque talvez precisasse vender alguns bens.

Arlete sorriu:

— Nosso arranjo será de emergência, mas estou certa de que facilitará muito.

— Para mim, será uma boa solução. O que me preocupa é a reação dos pais de Marcelo. Vão brigar comigo, e eu não gostaria que isso acontecesse.

— Eles vão brigar de todo jeito. Quando um advogado lhes disser que Aline tem direito ao que Marcelo deixou e que não há nada que eles possam fazer para impedir, você estará no meio dessa briga, quer queira, quer não.

— É. Acho que não tenho escolha. De todo jeito, estou metido nisso até o pescoço.

— Marcelo era um ótimo rapaz e muito querido em nossa família. Todos nós estamos sofrendo pelo que aconteceu. Aline, porém, está sendo caluniada, e seu único pecado foi deixar de amar o marido e desejar acabar com o casamento.

— Eles não acreditam nisso.

— Mas eu sei que estão enganados. E pretendo enfrentá-los, esclarecer os fatos, dizer-lhes a verdade. Você não precisará envolver-se nisso. É um problema de família, e compete a nós esclarecer.

— Se você conseguir isso, ficarei bastante aliviado.

— Não precisa decidir agora. Pense bem, analise meu currículo e, quando tiver uma resposta, me ligue.

— Está bem. Vou pensar.

Arlete levantou-se e entregou um papel a Rodrigo, dizendo:

— Aqui tem o telefone de Aline, mas, por favor, não dê o número a ninguém. Principalmente aos pais de Marcelo.

— Fique tranquila.

— É bom evitar comentários.

— Compreendo. Obrigado por ter vindo.

Depois que Arlete se foi, Rodrigo abriu a pasta que ela lhe deixara, leu as informações e admirou-se do nível de conhecimentos que a moça possuía.

Profissionalmente, ela estava muito acima das necessidades dele.

— Ela está fazendo isso para ajudar a irmã. Eu seria um irresponsável se não aceitasse sua proposta.

Rodrigo olhou para a pasta que a secretária colocara em sua mesa, em que havia alguns contratos em andamento e extratos bancários. Ele odiava mexer com isso e nem queria aprender a fazê-lo. Naquele momento, decidiu que iria telefonar para Arlete e aceitar sua proposta. Se ela fosse boa como dizia naquele currículo, sua situação estaria resolvida.

⋄⊰⊱⋄

Arlete voltou para casa satisfeita. Estava certa de que Rodrigo aceitaria sua proposta. O arranjo seria muito conveniente para ele, que não dispunha do dinheiro para pagar a parte de Aline.

Vendo-a entrar, Dalva perguntou:

— E então, como foi?

— Bem. Rodrigo está precisando de ajuda. Ele não tem dinheiro para pagar a parte de Marcelo. Você sabia que os pais dele não querem que Aline receba nada?

— Eles estão com raiva. Imaginei que isso aconteceria. E, para dizer a verdade, penso que Aline não vai exigir nada.

— O que é isso, mãe? Ela tem direito ao que ele deixou. Não concordo que Aline deva abrir mão do que lhe pertence.

— Eles podem alegar abandono do lar.

— Ainda assim, ela era casada em comunhão de bens. Além disso, eles nem sabem por que Aline foi embora e a estão caluniando.

— A perda de um filho é um golpe duro.

— Concordo. Mas, ainda assim, não acho justa a forma como estão agindo. Depois, eles são abastados, não precisam de nada. Estão fazendo essa exigência apenas para castigá-la.

— De certa forma, ela fez por merecer. Onde já se viu fazer o que fez?

— À primeira vista, pode parecer que ela agiu mal, mas nós não sabemos como era a vida íntima deles. Marcelo era muito agarrado a ela. Todos achavam que ele era o marido ideal, carinhoso, atento aos menores desejos dela, contudo, eu, por exemplo, não suportaria viver ao lado de um homem assim. Estaria me sufocando, privada da minha liberdade.

— Por isso você está solteira até agora. Uma mulher precisa de um companheiro, alguém que a ame. Se Aline tivesse filhos, não teria feito o que fez.

— Outro engano seu. Filhos não seguram um relacionamento. Na verdade, penso que Aline enjoou do assédio constante de Marcelo.

— Você está exagerando. Não era tanto assim.

— Não? Há pouco tempo, quando Aline teve alguns dias de férias, fui à casa dela devolver um livro que pegara emprestado. Fiquei lá durante duas horas. Nesse tempo, Marcelo ligou quatro vezes.

— Vai ver que estava preocupado.

— Que nada. Ligava para perguntar alguma coisa sem importância, e eu acho até que era para controlar Aline, saber se ela estava em casa.

— Ele era muito ciumento mesmo.

— O que demonstra que não era tão bom como parecia. É por isso que não gosto de julgar. Quem pode saber o que vai no coração das pessoas?

Dalva suspirou pensativa e disse:

— Seja como for, a atitude de Aline foi irresponsável. Ainda acho que, se ela não quisesse viver mais com ele, deveria ter conversado, enfrentado.

— Essa foi a forma que ela encontrou para se libertar desse casamento que já não desejava mais.

O telefone tocou, e Dalva atendeu:

— Alô? É Dalva... Sim, ela está. Um momento. — Voltando-se para Arlete, ela continuou: — É o Rodrigo. Ele quer falar com você.

Arlete atendeu logo.

— Alô? Sim.

— Estou ligando para lhe dizer que aceito sua proposta. Antes, devo lhe dizer que talvez o que posso lhe oferecer como salário não seja o que você está habituada a receber pelo seu trabalho.

— Tenho certeza de que vamos nos entender quanto a esse ponto. Estou fazendo isso para ajudar minha irmã.

— Nesse caso, quando poderá começar?

— Estarei aí amanhã às oito. Está bem?

— Combinado. Estarei esperando.

Ela desligou o telefone contente.

— Sabe, mãe, estou contente por enfrentar esse desafio.

— Por quê?

— Rodrigo está preocupado com os pais de Marcelo. Sabe que não vai poder fazer o que eles querem com relação à herança. Sabe que eles não vão entender.

— Eles estão revoltados, e a situação de Rodrigo é delicada.

— Eu me ofereci para enfrentá-los nesse problema.

— Você? Quer arranjar mais encrencas com eles? Já não basta o que Aline fez?

— O que Aline fez não foi tão grave assim, e eles estão se mostrando muito maldosos. Marcelo morreu em um acidente. Ela não teve culpa.

— Se ela não tivesse ido embora, ele não teria corrido atrás dela daquele jeito.

— Quem pode garantir isso? Poderia ter acontecido mesmo sem ela ter saído de casa. Ninguém morre antes da hora. A senhora se diz pessoa de fé, vive rezando na igreja, vai à missa sempre, mas não acredita que uma força maior é o que determina a hora da morte de uma pessoa?

— Você gosta de me confundir. Uma coisa não tem nada a ver com a outra. Mas tome cuidado, pense bem no que vai fazer para não arranjar mais problemas. Você não deveria se meter nisso.

— Vou tomar um banho e preparar algumas coisas. Amanhã, começarei a trabalhar. Antes, vou ligar para Aline e contar-lhe como estão as coisas.

⁂

Na manhã seguinte, Arlete chegou ao escritório às oito em ponto. A recepcionista a atendeu, e ela se apresentou:

— Sou Arlete, irmã de Aline, viúva de Marcelo. Rodrigo já chegou?

— Ainda não, deve estar chegando.

— Bem, não sei se ele lhe disse que, a partir de hoje, eu viria trabalhar aqui.

— Disse, sim, senhora. Venha comigo.

Arlete a acompanhou até uma das salas.

— Era nesta sala que o doutor Marcelo fazia a administração. — A recepcionista abanou a cabeça negativamente e continuou com voz triste: — Parece mentira. Ainda não consegui me conformar.

— Não é fácil mesmo.

— Ele era tão moço, tão bonito, tão educado! Era o homem com o qual toda mulher gostaria de se casar.

Pelo tom dela, Arlete sentiu que, por trás desse comentário, se escondia uma crítica ao procedimento de Aline.

— Pena que, quando o conheceu, ele já estava casado, senão, quem sabe, talvez ele a escolhesse.

Um vivo rubor apareceu no rosto da recepcionista, que se apressou a responder:

— Eu não quis dizer isso. Não quero que a senhora pense que eu era apaixonada por ele. O doutor Marcelo sempre foi um homem respeitoso, dedicado à esposa.

— Está bem. Mas nós estamos aqui para trabalhar e não para avaliar as qualidades de ninguém. Pode voltar para o seu lugar. Se precisar de alguma coisa, avisarei.

Ela saiu apressada. Era de se esperar que ela estivesse com raiva de Aline. Havia ido ao enterro, estado com os pais de Marcelo. Provavelmente, ouvira a opinião deles e se revoltara.

Arlete olhou em volta. Era uma sala elegante, espaçosa, bem-decorada. Havia cartas sobre a mesa, e ela começou abrindo-as.

Nesse momento, Rodrigo entrou:

— Você foi pontual.

— Dou muita importância à pontualidade.

— Vou mostrar-lhe onde estão as coisas. No momento, estou sem muito tempo. Estávamos trabalhando em um projeto grande e, dois dias antes do acidente, assinamos o contrato. Temos prazo para realizar o trabalho, e, devido ao que nos aconteceu, eu ainda não consegui começar.

— Não se preocupe. Vou ler os documentos e tomar conhecimento de como estão as coisas. Marcelo me parecia muito organizado. Penso que encontrarei tudo em ordem. — Ele suspirou aliviado. — Se precisar de alguma coisa, avise-me.

— Não se preocupe. Vou cuidar de tudo.

— Nesse caso, vou cuidar do nosso projeto.

— Boa sorte e sucesso. É o que desejo.

Rodrigo sorriu, e Arlete notou que se formavam duas covinhas em sua face. Sorriu também. Apesar de tudo, sentia-se alegre por recomeçar a trabalhar.

Sentou-se atrás da escrivaninha e, imediatamente, começou a abrir as cartas.

CAPÍTULO 5

Aline levantou-se, tomou café e desceu à garagem para apanhar o carro. Fazia seis meses que ela estava trabalhando e três que a empresa financiara seu carro.

Durante a semana que ficara de licença devido à morte de Marcelo, ela refletiu muito e, apesar da tristeza, decidira continuar em Miami.

Não tinha vontade de voltar e enfrentar os comentários da família de Marcelo e dos conhecidos. Eles nunca entenderiam o que ela fizera. Se até seus pais a recriminavam, deixando subentendido que ela fora a culpada pela morte do marido, o que poderia esperar dos demais?

Melhor seria ficar, trabalhar, adaptar-se à nova vida e buscar esquecer aquele triste acontecimento.

Apesar de adorar o novo emprego, a maneira como era tratada pelos colegas e estar fazendo novas amizades, estava sendo difícil esquecer o que acontecera.

Durante o dia, dedicava-se ao trabalho e não pensava em mais nada, porém, à noite, sozinha em seu apartamento, a lembrança de Marcelo não a deixava.

Havia momentos em que parecia vê-lo ferido, pedindo ajuda; em outros, recordava-se do namoro e dos primeiros anos de casamento.

Quando isso acontecia, Aline chegava a sentir o sabor dos beijos que trocavam e os momentos de intimidade que haviam desfrutado, como se estivessem realmente acontecendo naquela hora.

Embora naquele tempo ela tivesse se sentido feliz, agora, recordar esses momentos provocava nela uma desagradável sensação.

Ao acordar, ela pensava: "Por que será que isso está acontecendo comigo? Por que não consigo me desligar do passado? Embora as pessoas me julguem culpada pelo que aconteceu, eu não me sinto assim. Nunca pensei que Marcelo pudesse morrer daquela forma. Nunca desejei nenhum mal a ele. Minha única fraqueza foi acreditar que o amava e aceitar esse casamento. Essa foi minha culpa. Eu nunca deveria ter desistido dos meus projetos para me casar com Marcelo".

Naquela manhã, enquanto dirigia rumo ao trabalho, o sonho que tivera com o marido na noite anterior não lhe saía do pensamento.

Sonhara que estavam trocando beijos apaixonados, enquanto ele repetia o quanto a amava e que nunca a deixaria, falando dos primeiros tempos de casamento.

Mas, apesar de aquele tempo haver sido bom, agora, não estava sendo prazeroso. Aline sentia-se mal, nervosa, e acordara fraca, indisposta.

Sentia que esses sonhos com Marcelo não estavam lhe fazendo bem. Ao contrário. Desejava esquecer, apagar de sua vida aqueles anos ao lado dele, contudo, não conseguia.

Marcelo estava sempre presente em seus pensamentos, reagindo a cada coisa que ela dizia ou fazia, como se ele estivesse presente.

Isso não podia continuar. Ela estava precisando de ajuda profissional. Acreditava que o choque produzido pelos acontecimentos a haviam traumatizado. Iria procurar um psicólogo.

No refeitório da empresa, durante o almoço, conversou com Rachel sobre o problema. Ela prontificou-se a lhe indicar um terapeuta seu amigo.

— Ele é maravilhoso — disse. — Estou certa de que ele dará um jeito nisso.

Aline agradeceu aliviada. De volta ao escritório, Rachel entregou-lhe um cartão dizendo:

— Aqui está o telefone dele.

— Irei procurá-lo hoje mesmo.

— Não sei se ele poderá atendê-la tão depressa. Tem muitos clientes.

— Quero resolver o quanto antes. Não suporto mais pensar no que aconteceu.

— Nesse caso, vou interceder. Norman é meu amigo, então, verei o que posso fazer.

— Fico-lhe muito grata.

Aline entregou-se ao trabalho com determinação e firmeza, disposta a não pensar mais em Marcelo. Duas horas depois, Rachel a procurou:

— Só agora consegui conversar com a secretária dele. Infelizmente, Norman está fora do país, em um congresso. Só voltará daqui a dez dias. Tentei marcar uma consulta para quando ele voltasse, mas ela nem queria, alegando que não tinha horário disponível. Por fim, deixei seu nome com ela, no caso de haver alguma desistência.

— Ele deve ser muito bom.

— É ótimo. Se você puder esperar, pelo menos teria a certeza de ser atendida por alguém muito competente.

— Obrigada, Rachel. Vou tentar.

— Olha, por que não procura distrair-se, sair, encontrar pessoas, divertir-se? Ficar em casa sozinha não vai ajudá-la em nada.

— Eu gosto de sair. Conheci alguns rapazes muito agradáveis perto de casa, mas, todas as vezes em que os encontro, acabo me sentindo mal.

— É porque você se sente culpada, ainda não aceitou o que aconteceu. Penso que deve insistir e sair mesmo assim. Eu tenho muitos amigos e posso introduzi-la em nossa roda. São pessoas alegres, do nosso nível, o que torna muito agradáveis os nossos encontros.

— Talvez tenha razão. Preciso reagir. Não há nada que eu possa fazer quanto ao passado. Preciso andar para frente.

— Isso mesmo. É assim que se fala! Hoje mesmo, ao sair daqui, fiquei de encontrar-me com alguns amigos em um barzinho. Você poderia vir comigo.

— Eu dormi muito mal essa noite. Não sei se seria uma boa companhia.

— Você vai, fica um pouco e vai embora. Pelo menos conhecerá algumas pessoas interessantes.

— Está bem. Irei.

No fim do expediente, Aline retocou a maquiagem, apanhou o carro e seguiu Rachel. Estava disposta a reagir, esquecer o passado e virar aquela página de sua vida.

Depois de estacionar ao lado da amiga, Aline olhou em volta. O lugar era bonito. O prédio era um pouco afastado e havia um enorme hall, cheio de plantas, muito bem decorado. Era um hotel. O restaurante dava para o jardim e o bar ficava em uma área envidraçada, cheia de plantas e flores. Estava lotado, e Aline adorou o lugar.

— Que lindo! — comentou animada.

— Eu adoro vir aqui — respondeu Rachel alegre. — Meus amigos já chegaram. Venha, vou apresentá-la.

Rachel abanou a mão para uma mesa em que havia duas moças e dois rapazes.

— Esta é Aline. Vivian, Vanessa, Bob e Nicolas.

Aline cumprimentou a todos, e Rachel continuou:

— Aline está há pouco tempo na cidade. Não conhecia este lugar.

— Estou encantada — disse ela.

Acomodaram-se, a garçonete aproximou-se, e elas fizeram o pedido. A conversa fluiu fácil. Vivian era miúda, loura, tinha olhos azuis e sorriso suave. Vanessa era alta, esguia, possuía vastos cabelos castanhos, olhos grandes, voz firme. Bob tinha estatura mediana, cabelos e olhos castanhos, sorriso fácil. Nicolas era alto, magro, de pele clara, tinha cabelos escuros, olhos negros, lábios grossos e queixo forte.

Aline gostou de todos e sentiu-se à vontade. O assunto girou em torno dela, porque nenhum deles conhecia o Brasil e estavam curiosos para saber como era a vida no país da moça.

Aline aproveitou para esclarecer alguns boatos que circulavam lá em relação à sociedade brasileira. A conversa estava boa, e Aline foi ficando.

Rachel olhou o relógio e levantou-se:

— Passa das nove. Preciso ir. Tenho que buscar John na casa de Emily.

Aline levantou-se, e Rachel continuou:

— Mas você pode ficar.

— A conversa está boa, mas preciso ir.

Despediram-se, Aline trocou telefones com todos, e saíram. Uma vez fora, Rachel perguntou:

— Então, o que achou?

— Gostei muito. Por momentos, me esqueci de todos os problemas. Você tem razão. O que eu preciso é sair e me divertir.

— Isso mesmo. Eles também gostaram de você.

— Acho que poderemos passar bons momentos juntos.

Um pouco mais animada, Aline foi para casa. Ligou o rádio do carro, e logo o som de um bolero encheu o ar. Ela, então, recordou-se de que aquela música estava muito em moda no Brasil.

O espírito de Marcelo, com a fisionomia irritada, estava ao seu lado. Como ela podia estar passeando, rindo, conversando com as pessoas, como se nada houvesse acontecido?

Se fosse ela que tivesse morrido, ele estaria triste, inconformado e deprimido. Como Aline podia ser tão indiferente ao que lhe acontecera? Logo ela, que fora a culpada de tudo!

Marcelo olhou para ela com raiva. Aline foi tomada por uma sensação desagradável e pensou no falecido marido.

Ele, notando que conseguira envolvê-la, disse:

— Você quer me esquecer, não me ama mais, mas não vou deixar. Por sua causa, estou neste estado. Você destruiu minha vida! Logo eu, que fiz tudo para torná-la feliz. Sua ingratidão não tem desculpa.

Aline começou a lembrar-se de como Marcelo a cercava de atenções, e um sentimento de culpa a invadiu. Ela reagiu:

— Não sou culpada pelo acidente. Ele exagerou como sempre. Se Marcelo não fosse tão dramático e apegado, eu não teria fugido. Teria conversado, dito que não o amava mais e que queria seguir minha vida, conforme havia planejado desde a infância.

Marcelo irritou-se ainda mais. Como ela podia ser tão fria? Ele havia sido a vítima, e ela ainda o culpava! Aline sentiu-se mal, teve náuseas e começou a sentir a cabeça atordoada e dores no corpo. Não via a hora de chegar em casa.

Marcelo continuava enraivecido:

— Se você pensa que vou deixá-la divertir-se com esses desocupados, está enganada. Você precisa voltar para nossa casa. É lá que eu quero que fique comigo.

Aline entrou em casa pálida, com as pernas bambas e foi logo tomar um banho. Melhorou um pouco, mas estava preocupada.

Talvez fosse bom procurar ajuda com outro terapeuta. Não podia continuar se sentindo assim. O que ela mais desejava era progredir no trabalho, mas, para isso, precisava ficar bem, manter a cabeça lúcida e esquecer aqueles pensamentos desagradáveis que a estavam deixando doente. Não podia perder essa oportunidade que fora tão duramente conquistada.

Sentou-se na cama e lembrou-se de sua família com saudade. Pensou em sua mãe e recordou-se do que ela costumava dizer:

— Quando você não sabe o que fazer, peça a ajuda de Deus. A ajuda Dele nunca falha.

Dalva era católica convicta. Frequentava a missa sempre que podia e reclamava porque as filhas não iam.

— Como quer que Deus se lembre de vocês se nunca rezam nem conversam com Ele?

Aline acreditava em Deus do seu jeito e nunca fora ligada a nenhuma religião, mas, naquele momento, as lágrimas brotaram em seus olhos e ela teve vontade de conversar com Deus.

Por que estava sendo tão castigada? Apesar de tudo, sua consciência não a acusava de nada. Por que, então, estava tão mal e não conseguia esquecer o passado? Estaria sendo punida por desejar uma vida melhor, por não amar mais o marido? Por que agora, que estava realizando seus sonhos da juventude, ela se sentia tão mal?

Aline deu livre curso às lágrimas. Quando se sentiu mais calma, disse baixinho:

— Meu Deus, ajude-me a entender o que está acontecendo comigo. Eu quero melhorar. Por favor, mostre-me o caminho.

Marcelo, confortado pelo sofrimento dela, acomodou-se em um canto do quarto. Apesar de triste, ele achava justo que Aline também chorasse. Eles estavam unidos, e o que um sentia deveria afetar o outro.

Aline suspirou aliviada. O mal-estar desapareceu, e ela decidiu preparar as roupas e dispor as coisas para o dia seguinte.

Ao mexer em uma bolsa, um cartão caiu no chão. Ela o apanhou e leu: "Instituto Ferguson – Doutor William Morris. Estudos sobre Paranormalidade".

Aline lembrou-se da moça que encontrara na livraria e que a convidara para assistir a uma palestra sobre vida após a morte.

Sentou-se na cama pensativa. Aquela moça lhe dissera que talvez lhe fosse útil assistir à palestra e mencionara sua mudança de vida. Como ela poderia saber?

Um arrepio percorreu seu corpo. Nunca se detivera pensando sobre a vida depois da morte. O que aconteceria com as pessoas que morrem? Seria o fim de tudo? Existiria, como alguns diziam, um outro mundo para onde eles iriam?

Se isso fosse verdade, Marcelo teria ido para outro lugar. Isso não era possível. Esse assunto lhe ocorrera por estar nervosa.

Jogou o cartão na bolsa e tentou esquecer, mas a fisionomia da moça na livraria não lhe saía do pensamento.

Aline ficara impressionada com o que ela lhe dissera, mas isso fora apenas coincidência. Aquela moça não a conhecia, portanto, não sabia nada sobre sua vida. Dissera aquelas palavras para convencê-la a assistir à palestra.

Ligou a televisão decidida a não pensar mais nisso. Na manhã seguinte, porém, no escritório, ao ler os jornais, uma reportagem chamou sua atenção:

O doutor William Morris fala sobre a vida após a morte e paranormalidade.

Em meio a uma plateia lotada, o professor Morris, como gosta de ser chamado, apresentou alguns fatos que ele diz comprovar que a vida continua em outras dimensões do Universo.

Ele garante, após mais de vinte anos de pesquisas, que não só isso é verdade, como os que morrem podem se comunicar com os vivos e interferir em suas vidas.

Nossa reportagem o abordou depois da palestra, questionando suas afirmações. Ele respondeu:

— *O mundo dos espíritos é coexistente com o nosso. Quando alguém morre, abandona o corpo de carne, que lhe serviu de instrumento para interagir neste mundo. Conserva, porém, o corpo astral que possuía antes de nascer. Nossos olhos não podem vê-los, porque o corpo astral, preparado para viver em outras dimensões, vibra em uma faixa que nossos olhos não alcançam.*

— *Como é a vida nessas dimensões?*

— *Diversificada. Há muitas moradas no universo. Na bíblia, você encontra muitas citações sobre elas. Possuem vários níveis, e cada ser que morre vai viver conforme seu nível espiritual.*

— *O senhor disse que eles podem influenciar nossa vida? Não lhe parece assustador fazer uma afirmação dessas?*

— *De modo algum. Quem morre continua igual ao que era no mundo. Com os mesmos sentimentos, afetos, e as mesmas necessidades. Os que são apegados aos bens materiais, às pessoas que amam, muitas vezes permanecem ao lado delas, influenciando-as. Não há nada de assustador, pois dizer a verdade faz as pessoas identificarem o que lhes está acontecendo e procurem ajuda.*

— *Não será uma forma de fazer proselitismo?*

— *Permita-me convidá-lo para uma visita aos nossos grupos de estudos, nos quais poderá pesquisar e comprovar o que estou dizendo. Então, descobrirá que é melhor saber e tomar providências. Os laços afetivos não se rompem com facilidade, e os do ódio também. Tanto um quanto outro provocam situações que podem levar uma pessoa à loucura. Portanto, penso que é hora de estudar o assunto.*

— Pode estar certo de que voltarei. Muito obrigado pela entrevista.

As pessoas estavam ansiosas para conversar com o doutor Morris, querendo contar suas experiências. Mas ele mandou que elas procurassem o instituto no expediente diurno para mais informações.

Havia uma foto do doutor Morris no jornal. Era um homem de meia-idade, elegante, de rosto enérgico, porém afável. Se isso fosse verdade, o espírito de Marcelo estaria ao seu lado e nunca a deixaria. Rachel aproximou-se:

— Aconteceu alguma coisa? Você está pálida.

— Você acredita em vida após a morte? Você acha que quem morre pode envolver nossa vida?

— Não sei. Há muita gente séria que estuda isso e acredita. Eu, porém, nunca me detive nesse assunto. Por que pergunta?

Aline estendeu o jornal para Rachel:

— Leia isso.

A outra obedeceu, depois devolveu o jornal dizendo:

— Você se impressionou com essa entrevista. Ainda está nervosa com a morte de seu marido.

— Não foi só por isso.

Aline contou o encontro com a moça na livraria e continuou:

— Ontem, quando voltava para casa, comecei a me sentir mal, aflita, desesperada. O mal-estar não passava. Comecei a me lembrar das recomendações que minha mãe costumava fazer, então, rezei, pedi a ajuda de Deus. Senti-me um pouco melhor. Depois, quando fui arrumar minhas roupas para hoje, apanhei uma bolsa e o cartão desse instituto caiu no chão.

— Estou arrepiada, Aline. Que coisa! Isso pode ser um sinal. Acho que você deveria ir a esse instituto.

— Será? Eu nunca mexi com nada disso. Tenho medo.

— Eu gosto de ler os sinais que a vida dá. Esse foi incrível.

— Acha mesmo?

— Olha, agora até eu fiquei curiosa. Vou pesquisar, buscar informações sobre esse instituto. Se for um lugar sério, você deve ir.

— Não sei. Só em pensar nisso fico nervosa.

— Eu vou com você. Não tenho medo de nada.

No fim da tarde, Rachel aproximou-se de Aline e entregou-lhe algumas folhas de papel:

— Veja, busquei informações sobre esse instituto. É um lugar sério, dirigido por pessoas ilustres. O doutor William Morris, além de médico psiquiatra, é doutorado em filosofia. É autor de vários livros e, nos últimos vinte anos, vem se dedicando às pesquisas de parapsicologia ao lado do professor Rhine. Dá aulas em duas famosas universidades e é muito respeitado.

— Acha que devo ir?

— Acho. Agora, até eu fiquei curiosa. Irei com você.

— Não sei... Só em pensar nisso, sinto medo. Parece que nesse lugar vai me acontecer alguma coisa ruim.

— Você está impressionada. Pelas informações, esse instituto é frequentado por pessoas sérias e não há razão para temer. Se o que o doutor Morris diz for verdade, o espírito de seu marido pode mesmo estar perto de você.

Aline sentiu um arrepio percorrer-lhe o corpo:

— Nem me diga uma coisa dessas.

— Apegado como você disse que ele era, no caso de seu marido continuar existindo em outro mundo, acha que ele não ficaria ao seu lado?

— É isso o que me assusta. Se isso for verdade, de nada valeu eu ter me separado. Marcelo sempre jurou que nunca me deixaria.

— Pois eu, se fosse você, iria hoje mesmo a esse instituto. O doutor Morris afirma que, embora essa situação possa ser assustadora, é melhor saber do que ignorar. Eu penso como ele.

— Apesar do medo que estou sentindo, acho que tem razão. É melhor ir mesmo, porque, se as coisas forem como eu acredito, de que quem morre não volta, acabarei com essa história.

— Assim é que se fala. Enfrentar nossos medos é sempre melhor.

Depois que Rachel saiu, Aline dedicou-se ao trabalho. No horário do almoço, procurou o telefone do instituto e ligou.

A atendente informou que o horário de atendimento começava às três da tarde e iria até às oito da noite. Aline anotou o endereço e, no fim do expediente, quando saíam, ela disse a Rachel:

— Estou com o endereço do instituto. Eles atendem até às oito, pretendo ir agora. Você me acompanha?

— Sim. Só vou ligar para Beth ir apanhar meu filho no colégio.

Depois que Aline ligou, saíram. Rachel iria à frente, pois sabia onde ficava a rua do Instituto Ferguson. Aline iria segui-la.

O instituto estava localizado em um prédio de seis andares, muito bonito, com estacionamento no subsolo. Havia muitas pessoas entrando e saindo, e elas encaminharam-se para a portaria.

Uma recepcionista as atendeu, perguntando o que elas pretendiam no instituto. Aline contou que lera a entrevista no jornal e que elas haviam se interessado em estudar o assunto.

Depois de preencher um formulário e responder a algumas perguntas, foram encaminhadas cada uma para um atendente.

Aline sentou-se diante de um jovem que aparentava ter cerca de vinte e poucos anos, louro, de cabelos encaracolados e revoltos, que sorriu para ela, olhando em seus olhos.

Aline sorriu também, e ele perguntou atencioso:

— É a primeira vez que você vem aqui?

Aline, em poucas palavras, contou-lhe que se separara do marido para trabalhar em Miami e que ele havia falecido em um acidente de carro. E finalizou:

— Eu não sei se fiquei impressionada com a notícia de sua morte, mas não tenho me sentido muito bem.

— O que você sente?

— Angústia, medo. Parece que alguma coisa terrível vai me acontecer. Sou uma pessoa alegre, mas agora tenho sentido depressão, sonolência, e, quando durmo, meu sono é agitado. Às vezes, sinto dores no corpo, ora de um lado, ora de outro, e enjoos... É difícil explicar. Sempre fui uma pessoa saudável, nunca fiquei doente.

Ele olhou-a firme e perguntou:

— Seu marido era um homem moreno, bonito, alto, de cabelos castanhos, covinha no queixo?

Aline remexeu-se inquieta na cadeira:

— Sim. Como sabe?

— O amor dele era dominador, e foi por isso que você acabou se separando. É difícil suportar uma situação dessas.

— É verdade. Você acha que o espírito dele esteja perto de mim?

— Não tenha medo. Ele não deseja fazer-lhe mal.

— De fato. Ele sempre me protegeu, mas, agora, está morto. Não creio que possa estar aqui.

— Mas ele está. Vestindo um terno azul, com o rosto ferido, sangue escorrendo do peito e das pernas. Ele precisa de ajuda.

Aline empalideceu. O rapaz descrevera Marcelo do mesmo jeito que ela sonhara no avião. Assustada e trêmula, ela não conteve as lágrimas que desceram por seu rosto. Sentiu vontade de fugir dali e levantou-se.

O rapaz levantou-se também e segurou-a pelo braço, dizendo:

— Venha comigo.

— Eu quero ir embora. Não posso ficar aqui.

— Venha, não tenha medo.

Ele conduziu Aline a uma sala em que um grupo de pessoas meditava em silêncio. Fê-la sentar-se, e, a um sinal, duas pessoas se aproximaram. A moça sentou-se diante de Aline, segurou suas mãos, enquanto o homem se posicionou atrás da cadeira dela, impondo as mãos sobre Aline e orando em silêncio.

Aline sentiu que um calor brando invadiu seu corpo, e, aos poucos, uma sensação de alívio a envolveu. Ela foi relaxando e sentiu-se melhor.

Depois de alguns minutos, os dois se afastaram, e o atendente a conduziu novamente para sua sala, fazendo-a sentar-se na sua frente.

— Sente-se melhor? — indagou atencioso.

— Sim. Estou aliviada. O que aconteceu naquela sala?

— Você recebeu uma doação energética. Vai sentir-se mais forte.

— É difícil aceitar que Marcelo continua existindo em outro mundo. Isso me apavora, porque ele era muito apegado, tanto que, para poder me separar dele, precisei fugir, pois ele nunca iria aceitar.

— Ele não aceita a separação e a culpa pelo acidente.

— Eu nunca imaginei que isso pudesse acontecer. Nunca desejei mal a ele.

— Eu sei. Você não tem culpa de nada. É bom ter isso em mente, porque ele deseja que se sinta culpada para poder dominá-la.

— Ele deve estar me odiando.

— Não, isso não. Ao contrário, ele acha que é amor e que a vida só tem sentido ao seu lado. Ele está enganado. As pessoas são livres. Ninguém é de ninguém, e cada um tem todo o direito de escolher seu caminho. Portanto, não dê importância aos pensamentos ruins que passam por sua cabeça. Não são seus. Os pensamentos que está captando são dele ou até de outros espíritos desencarnados que podem querer tirar partido da situação.

— Acha que, além dele, possa haver outros?

— Nós estamos rodeados de seres da outra dimensão, de espíritos que viveram neste mundo e que, depois da morte do corpo, se negam a seguir a outros destinos. Eles nos inspiram pensamentos depressivos, e nós acreditamos que sejam nossos, porquanto os estamos sentindo da mesma maneira que costumeiramente nossos pensamentos funcionam.

— Como podemos diferenciar os nossos pensamentos dos deles? Não acha que isso é injusto e assustador? Nós não os estamos vendo e não temos como nos defender. Por que Deus permitiria tal situação?

— Nós temos livre-arbítrio, bom senso, e podemos escolher não dar importância aos pensamentos destrutivos, alimentando apenas os bons. Dessa forma, estaremos livres dessas influências.

Aline ficou pensativa por alguns instantes e depois disse:

— É uma situação difícil, com a qual não sei lidar. Parece-me impossível que alguém possa nos assediar mesmo depois de morto.

— Essa é uma realidade que terá de enfrentar.

— Isso me apavora. Embora seja difícil aceitar, você o descreveu como em meus sonhos. Como poderia saber?

— Ele está ao seu lado, e eu o vi.

Aline remexeu-se na cadeira e perguntou:

— O que me aconselha?

— A fazer um tratamento espiritual em nosso instituto.

— Em que consiste esse tratamento?

— Em doação de energia para que se sinta mais forte e, ao mesmo tempo, o ajude a aceitar a separação.

— Eu o conheço e sei que não será fácil.

Ele sorriu levemente e respondeu:

— Tudo fica fácil quando Deus ajuda.

— É verdade. Havia me esquecido disso. Acha que poderá fazê-lo entender e aceitar?

— Vamos tentar.

— Está bem.

Ele apanhou um bloco e uma caneta. Entregou-os a ela, dizendo:

— Anote aqui o nome completo de seu falecido marido e o dia de sua morte. Precisamos de uma foto também.

— Foto? Para quê?

— Para nossa equipe poder mentalizá-lo e trabalhar. Você precisará vir duas vezes por semana.

— Acha que ficarei bem?

— Acredito que sim. Mas prometa que vai nos ajudar, procurando não dar importância a qualquer pensamento triste, doloroso ou de culpa que sentir.

Aline prometeu, e ele escreveu um papel, entregou-o a ela, dizendo:

— Quando vier, traga esse papel e procure chegar no horário.

Ela agradeceu, despediu-se do rapaz e saiu. No saguão, Rachel a esperava ansiosa:

— Então, como foi?

— Foi incrível. Estou tremendo até agora.

Em poucas palavras, Aline contou tudo e depois perguntou:

— E você, como foi?

— A moça que me atendeu não falou nada sobre quem já morreu, porém falou sobre pessoas vivas.

— Como assim?

— É uma história antiga, complicada. Depois eu lhe conto.

— Desculpe, não quis ser indiscreta.

— Não se trata disso. É que preciso de tempo para pensar no que ela me disse. Como ela podia saber tanto sobre minha vida?

— Talvez algum espírito tenha lhe contado, exatamente como aconteceu comigo.

— Vamos embora, pois preciso buscar o John. Outro dia, vou lhe contar tudo.

— Não é preciso. Só queria saber se com você havia acontecido o mesmo que aconteceu comigo.

— Ela pediu-me que me inscrevesse em um dos cursos. Disse que me ajudaria a lidar com meu problema. Vou pensar, mas estou inclinada a fazer. Agora vamos.

Elas saíram do instituto, despediram-se, e cada uma foi apanhar o carro.

Durante o trajeto, Aline não conseguia esquecer-se das palavras do atendente. Marcelo estava vivo e ao seu lado.

Pensando nisso, encolheu-se, receosa.

De fato, ele estava ali, triste, assustado. Quando Aline entrou naquela sala e as pessoas começaram a rezar, ele sentiu-se angustiado.

Aquelas pessoas desejavam separá-lo dela. Assustado, saiu e foi esperá-la perto do carro. Estava disposto a não permitir que o separassem dela.

Resistiria. Faria qualquer coisa para ficar com Aline. Estava sentado ao lado dela no carro. Notou os pensamentos da esposa e disse angustiado:

— Não tenha medo de mim. Acha que lhe faria mal?

Aline sentiu arrepios e encolheu-se ainda mais. Triste, Marcelo afastou-se e resolveu manter distância até que ela se acalmasse.

CAPÍTULO 6

Aline chegou em casa mais calma. Por mais que a incomodasse o pensamento de que o espírito de Marcelo a estivesse assediando, confortava-a saber que poderia contar com a ajuda do instituto.

Eles falavam do assunto com tal naturalidade, demonstravam tanto conhecimento, que, certamente, encontrariam uma forma de resolver seu problema.

Decidiu, então, fazer a sua parte, evitando os pensamentos tristes. Ligou a televisão, e uma canção em voga encheu o ar. Satisfeita, Aline preparou algo para comer e sentou-se diante do aparelho, com a bandeja na mão, esforçando-se para esquecer suas preocupações e prestar atenção no show.

Em poucos instantes, esqueceu-se de tudo, embalada pela música, o que irritou Marcelo.

— Como ela pode ser tão indiferente? Ficar tão alegre, enquanto eu estou sofrendo? Fiz tudo por ela, até morri por culpa dela! Faz tão pouco tempo, e ela nem liga. Parece até que ficou feliz com minha morte.

Nesse momento, ele viu uma luz muito clara aproximar-se, e logo uma mulher, aparentando ter cerca de quarenta anos, muito bonita, trajando um lindo vestido azul que ia até os pés, entrou no quarto.

Ele notou logo que não se tratava de uma pessoa encarnada, porque ela o viu de pronto e sorriu.

— Quem é você? — indagou ele, admirado.

— Sou Cora, uma pessoa amiga que deseja ajudá-lo.

— Estou muito bem e não preciso de ajuda.

— Você está ferido. Precisa de tratamento.

— Isso foi por causa do acidente, mas está melhorando. Com o tempo, ficarei bom.

— Vim buscá-lo para fazer um tratamento.

— Você quer me separar de Aline. Eu sei.

— Quero que você fique curado. Quando estiver bem, poderá voltar se quiser.

— Eu não posso ir. Tenho de cuidar dela sozinha nesta cidade estranha.

— Ela sabe se cuidar. Sem atendimento, seu estado pode piorar.

— Não adianta insistir. Não quero ir.

— Seria melhor para você. O que espera conseguir ficando ao lado dela do jeito que está? Sempre que você se aproxima dela, passa sua angústia, suas dores, seu mal-estar e sua tristeza. Ela sente-se mal.

— Ela se sente assim por causa da culpa. Você sabe que ela foi a causadora da minha desgraça.

— Não é verdade. Você foi o causador do seu acidente.

Ele irritou-se:

— Eu sei que você veio porque quer me separar de Aline. Ouvi aquele sujeito dizer que iriam me tirar do lado dela. Acho que você faz parte daquele grupo. Podem fazer o que quiserem, mas não irei. Não sairei daqui de forma alguma.

— Você só irá comigo se quiser. Devo adverti-lo, porém, de que será muito melhor ir comigo do que insistir em ficar em um lugar que não é o seu.

— Deixe-me em paz. Daqui eu não saio.

Ela afastou-se e desapareceu. Marcelo suspirou aliviado. Pouco depois, um rapaz alto, forte, de cabelos escuros, trajando um terno cinza, entrou no quarto, e Marcelo olhou-o preocupado.

— Não se assuste amigo. Desculpe a intromissão, mas acho que você precisa de ajuda.

— Se veio me pedir para deixar Aline, pode desistir. Ela é minha mulher, e daqui eu não saio.

— Você está certíssimo. Seu lugar é ao lado dela. Vim porque vi que você está sendo envolvido por pessoas que não desejam seu bem.

— A quem se refere?

— Àquela mulher que esteve aqui há pouco. Ela faz parte daquele grupo ao qual sua mulher foi hoje à tarde.

— Logo vi. Foi o que pensei.

— Ela é perigosa. Com essa conversa mansa, nos envolve e acaba conseguindo o que quer.

— Ela quer me separar de Aline, mas não vai conseguir.

O homem riu ironicamente:

— Ela tem força e, se você não se preparar, logo voltará com mais força. Se isso acontecer, você terá de ceder.

— Nunca! Eu não teria aonde ir, se ficasse longe de Aline.

— Você gosta mesmo dela.

— Adoro. Não a deixarei nunca.

— Essas histórias de amor me comovem. Amei muito também e sofri demais. Entendo o que você está passando e até sei o que vai acontecer. Uma mulher jovem, bonita, cheia de vida como Aline, um dia vai aparecer com outro. Ela vai se interessar e, quando você menos esperar, estará casada de novo.

Marcelo fechou os punhos com raiva:

— Isso nunca vai acontecer! Não vou deixar!

— Estou aqui para ajudá-lo. Você precisa fazer sua mulher lhe dar o valor que merece. Notei que ela nem se incomodou com sua morte. Você pensou que ela o amava!

— Pensei. Nunca imaginei que ela pudesse fazer o que fez. Mas, ainda assim, não quero perdê-la.

O homem aproximou-se, deu uma palmadinha nas costas de Marcelo e disse:

— Você não vai perdê-la. Estou aqui para ajudá-lo.

— Obrigado. Até que enfim, encontrei um amigo.

— Isso mesmo. Um amigo para o que der e vier. Meu nome é Vitor.

— Sou Marcelo.

— Foi bom tê-lo encontrado. Você precisa conhecer meus amigos. Juntos, nós poderemos fazer qualquer coisa.

— Gostaria de conhecê-los, mas não quero sair daqui. Aline pode fazer uma besteira.

— Há tempo para tudo. Logo, ela estará dormindo, e nós poderemos ir.

— Mesmo assim, não quero ir. Custei para encontrá-la, e, se eu sair, outros poderão tomar meu lugar. Aquela mulher, por exemplo.

— Não se preocupe. Posso colocar perto dela um alarme, e, se algo acontecer, voltaremos imediatamente.

Marcelo hesitou.

— Você tem esse poder?

— Claro! Se você fizer o que lhe digo, terá esse poder e muito mais.

Marcelo olhou-o admirado:

— Você deve ser importante mesmo.

O outro ergueu a cabeça com altivez e respondeu:

— Eu pertenço a um grupo que tem muita força.

— Estou um tanto perdido. Desde meu acidente, não tenho estado bem. Sinto dores, e, de vez em quando, minha cabeça roda. Parece que vou perder os sentidos.

— É por esse motivo que quero apresentá-lo a meus amigos. Eles vão cuidar de você e logo ficará bom.

— Eu gostaria, mas não posso sair daqui.

— Olhe, ela já se deitou. Assim que adormecer, poderemos ir.

Aline estava cansada e com sono. Ela virou-se de lado e logo adormeceu. Marcelo viu quando ela deixou o corpo e imediatamente quis abordá-la, porém Vitor o impediu, dizendo:

— Não faça isso. Deixe-a ir. Ela está acompanhada de um amparador.

— Não estou vendo ninguém.

Vitor colocou a mão direita sobre a testa de Marcelo, que, imediatamente, viu o espírito de Aline distanciando-se, abraçada a uma mulher jovem e bela, iluminada por uma luz azul.

— Quem é essa mulher? Ela está levando Aline. Não vai roubá-la de mim?

— Não. Aline está apenas dormindo. Essa mulher a está protegendo, e eu o aconselho a não se aproximar dela.

— Por quê?

— Ela trabalha para a luz.

— E você trabalha para quem?

— Para os que, como nós, querem cuidar dos nossos problemas. Os servos da luz são cheios de regras. Têm conversa mansa, nos levam para longe e nos prendem. Então, somos obrigados a fazer tudo o que eles mandam.

— Deus nos livre.

— Isso mesmo. Nós não queremos ninguém nos dizendo o que fazer! Unimo-nos e somos capazes de cuidar dos nossos problemas. Não são só eles que têm poder; nós também temos. Nosso grupo é poderoso. Venha, agora podemos ir.

Marcelo hesitou:

— Não sei... E se eles nos prenderem também?

Vitor riu incrédulo:

— Nem pense nisso. Lá, somos uma democracia, lutamos pela nossa liberdade. Venha comigo! Garanto-lhe que não se arrependerá. Estaremos de volta antes de Aline.

— Nesse caso, eu irei.

— Assim é que se fala.

Vitor segurou o braço de Marcelo, e, juntos, volitaram rumo ao desconhecido. Marcelo estava deslumbrado. Desde seu desencarne, nunca havia deslizado pelo espaço.

Marcelo viu-se transportado aos lugares, sem saber como havia transposto a distância. Pensava e, de repente, via-se no lugar. Assim, entrara naquele avião e descobrira o flat de Aline.

Vitor deveria ser mesmo poderoso para conduzi-lo daquela forma. A princípio, andaram sobre a cidade adormecida, vendo o céu cheio de estrelas, mas logo entraram em uma onda de neblina. Vitor recomendou:

— Esta zona é um tanto perigosa, mas não tenha medo. Eles não poderão nos ver.

Marcelo viu vultos, pessoas malvestidas que pareciam doentes, e assustou-se. Acalmou-se, contudo, ao notar que eles deslizavam sem serem vistos.

A neblina dissipou-se, e Marcelo divisou uma fortaleza cercada por muros altos. Vitor parou em frente ao grande portão e disse:

— Chegamos.

Marcelo olhou em volta preocupado. Pareceu-lhe haver regredido no tempo e voltado à Idade Média.

Vitor disse o nome, e o portão abriu-se. Eles entraram. Marcelo sentiu um arrepio de medo vendo o imenso portão fechar-se novamente.

O lugar não era nada alegre. Havia homens de uniforme por toda a parte. Vitor parecia muito à vontade, cumprimentando-os.

— Venha, desejo apresentá-lo a um amigo. Mimo é um dos diretores desta casa.

— Estou preocupado. Tem certeza de que estaremos de volta antes de Aline acordar?

— Nunca duvide da minha palavra. Eu disse que o levaria de volta e vou cumprir.

— Desculpe-me. É que estamos muito longe. Eu não saberia voltar sozinho.

— Eu vou levá-lo. Conheço bem o caminho. Venha.

Foram andando pelo imenso pátio até um dos lados do prédio e pararam diante de uma porta, que se abriu assim que eles subiram o degrau que a antecedia.

Entraram em um corredor de pedra, iluminado por archotes, até um saguão onde havia uma mesa e um homem sentado, manipulando uma máquina muito parecida com um computador.

Vendo-os chegar, Vitor cumprimentou-o, apresentou Marcelo e pediu:

— Quero falar com Mimo.

— Ele os está esperando. Podem entrar.

Vitor conduziu Marcelo para uma porta toda trabalhada e disse:

— A sala dele é aqui.

Vitor não precisou dizer nada, e a porta abriu-se. Eles entraram em uma sala luxuosa, cheia de tapeçarias e veludos, com móveis pesados e de madeira caprichosamente trabalhada. As cores escuras tornavam o ambiente pesado, e a luz de alguns lampiões tornavam um tanto irreal.

Marcelo não gostou do que viu. Sentado em um divã, estava um homem calvo, gordo, de meia-idade, vestido com uma roupa de veludo, fumando em um aparelho parecido com o de ópio e soltando baforadas no ar.

Em seu rosto redondo, os olhos argutos e magnéticos prendiam a atenção. Vitor aproximou-se e, saudando-o, disse:

— Trouxe um amigo que precisa de ajuda.

Mimo fixou-os, e seu rosto tornou-se amável, quase terno, quando respondeu:

— Fez bem. O amigo está mesmo muito necessitado. Aproxime-se.

Animado pelo tom suave, quase carinhoso, Marcelo aproximou-se. Mimo designou o lugar ao seu lado e disse:

— Sente-se aqui, meu filho. Vamos ver o que posso fazer por você. Conte-me tudo.

Marcelo obedeceu e, assim que se sentou, foi acometido de forte emoção. Recordou-se de tudo o que lhe acontecera desde que encontrou a carta de Aline, deixando que a emoção tomasse conta de si. Chorou desesperado, enquanto Mimo passava a mão pela sua cabeça.

— Chore, meu filho. Desabafe. Você tem razão de se revoltar. O que essa mulher fez com você foi terrível! Ela não teve pena de sua dor. Pagou com ingratidão tudo o que fez por ela. Estou vendo o que você passou. Pobre menino. Ela não merece seu amor. Ela tem que pagar.

— Não. Eu a amo. Só quero que ela me veja e fique comigo.

— Apesar de tudo, ainda quer ficar com ela? É uma mulher que não o merece.

— Mas eu não posso viver sem ela. Quero que ela fique comigo.

— Nesse caso, podemos fazer com que ela venha para cá.

— Como pode ser isso?

— Podemos acabar com o corpo dela. Assim, ela virá para cá e ficará com você.

Marcelo assustou-se:

— Mas eu a amo. Não posso querer que ela morra.

— Nesse caso, não podemos fazer nada. Essa é a única forma de ela vir ficar com você.

Marcelo suspirou triste sem saber o que dizer. Bem que ele gostaria que Aline viesse ter com ele, mas a esse preço? Seria isso justo?

— Foi justo o que ela fez com você? — indagou ele.

Marcelo percebeu que Mimo lera seu pensamento. Era de fato muito poderoso. Ele teve medo do que poderia acontecer a Aline, por isso respondeu:

— Não quero chegar a esse ponto. Só desejo ficar ao lado dela para sempre.

— Nesse caso, terá de esperar que chegue a hora dela.

— Estar ao lado dela é tudo quanto quero. Se quer me ajudar, não deixe que ninguém nos separe, e eu lhe serei eternamente grato.

Mimo deu uma aspirada no aparelho de ópio e depois disse sorrindo:

— Aqui ninguém precisa da sua gratidão. Nós trabalhamos à base de troca. Fazemos favores, e as pessoas nos fazem favores. É tudo muito sério e organizado. Só não admitimos traição. Aqui, a palavra vale mais que tudo. Eu posso conseguir o que você quiser, do jeito que quiser, mas é bom saber que terá de nos prestar um serviço em troca.

— Que tipo de serviço?

— O que for preciso. É um trato justo, não acha?

Marcelo hesitou um pouco, mas concordou:

— É, acho que é.

— Aqui, nós não obrigamos ninguém. As pessoas são livres para decidir. Volte para a casa dela, pense bem, mas, se aceitar nossa ajuda, saiba que terá de corresponder conforme nosso trato.

Marcelo concordou, e Vitor aproximou-se:

— Obrigado, mestre. Marcelo ainda não se recuperou do acidente. Suas feridas sangram, e ele sente dores. Posso levá-lo à enfermaria para um curativo?

— Vamos atendê-lo por cortesia. Pode levá-lo.

Eles agradeceram e saíram. De volta ao pátio, Marcelo respirou aliviado. Vitor conduziu-o a uma ala do prédio, onde ele foi atendido e encaminhado a uma enfermeira.

— Mirela, este é Marcelo. Precisa de ajuda.

Ela voltou-se e fixou-o emocionada:

— Renato! Quanto tempo!

Marcelo olhou-a admirado. Era uma mulher de uns trinta anos, pele clara, olhos azuis e cabelos castanhos, muito bonita. Seu rosto era-lhe familiar. De onde a conhecia? Não se lembrava.

— Você está enganada. Meu nome é Marcelo.

Ela abraçou-o trêmula e respondeu:

— Você ainda não se lembra! Mas eu nunca o esqueci.

— Eu disse que você está enganada. Nós não nos conhecemos.

— Não vou insistir. Tudo acontecerá a seu tempo. Venha, vou ajudá-lo. — Conduziu-o a sala ao lado e disse: — Deite-se na maca.

Marcelo obedeceu. Olhou em volta e viu que havia vários aparelhos atrás da maca, ligados entre si. Mirela apertou um botão, e a sala ficou iluminada por uma luz de cor azul.

Ele sentiu a cabeça rodar e quis levantar-se, mas Mirela segurou-o.

— Relaxe. Não tenha medo. Estamos limpando suas feridas. Acalme-se. Logo, logo, você se sentirá melhor.

Marcelo reviveu o momento do acidente, mas, aos poucos, a sensação de pânico foi passando.

— Respire fundo e não se preocupe com nada. Relaxe.

Ele sentiu-se mais calmo e notou que a queimação nas feridas havia passado. Ela acendeu uma luz verde, e Marcelo começou a experimentar uma sensação de paz que havia muito não sentia.

Mirela começou a passar as mãos sobre o corpo dele, sem tocá-lo. De suas mãos saía uma energia laranja, que penetrava no corpo de Marcelo, provocando-lhe a sensação de vigor.

Ele não conseguiu saber quanto tempo durou o tratamento, mas, quando Mirela acendeu as luzes e perguntou como ele estava se sentindo, Marcelo respondeu:

— Parece um verdadeiro milagre. A dor e o mal-estar desapareceram.

A um gesto dela, Marcelo sentou-se. Ela desligou alguns aparelhos e perguntou:

— Você também terá de ficar aqui?

— Não. Vim só conhecer. Vou voltar já para o lado de minha mulher.

— Você está casado?

— Estou, mas minha esposa ainda vive no mundo. Sofri um acidente de carro e vim para cá. Mas não me conformo. Embora ela não possa me ver, vou ficar lá, com ela.

Mirela olhou-o triste:

— Você precisa aceitar a separação. Não é bom insistir em uma coisa que não tem como continuar. Chegará o dia em que terá de deixá-la, quer queira ou não.

Marcelo trincou os dentes:

— Isso nunca acontecerá. Obrigado pela ajuda. Estou me sentindo aliviado. Veja, as feridas estão cicatrizadas. Nunca esquecerei o que fez por mim.

— Gostaria de fazer muito mais. Infelizmente, no momento, não posso.

— Preciso ir. Vitor está me esperando. Vamos voltar à Terra.

Mirela hesitou um pouco e depois disse:

— Cuidado com as pessoas daqui. Você fez algum trato com alguém?

— Não. Por que está me dizendo isso?

— Porque nem sempre as coisas são o que parecem.

— Bem, preciso ir. Mais uma vez, obrigado por tudo.

Ele dirigia-se para a porta, mas Mirela segurou-o pelo braço:

— Por favor, não conte ao Vitor o que eu lhe disse. Eles podem não gostar.

— Fique sossegada. Não direi nada.

Mirela fixou-o emocionada. Em seus olhos havia o brilho de uma lágrima, quando ela disse:

— Apesar de tudo, vê-lo foi uma gratificante emoção.

Marcelo sentiu uma onda de ternura envolvê-lo e abraçou-a com carinho:

— Não sei explicar, mas parece que já vivemos outros momentos como este.

— Sim, já vivemos. Um dia, você se lembrará disso e, quem sabe, poderemos falar do passado e rever nossos sentimentos.

— Sinto que isso é verdade. Por que será que não me lembro?

— Porque seu coração ainda está mais ligado aos que ficaram na Terra do que à sua vida astral. Quando isso passar, você vai lembrar.

— Por que não me conta tudo?

— Porque é você quem precisa recuperar sua memória, e isso tem de acontecer de uma forma natural. É melhor não forçar.

— Nesse caso, já vou. Obrigado. Estou me sentindo muito melhor. Gostaria de fazer alguma coisa por você em agradecimento.

— Eu também preciso de ajuda. Reze por mim.

— Não sou muito de rezar, mas vou tentar.

Ela abriu a porta, e Marcelo saiu. Vitor o esperava e, vendo-o, disse contente:

— Nossa! Como você melhorou! Perdeu aquele aspecto aterrador.

— Essa enfermeira faz milagres. Estou me sentindo bem melhor, ótimo.

Vitor fixou-o com certa preocupação e perguntou:

— Ela chamou-o de Renato e disse que o conhecia. Você se lembrou de onde?

— Não.

— Ela não lhe contou nada?

— Não. Achei curioso, mas, se fosse verdade, eu teria lembrado. Ela deve ter se enganado.

— Pode ser mesmo.

— O tratamento dela é poderoso. O que fez comigo parece um milagre.

— Ela tem o dom de curar as pessoas. Precisamos ir embora. Vamos.

Marcelo concordou. Vitor segurou seu braço, e os dois foram volitando. Dentro de pouco tempo, estavam de volta ao apartamento de Aline.

Entraram no quarto dela, que dormia tranquila. Da sua nuca saía um cordão prateado que se perdia na distância.

— O que significa isso? — indagou Marcelo, admirado.

— Nada de mais. O espírito dela ainda não voltou ao corpo.

— Ela dorme todas as noites, mas eu nunca tinha visto isso antes.

— É porque você melhorou, está mais sensível. Bem, preciso ir. Pense bem no que o mestre lhe disse. Vou ficar ligado a você. Se desejar me ver, é só me chamar, e eu virei.

— Obrigado por tudo. É muito bom ter um amigo.

— Pode contar comigo.

Vitor se foi, e Marcelo sentou-se ao lado da cama. A aventura daquela noite havia sido fantástica. Lembrou-se de Mirela e sentiu certo enternecimento.

Quem seria ela? Algum dia teria representado alguma coisa em sua vida? Não saberia dizer. A emoção, contudo, aparecia quando Marcelo se lembrava dela.

De repente, ele teve sua atenção despertada. Aline estava entrando pela janela fechada. Estava linda, e seu corpo espiritual mostrava-se envolvido em luz.

Marcelo fitou-a embevecido. Parecia uma deusa. Ela, contudo, passou por ele e acomodou-se no corpo adormecido, suspirando levemente. Depois, virou de lado e continuou dormindo.

Ainda sob a forte emoção do momento, Marcelo acomodou-se ao lado de Aline na cama, abraçou-a e adormeceu.

CAPÍTULO 7

Rodrigo chegou ao escritório mais cedo e dirigiu-se logo à sala de projetos. Na noite anterior, trabalhara até tarde e não conseguira acabar o trabalho. Tinha de apressar-se, pois o prazo estava vencendo e a multa contratual era alta.

Fazia um mês que Arlete havia começado a trabalhar na empresa, e Rodrigo estava muito satisfeito. Ela cuidava da parte administrativa e financeira com competência e seriedade, deixando-o livre para fazer seu trabalho com tranquilidade.

Além disso, trazia toda a documentação em ordem, com capricho e dedicação. Nunca a empresa estivera tão bem gerenciada como nas mãos dela.

Satisfeito, Rodrigo sentou-se diante da mesa de trabalho para rever o que fizera no dia anterior e começou a trabalhar.

Pouco depois, a porta abriu-se, e um homem entrou sem bater. Rodrigo olhou-o surpreendido:

— Seu João! O que quer aqui?

— Primeiro, quero saber o que aquela mulher está fazendo aqui!

Rodrigo não entendeu e perguntou:

— Mulher? Que mulher?

— A irmã daquela safada da Aline.

— O senhor está nervoso sem razão. Sente-se, vamos conversar.

— Não quero ninguém daquela família na empresa de meu filho. Mande-a embora.

Rodrigo olhou-o com ar sério, sentou-se novamente e respondeu:

— Não posso fazer isso.

— Como não?

— Primeiro, porque, queira o senhor ou não, Aline é a única herdeira dos bens de Marcelo. Segundo, porque Arlete se ofereceu para me ajudar no lugar da irmã. Ela é muito competente, e não posso ficar sem a ajuda dela.

João, nervoso, passou a mãos nos cabelos:

— Não posso acreditar no que está me dizendo. Aline abandonou o lar e foi a culpada pela morte de meu filho! Ela não pode herdar seus bens.

— Marcelo morreu em um acidente de carro, e Aline nem estava presente. A lei não reconhece nela nenhuma culpa, portanto, ela é sua única herdeira.

— Eu e minha mulher não aceitaremos isso. Há de existir justiça na Terra! Vou entrar com uma queixa-crime contra ela.

— Faça como quiser, seu João, mas será inútil. O senhor vai gastar dinheiro à toa.

— De que lado você está? Pensei que fosse amigo de Marcelo. Agora, eu vejo que nunca foi.

— O senhor está sendo injusto.

— Se fosse amigo dele, não aceitaria aquela mulher nesta empresa. É uma traição sem tamanho.

— Não penso assim. Acho que o senhor deveria refletir melhor antes de condenar Aline. Nós não sabemos as razões que ela teve para ir embora.

— Certamente, ela fugiu com outro! O que mais poderia ser? Por que uma mulher casada com um homem que a adorava, lhe dava uma vida de rainha, lhe fazia todas as vontades, iria embora? Só pode ser por uma paixão desenfreada, uma loucura.

— Pelo que sei, não foi isso o que aconteceu. Aline não está vivendo com ninguém. Está trabalhando.

— É o que dizem os familiares dela para encobrir-lhe o erro. Mas em casa todos nós sabemos a verdade.

— O senhor está sendo maldoso.

— Você está aprovando o que ela fez.

— Eu não aprovo nem desaprovo, uma vez que não estou dentro dela para saber os motivos que a levaram a fazer isso.

— Você está mais é arranjando uma desculpa para poder justificar sua atitude dando emprego à irmã dela.

Rodrigo procurou conter a indignação diante da atitude de João. Não queria levar adiante aquela discussão, primeiro porque era o pai de Marcelo e estava ferido pela dor da perda do filho, e, segundo, porque precisava estar com a cabeça leve para poder terminar o trabalho.

Ele respirou fundo e respondeu:

— O senhor pensa diferente de mim, e respeito seu ponto de vista, seu João. Não vamos discutir. O senhor ainda não disse o que veio fazer aqui.

— Eu vim tratar dos negócios de Marcelo.

— Nesse caso, é melhor procurar um advogado, porque, pelo que sei, a família de Aline já abriu o inventário.

— Não poderiam fazer isso sem nos consultar.

— Tanto podiam que já o fizeram. Segundo a lei, Aline é a única herdeira dos bens de Marcelo. Se o senhor não acredita, aconselho-o a procurar informar-se.

— Vai ver que foi você quem os orientou a fazer isso na calada da noite, aproveitando-se do fato de estarmos mergulhados em dor.

Rodrigo estava no auge da irritação e a custo conseguiu dominar-se:

— Olha, seu João, eu o respeito muito, sei que está sofrendo, mas isso não lhe dá o direito de me ofender. Vá para casa, procure se acalmar, e outro dia voltaremos a conversar.

João levantou-se, lançou um olhar irritado para Rodrigo e disse nervoso:

— Pensei que encontraria um amigo, mas estava enganado. Não tenho mais nada para falar com você. De agora em diante, vou procurar meus direitos perante a lei. Você não perde por esperar.

João saiu pisando duro e bateu a porta com força. Rodrigo sentou-se angustiado, e Arlete entrou em seguida:

— Desculpe-me, mas vocês falavam alto e não pude deixar de ouvir.

— Foi difícil me controlar. Se ele não fosse o pai de Marcelo...

— Foi melhor assim. Seu João estava fora de si. Nunca procurou se informar sobre o que aconteceu. Preferiu transformar a dor que sente em ódio e jogar tudo sobre Aline e nossa família.

— Ele escolheu o pior caminho. Isso só vai levá-lo a uma dor maior.

— Pensam que só eles estão sofrendo. Não sabem o quanto meus pais estão chocados e Aline está sofrendo.

Rodrigo olhou-a nos olhos e disse sério:

— Eu também tenho me perguntado o porquê de Aline ter ido embora daquele jeito.

— Desde pequena, Aline desejava morar nos Estados Unidos, Rodrigo. Ela começou a estudar inglês tão cedo e com tanto empenho que fala o idioma com perfeição. Minha irmã não queria namorar nem casar-se, mas ir para lá. Marcelo se apaixonou por ela e começou a segui-la por toda a parte. Começaram a namorar após muita insistência dele. Marcelo a cercou de tanto carinho que a conquistou. Meus pais não queriam que ela deixasse o país e fizeram de tudo para que ela se casasse com ele.

— Sempre me pareceu que eram felizes juntos.

— Ela gostava dele, mas penso que não o suficiente para esquecer completamente seus planos. Diante da família, ela não os mencionava, mas comigo se abria, falava do seu entusiasmo com tudo o que era relacionado àquele país.

— Talvez, se tivessem tido filhos, ela teria esquecido tudo isso. O instinto maternal é muito forte.

— Segundo sei, apesar de Marcelo desejar ter filhos, Aline sempre os evitou sem dizer nada a ele. Sei que ela tomava pílulas.

— Nesse caso, Aline não foi sincera com ele. Sou testemunha do quanto ele desejava ser pai.

— Apesar de casada, penso que Aline nunca deixou de pensar em realizar seus sonhos de criança, e foi isso o que ela fez, Rodrigo. Minha irmã arranjou um emprego em uma companhia em Miami, não disse nada a ninguém e se foi.

— Marcelo era muito apegado a ela. Imagino como ficou chocado ao encontrar a carta. Imaginou que podia tentar impedi-la de embarcar, pegou o carro e deu no que deu. Talvez, se Aline houvesse conversado com ele, lhe dito a verdade, teria sido melhor.

— Minha irmã sempre enfrentou seus problemas, mas, no caso de Marcelo, não sei se teria dado certo. Ele telefonava várias vezes por dia para ela, não lhe dava folga, ficava o tempo inteiro em volta dela. Nunca permitiria que ela fosse embora.

— É por isso que nunca vou amar ninguém. Tenho horror à dependência.

— Você nunca se apaixonou?

— Nunca. Nem vou me apaixonar. A vida a dois é muito difícil. A mulher é muito diferente do homem.

— Você é contrário ao casamento.

Havia uma certa provocação nos olhos dela, ao que ele respondeu sorrindo:

— Sou, mas não contra as mulheres.

— Pela quantidade de telefonemas femininos, dá para notar.

— Tenho muitos amigos e gosto da vida social. Você, contudo, parece o oposto. Nunca nos encontramos nos lugares da moda.

— Eu prefiro um bom livro ou uma conversa inteligente com amigos. Não frequento lugares da moda, nos quais as amizades são superficiais. Costumo selecionar meus amigos.

Rodrigo olhou-a pensativo.

— Eu deveria ter dito que tenho muitos conhecidos, porque, de fato, amigos verdadeiros são raros. Mas, voltando ao nosso assunto, você acha que Aline se arrependeu?

— Ela ficou muito chocada com a morte trágica de Marcelo. De certa forma, sentiu-se culpada, mas, por outro lado, disse que não o amava mais e que não era justo continuar vivendo com ele. Lamenta o que aconteceu, mas resolveu continuar vivendo lá. Aline gosta do emprego, da cidade, e quer tocar a vida para frente.

— Talvez seja melhor mesmo ela não voltar, pelo menos por enquanto. Os pais de Marcelo não vão poupá-la.

— Sem falar das recriminações de meus pais. Eles são pessoas simples, gostavam muito de Marcelo e pensavam que, casando Aline com ele, estariam isentos de problemas futuros. Não conseguem entender o que ela fez.

— Com o tempo, eles vão esquecer. Quanto à família de Marcelo, isso será mais difícil. Estão muito revoltados.

— Dá para entender. Perder um filho é a maior dor que um ser humano pode sentir. Agora, vamos esquecer e trabalhar. A vida continua, e temos de seguir em frente.

Rodrigo concordou e voltou à mesa para continuar trabalhando. A conversa com Arlete teve o dom de fazê-lo esquecer a irritação que as palavras de João haviam lhe provocado.

Mais disposto, Rodrigo retomou seu projeto e começou a trabalhar.

Seu João deixou o escritório do filho ruminando a raiva. Rodrigo não era o amigo de Marcelo que ele pensara que fosse. Onde já se viu ficar do lado de Aline?

Ele não podia perdoar isso. Era ultrajante ver Arlete trabalhando na sala que fora de Marcelo. Era como colocar no lugar do filho seu próprio inimigo, mas isso não ficaria assim.

Com mãos trêmulas, João procurou na carteira o cartão de um advogado que lhe haviam dado. Encontrando-o, decidiu procurá-lo imediatamente.

Foi até lá, mas, infelizmente, a resposta que obteve não foi a que desejava. As palavras do advogado confirmaram o que Rodrigo lhe dissera.

Marcelo casara-se em comunhão de bens, e Aline era sua única herdeira. João não poderia fazer nada e o advogado aconselhou-o a esquecer o assunto.

João chegou a casa inconformado. Ivone esperava-o ansiosa. Assim que o marido entrou, ela perguntou:

— E então?

— Você não pode imaginar o que aconteceu.

— Pela sua cara, vejo que deu tudo errado.

Ele sentou-se, tirou o lenço, enxugou o suor e suspirou nervoso.

— Fala, homem! Como foi? — insistiu ela.

— Quando entrei na sala do Marcelo, sabe quem estava lá com ares de dona? Arlete!

— A irmã daquela desavergonhada?

— Ela mesma. Está trabalhando no lugar do nosso filho, como se o escritório fosse dela.

— Como Rodrigo aceitou uma coisa dessas?

— Foi isso o que fui perguntar a ele, e a resposta de Rodrigo me deixou com muita raiva! Ele disse que Arlete era muito competente e que havia assumido no lugar de Aline por ela ser a herdeira de Marcelo.

— O quê? Ela ficou com tudo o que era de nosso filho?

— Ficou.

— Isso é um insulto! Ele deve estar se remexendo no caixão.

— Rodrigo ainda quis defender aquela assassina! Saí de lá muito nervoso.

— Nós não podemos permitir que isso continue. Você precisa procurar um advogado.

— Eu já fui, e ele disse que não podemos fazer nada. Eles eram casados em comunhão de bens. Aline é a herdeira de tudo.

Ivone não se conformou. Lágrimas de revolta desceram por sua face, e ela exclamou:

— Deus não há de permitir que eles fiquem impunes e ainda com tudo o que era dele.

— Segundo a lei, não podemos fazer nada.

— O que está acontecendo aqui? Por que a mamãe está chorando?

Márcio havia entrado, e eles não notaram. Olhando o filho, Ivone chorou ainda mais. Foi João quem respondeu:

— A irmã de Aline tomou posse de tudo o que era de Marcelo. O advogado disse que é um direito de Aline e que não podemos fazer nada.

Márcio abraçou a mãe, que o olhou dizendo:

— Meu filho, agora só temos você. Tem de fazer alguma coisa em nome de seu irmão. Isso não pode ficar assim.

Márcio era o irmão dois anos mais novo que Marcelo e, fisicamente, se parecia com ele. Ficou abraçado à mãe, sentindo o coração apertado. Seu irmão fora seu ídolo. Enquanto ele era tímido, Marcelo era expansivo, extrovertido e o ajudara muitas vezes em suas dificuldades pessoais.

A morte do irmão atingira-o profundamente. A vida toda, Márcio apoiara-se tanto em Marcelo que agora se sentia meio perdido, sem rumo.

Trincando os dentes, Márcio respondeu com raiva:

— Tem razão, mamãe. Isso não pode ficar assim.

— Nós não podemos fazer nada — interveio João. — A lei está do lado deles.

— Se a lei não permite, tentaremos outro caminho — tornou Márcio.

Os dois olharam-no interessados, e Ivone perguntou:

— Qual?

— Tenho um amigo que frequenta um lugar onde eles fazem milagres.

João meneou a cabeça negativamente:

— Isso é bobagem. Não creio que isso possa funcionar.

— Pois eu acredito — rebateu Ivone. — Dora descobriu que o marido tinha uma amante e que ele estava a ponto de sair de casa. Ela foi a um terreiro, fez tudo o que mandaram e, pouco tempo depois, a outra sofreu um acidente, quase morreu, acabou indo embora para longe, e o marido dela voltou para casa com o rabo entre as pernas. Ela me contou.

— Pode ter sido coincidência — disse João.

— Não foi, não. Walter trabalha nesse centro, e, desde que começou a ir lá, a vida dele mudou para melhor. Foi promovido, o salário aumentou, e ele está muito satisfeito. Há tempos, me convida para ir também, mas nunca quis ir. Agora, contudo, penso que chegou a hora.

— Acho melhor não ir a um lugar desses. Não gosto dessas coisas — tornou João.

— Pois acho que você deveria ir. Afinal, estamos sendo roubados pela mulher que matou nosso filho. Se a justiça dos homens não faz nada, temos de procurar a justiça de Deus.

— Isso mesmo, mãe. Hoje mesmo falarei com ele e irei até lá. Estou certo de que conseguiremos reverter essa situação a nosso favor.

— Isso mesmo, meu filho. Não podemos deixar que essa assassina fique com tudo o que era de Marcelo.

Naquele mesmo dia, Márcio procurou o amigo, contou-lhe o que estava acontecendo e finalizou:

— Pensei em procurar ajuda no seu terreiro.

— Acho uma boa ideia. Pai José é muito procurado para resolver esses casos de família. Amanhã é dia de trabalho. Passe em casa às sete e meia, e nós iremos juntos.

Márcio concordou satisfeito. Até então, ele sofrera os acontecimentos como vítima sem poder fazer nada. Agora, havia uma possibilidade de pelo menos castigar os culpados pela morte do irmão. A justiça seria feita.

CAPÍTULO 8

Depois que Marcelo deixou a sala, Mirela sentou-se pensativa, e algumas lágrimas rolaram por seu rosto. Rever Renato, mesmo que ele ainda não se lembrasse dela, trouxera de volta o grande amor que sentia por ele, que os anos não haviam conseguido apagar. No século XIX, em uma pequena cidade do sul da França, Mirela cresceu em meio a três irmãos em uma propriedade da família, que se dedicava à viticultura.

Aos quinze anos, Mirela tornara-se uma moça de rara beleza, de grandes olhos azuis, pele clara, cabelos castanhos-escuros, corpo esbelto e bem-feito, atraindo admiração por onde passava.

A jovem, então, foi cortejada por um nobre italiano, dono de um castelo em Veneza, que, apaixonado, a pediu em casamento. Mirela não queria casar-se com ele, porque era um homem bem mais velho. Ambiciosos, os pais da moça, contudo, forçaram-na a se casar.

Apesar de não amar o marido, Mirela acabou aceitando que ele a amasse, porquanto a rodeava de tantas atenções e carinho que ficava difícil rejeitá-lo.

Após o casamento, a jovem foi morar com o marido em seu palácio, e, quatro anos depois, o casal já tinha dois filhos: Marco, o mais velho, e Giuliana.

Com os anos, Mirela tornou-se ainda mais bonita e, quando desfilava com o marido e os filhos pela cidade, era muito admirada.

Foi assim que um gondoleiro se apaixonou perdidamente por ela, que, no entanto, nunca o notara.

Levado pela paixão, Renato começou a segui-la por toda a parte, a princípio discretamente, mais tarde com certa insistência.

Em uma tarde, quando ela saiu a passeio com os dois filhos e a pajem, eles entraram na gôndola em que Renato trabalhava. Animado por ter sua amada tão perto, ele cantou canções de amor com tal força que Mirela, fixando-o, sentiu dentro de si uma emoção nova.

A partir daí, ela começou a notar a presença de Renato e descobriu que ele a seguia por toda a parte. No começo, Mirela achou graça, notou a beleza do rapaz e sua voz apaixonada cantando lindas canções de amor. Sentiu que ele a amava, e sua presença começou a tornar-se indispensável ao redor.

No aniversário de Mirela, Giulio, seu marido, querendo agradá-la, contratou músicos para sua festa. Renato estava entre eles.

Vendo-o, Mirela emocionou-se, mas procurou controlar seus sentimentos. Em um momento em que foi tomar ar no terraço, Renato passou por ela, que conversava com uma amiga, e, sem que ninguém notasse, colocou um bilhete em sua mão.

Trêmula de emoção, Mirela escondeu o bilhete no seio. Depois, foi até seu quarto, fechou a porta e leu:

Senhora,

Estou ficando louco de amor. Não suporto mais estar perto sem poder tocá-la. Sei a distância que nos separa, mas anseio por um beijo seu. Depois, posso morrer, pois nada mais desejo da vida.

Renato

Mirela estremeceu de prazer imaginando como seria o beijo, e esse desejo passou a fazer parte de sua vida.

Quando Giulio viajou para Roma, ela não resistiu e mandou um bilhete para Renato. Marcou um encontro com o gondoleiro em sua casa no meio da noite e, com a ajuda de uma criada, preparou tudo com discrição.

Na hora marcada, Renato foi introduzido em seu quarto, e os dois atiraram-se um nos braços do outro e, em profunda emoção, confessaram seu amor.

Mirela nunca sentira nada assim e ficou assustada. Pensou que era hora de parar, mas não conseguiu. Sempre que o marido se ausentava, os dois amantes encontravam-se e, cada dia mais e mais, se amavam.

Mirela desejava ir embora com Renato, ansiava por viver ao lado dele sem precisar esconder-se, mas havia as crianças, e ela não tinha coragem de deixá-las. Arrastá-las nessa aventura seria impossível.

Giulio era um homem bom, mas não aceitaria sua traição e muito menos que seus filhos fossem levados por ela. Certamente, ele a mataria e a Renato.

Foi então que aconteceu o pior. Certa madrugada, Giulio regressou inesperadamente e, ao entrar no quarto do casal, encontrou Mirela nos braços de Renato.

Ao ver a cena, Giulio revoltou-se. Aproveitando-se do estupor dos traidores, apanhou o revólver na cômoda e apontou-o para Renato, dizendo:

— Traidor maldito! Na minha ausência, você se aproveitava de minha mulher! Vou acabar com você.

Apavorada, Mirela colocou-se na frente de Renato e disse aflita:

— Pelo amor de Deus, não faça isso!

O rosto de Giulio contraiu-se em um ricto de dor.

— Eu queria acreditar que ele havia entrado aqui contra sua vontade, que havia sido um assalto, mas agora vejo que não! Você o está defendendo!

— Perdoe-me, Giulio. Mate-me, mas o deixe ir. Por favor.

Giulio sentiu um atordoamento e, por alguns instantes, cambaleou. Foi o suficiente para Renato pular sobre ele, tomar o revólver e atirar.

Mirela gritou, Giulio caiu, e Renato fugiu pela janela, descendo com cuidado sem que ninguém o visse.

Os criados correram, tentaram socorrê-lo, mas foi inútil. Giulio não resistiu. À polícia, Mirela disse que fora um ladrão que havia tomado o revólver do marido e atirado.

A polícia investigou, mas não conseguiu descobrir o assassino. A pajem sabia do seu romance com Renato, mas, dedicada à patroa, calou-se, embora desconfiasse da verdade.

Mirela resolveu voltar para a cidade onde sua família vivia. Vendeu o castelo, comprou uma vila no sul da França e mudou-se para lá com os filhos. Estava bem rica e poderia dar uma boa educação aos filhos e manter bem a família.

Renato a seguiu pouco depois e, passado algum tempo, aproximou-se da família de Mirela. Eles continuaram se encontrando e, por fim, com a aprovação de todos os familiares dela, casaram-se e viveram muitos anos juntos.

Recordando-se de tudo isso, Mirela pensava que a felicidade daqueles anos lhes custara muito caro depois que regressaram ao mundo espiritual.

Renato morreu aos sessenta anos, e Mirela, inconformada com a viuvez, deixou a vida física cinco anos depois, vitimada por uma pneumonia.

Ao acordar no astral, viu-se amparada por dois enfermeiros e recolhida a um local de recuperação. Contudo, ao ver que a morte fora apenas uma mudança de estado, desejou encontrar Renato.

Perguntava por ele a todos que estavam à sua volta, sem, contudo, obter resposta. Ninguém sabia onde ele estava.

Esse pensamento tornou-se uma verdadeira obsessão para ela. Tendo certeza de que Renato não estava naquele local, quis ir embora, mas não obteve permissão para deixar o hospital.

— Você ainda não está bem, precisa continuar o tratamento — dizia-lhe o enfermeiro.

— Estamos muito perto da crosta terrestre — dizia outro. — Você não está preparada para sair por aí. É muito perigoso.

— Tenha paciência — dizia-lhe o diretor do hospital.

— Quando você estiver bem, vamos ajudá-la a localizar a pessoa que procura.

Mas Mirela não queria esperar. Para encontrar Renato, faria qualquer sacrifício. Tentou várias vezes e, como não obteve permissão, sentiu raiva, revoltou-se. Começou a não fazer nada que eles pediam.

Uma noite, ouviu uma voz masculina que lhe disse:

— Eu sei onde Renato está.

— Quem está falando? Não estou vendo.

— Não pode me ver porque estou fora daí. Não posso entrar, porque, senão, eles me prendem, assim como fizeram com você.

— Quer dizer que estou presa mesmo?

— Claro. Ainda duvida?

— Eles dizem que, quando for possível, vão ajudar-me a encontrar Renato.

— E você acredita nisso? É mentira!

Mirela começou a chorar inconformada. A voz continuou dizendo:

— Agora não posso falar muito, mas, quando todos estiverem descansando, vá até o jardim e fique o mais perto que puder do muro. Eu estarei esperando do lado de fora e entrarei em contato para lhe dizer como fazer.

— Está bem. Irei.

Mirela sentiu que o tempo custava a passar, mas, quando viu que tudo estava em silêncio, foi até o jardim e postou-se ao lado do muro. Em seguida, a voz disse suavemente:

— Vamos embora.

— Como vou sair? O muro é alto e tem alarme.

— Não se preocupe com isso. Tenho tudo preparado. Você só precisa imaginar que está do lado de fora. Faça isso com toda a força que puder.

Mirela obedeceu e, no mesmo instante, viu-se do lado de fora. A luz do alarme começou a piscar, e um vulto a puxou enquanto o dono da voz dizia:

— Vamos antes que eles nos impeçam.

O vulto enlaçou-a pela cintura, e os dois começaram a volitar com rapidez. Mirela sentia-se sem ar de tanta emoção.

Quando se acalmou um pouco, olhou o homem que a conduzia. Ele era alto, magro e seus traços pareciam-lhe familiar.

— Quem é você? — indagou.

— Apenas um amigo.

— Sabe onde Renato está?

— Sei.

— Ele está bem?

— Não. Tem estado muito inquieto, porque você não lhe dava paz.

— Como assim?

— Você não fazia outra coisa senão pensar nele.

— Ele sentia? Continua pensando em mim?

— Não posso dizer mais nada. Temos de ficar calados. Estamos atravessando um local muito perigoso. Você precisa cooperar. Imagine que está escondida e que ninguém pode vê-la.

Mirela obedeceu. Pouco depois, viu um bando de pessoas maltrapilhas, de fisionomias desagradáveis, e sentiu um grande mal-estar. Assustada, fechou os olhos e imaginou que ninguém a estava vendo.

Seu acompanhante disse:

— Pode relaxar. Estamos fora deles e perto do nosso destino.

— Como é esse lugar onde Renato está?

— É um grupo de pessoas que trabalham em favor da justiça. Lá, você verá.

Depois de atravessar um lugar onde havia muita neblina, divisaram uma fortaleza medieval, circundada por um muro muito alto.

— Chegamos — disse ele.

Aproximaram-se da porta. Ele disse o nome, e o enorme portão se abriu. Os dois entraram em um imenso pátio, onde havia muitos homens uniformizados andando de um lado a outro em várias atividades.

— Onde está Renato? — indagou Mirela, assustada.

— Está aqui, mas antes temos de conversar com Mimo, que é o diretor, e conseguir permissão para vê-lo.

Mirela sentia o coração ansioso e apertado. Não gostou daquele lugar.

Foram até uma porta, que logo se abriu, e andaram por um corredor de pedra até a sala de Mimo, que os esperava sentado em um coxim.

Vitor saudou-o e apresentou Mirela.

— Ela foi esposa de Renato e deseja vê-lo.

Mimo fixou nela seus olhos penetrantes e disse:

— Sente-se aqui, ao meu lado.

Trêmula, Mirela obedeceu.

— Você deseja ver Renato, mas antes preciso dizer-lhe que ele está sob a custódia de um companheiro nosso a quem deve obediência.

— Como assim? Não estou entendendo.

— Vou refrescar sua memória. Já esqueceu do adultério que vocês cometeram e que tiraram a vida de seu primeiro marido?

Mirela estremeceu e sentiu vontade de fugir. Levantou-se assustada.

— Sente-se — ordenou ele, com voz firme. — Nossa organização ajuda os que sofreram injustiças a cobrarem seus direitos. Giulio nos procurou pouco depois que vocês o mataram, pedindo vingança. Estava indignado com a traição. Ele sempre a tratou com respeito e não merecia o que lhe fizeram. Além de tudo, vocês ainda lhe tiraram a vida. Por isso, nós lhe demos nosso apoio. Durante muito tempo, ele tentou fazer alguma coisa contra vocês, mas não conseguiu, porquanto o amor que ele sentia pelos filhos e a felicidade que vocês tinham o impediam de chegar mais perto. O amor que os unia os defendia do ódio de Giulio.

Ele fez uma pausa, enquanto Mirela, trêmula de terror, não conseguia dizer nada. Depois, continuou:

— Ele soube esperar. Quando Renato deixou o corpo, Giulio o estava esperando à beira do túmulo. Ajudamos Giulio a trazê-lo para cá, e ele foi condenado a servi-lo como escravo. Agora você veio, quer vê-lo, mas teremos de pedir permissão para Giulio.

— Ele não vai deixar... — conseguiu balbuciar Mirela.

— Talvez não.

Ela levantou-se, exclamando aflita:

— Eu não quero ficar aqui. Preciso ir embora. Quero voltar para onde eu estava.

Mimo riu, aspirou um pouco em um aparelho que parecia conter ópio e, soltando a fumaça, disse:

— Tarde demais. Você agora ficará aqui. Também tem contas a ajustar com Giulio. Mirela tentou correr, porém Vitor a conteve.

— Calma. Não adianta fugir. É melhor enfrentar de uma vez.

Mirela respirou fundo e respondeu:

— Nesse caso, quero falar com Giulio.

— Leve-a até ele — concordou Mimo.

Vitor tomou-a pelo braço e conduziu-a por um corredor escuro. Depois, desceram vários degraus até alcançarem um subterrâneo escuro e fétido.

Continuaram caminhando e, aos poucos, ela começou a divisar as celas onde havia alguns prisioneiros.

Por fim, pararam diante de uma delas, e Mirela viu Giulio parado na porta, do lado de fora, enquanto notava Renato do lado de dentro.

Em um segundo, Giulio pegou Mirela pelo braço, e eles se viram dentro da cela. Vendo Renato, ela gritou aflita:

— Renato, meu amor, até que enfim o encontrei!

Ele aproximou-se, abriu os olhos e, tentando enxergá-la, disse:

— Mirela! Onde está? Como chegou a este inferno?

— Estou aqui, meu querido!

Mirela desvencilhou-se do braço de Giulio e correu para Renato, abraçando-o.

Giulio saltou sobre eles, separando-os violentamente.

— Como tem coragem de continuar afrontando-me desta forma? Chegou a hora de pagarem por tudo o que me fizeram!

Mirela notou que Renato estava mal. Magro, pálido, parecia uma sombra do que fora. Sem poder conter-se, ela gritou:

— Giulio, nunca imaginei que você pudesse ser tão perverso!

— Eu, perverso? Vocês me traíram, acabaram com minha vida! Ele tomou meu lugar, diante de você, dos meus filhos, e você ainda o defende? O injustiçado fui eu, o perverso foi ele! Estou apenas fazendo justiça.

— Não planejamos o que aconteceu. Eu me apaixonei por Renato e ele por mim. Foi mais forte do que nós. Não pudemos evitar.

— Se soubesse antes, eu os teria matado. Mas, no fim, quem morreu fui eu, com minha própria arma. Se a justiça dos homens falhou, a minha, contudo, não vai falhar!

— Faz muito tempo que você o prendeu. Não acha que chega? Até quando pretende levar isso adiante?

— Até quando eu quiser! E afirmo que não sinto vontade alguma de lhes dar liberdade. Vocês nunca mais serão felizes. Isso eu garanto.

Mirela atirou-se sobre ele nervosa:

— Nós nos amamos! Você não pode fazer isso!

— Posso e farei.

— Por favor, eu lhe imploro... deixe-nos ir. Peço-lhe em nome do amor que um dia sentiu por mim.

— Esse amor há muito não existe mais. Morreu naquele dia. Hoje, só sinto ódio. Muito ódio. Venha, Mirela. De hoje em diante, você vai me servir.

— Quero ficar com Renato.

— Vai ficar comigo. É do meu lado que terá de ficar. Venha.

— Mirela, não vá! Fique comigo. Não me deixe. Precisamos conversar — gritou Renato, desesperado, mas Giulio não lhe deu tempo de reagir. Arrastou-a para fora e conduziu-a aos seus aposentos.

— É aqui, comigo, que você vai ficar. De agora em diante, se ocupará só de mim, do meu conforto, de me alegrar, de tudo o que eu quiser.

Recordando-se de tudo isso, Mirela passou a mão pela testa como se quisesse esquecer o que veio depois.

Durante os primeiros tempos, ela procurou ver Renato, mas não conseguiu. Então, passou da revolta à ideia de conquistar Giulio para tentar conseguir o que queria.

Começou a fingir que estava esquecendo Renato, a mostrar mais simpatia por Giulio e que estava interessada nos problemas dele.

Havia momentos em que Giulio não se sentia bem, tinha crises de falta de ar, de angústia, ficava pálido, suava frio, e caía em depressão.

Nesses momentos, Mirela tentava ajudá-lo na esperança de que ele se tornasse menos exigente. Começou a notar que, quando colocava as mãos sobre ele, saíam delas alguns raios de luz verde, que o envolviam. Pouco depois, Giulio melhorava.

As pessoas logo descobriram essa particularidade, e Mirela começou a ser procurada para ajudá-las. Satisfeita por poder fazer algo bom, ela passou a atender com amor a todos que a procuravam e, aos poucos, foi sendo vista com carinho.

Mimo, tomando conhecimento dessa atividade de Mirela, permitiu que ela ocupasse uma salinha e trabalhasse no atendimento dos que sofriam.

Isso foi um grande alívio para ele, que recebia muitas queixas. Muitos dos seus habitantes sofriam de algum mal, e ele não sabia o que fazer para se livrar deles.

Mirela contribuiu para que Mimo tivesse menos problemas, e ele começou a apreciá-la. Uma tarde, depois de ela atender algumas pessoas, ela sentou-se pensativa. Estava lá havia alguns anos e, durante todo o tempo, sentira muito arrependimento por tudo quanto ela e Renato fizeram.

Ela continuava a amá-lo, porém, o preço que estavam pagando pelo crime cometido estava sendo muito alto. Se pudesse voltar atrás, teria agido de outra forma. Sabia que não teriam forças para resistir a esse amor, mas, em vez de cometer adultério, teria se separado do marido para só depois se relacionar com Renato.

Estava pensando nisso, quando viu uma luz azulada formar-se no canto da sala. A figura de uma mulher apareceu, e Mirela reconheceu-a de imediato.

— Senhora Gioconda! Também deseja vingar-se de mim?

— Não, minha filha. Vim em paz. Sei que você está arrependida do que fez a meu filho Giulio e o tem auxiliado, apesar de ele estar cheio de ódio.

— Giulio era um homem bom. Eu fui culpada pela mudança dele.

Gioconda abanou a cabeça negativamente e respondeu:

— Não. Se ele não tivesse a maldade dentro dele, não teria pensado em vingança. Você o tem ajudado muito. Suas mãos têm o poder de curar, e eu vim lhe pedir que me ajude, porquanto preciso tirar Giulio daqui e só poderei fazer isso se ele desejar ir. Mas Giulio ainda está preso a vocês dois... Se ele conseguir perdoar ou pelo menos esquecer a vingança, aceitará vir comigo.

Lágrimas desciam pela face de Mirela, que respondeu emocionada:

— Senhora, farei tudo o que puder para ajudá-lo. Desejo de coração que ele consiga nos perdoar e seguir seu caminho. Giulio merece ser feliz. Um dia, ele vai me esquecer e encontrar uma mulher que o ame de verdade e seja para ele a esposa que eu não soube ser.

— Obrigada, minha filha. Estou certa de que, fazendo isso, você acabará conquistando também sua liberdade e a de Renato.

Gioconda se foi, e Mirela, comovida, firmou propósito de dedicar-se a conseguir o perdão de Giulio.

A partir desse dia, ela passou a tratá-lo com mais carinho, e, aos poucos, ele foi aceitando sua amizade. Havia momentos em que ele esquecia o passado e voltava a ser como antes.

Uma manhã em que estavam juntos na sala dela, Mirela, mentalizando Gioconda, aproximou-se de Giulio e, colocando as mãos sobre ele, pediu:

— Giulio, é hora de você seguir seu caminho e eu, o meu. Chega de ódios e culpas. Estou muito arrependida do que lhe fiz e nunca mais voltarei a cometer esse erro, esteja onde estiver. Não temos, contudo, como voltar atrás e fazer diferente, e a vida nos empurra para frente. Não podemos ficar parados no tempo. Alguns dias atrás, sua mãe me procurou pedindo ajuda.

— Minha mãe lhe pediu ajuda?

— Pediu. Eu pensei que ela houvesse vindo para me cobrar, mas não. Ela veio porque sentiu meu arrependimento e sofre ao vê-lo mergulhado na vingança. Sua mãe é um espírito iluminado e sofre por vê-lo neste lugar. Deseja levá-lo para um lugar melhor, onde você poderá encontrar paz, felicidade.

— Ela disse isso?

— Sim, mas ela só poderá levá-lo quando você esquecer a vingança, nos perdoar e desejar libertar-se do seu passado.

Giulio ficou pensativo. As imagens felizes de sua infância na casa paterna passaram por sua mente, e ele suspirou saudoso:

— Estou cansado, Mirela. Chega de lutar. Mas não sei se poderei sair daqui. Na busca por vingança, contraí obrigações para com este grupo. Talvez eu não possa me libertar.

— Antes que Mirela pudesse responder, um clarão azulado formou-se, e Gioconda apareceu de braços estendidos. Giulio atirou-se nos braços da mãe, soluçando como uma criança.

— Mãe, perdoe-me, perdoe-me...
— Filho querido, Deus o abençoe.
— Eu quero ir com você. Estou cansado desta vida.
— Diga que não quer mais guerra e, sim, a paz. Liberte Renato e Mirela, e você ficará livre para seguir comigo para um mundo melhor.

Giulio olhou para Mirela e disse comovido:
— Eu a perdoo, Mirela. Há muito, deixei de odiá-la. Quero ir embora, esquecer toda essa dor, esse ódio que acabou comigo.
— Perdoe Renato. Liberte-o também — pediu Mirela.
— Eu o perdoo. Afinal, o passado está morto, e eu quero seguir adiante.

No mesmo instante, Renato entrou na sala, olhando-os admirado:
— Você me libertou, Giulio?
— Sim. Eu os perdoei e desejo esquecer o passado. Minha mãe veio buscar-me.

Gioconda abraçou o filho e disse, emocionada:
— Finalmente, ele aprendeu a perdoar. Eu agradeço a vocês por terem cooperado. Farei o que puder para ajudá-los daqui para frente. Podem contar comigo. Agora vamos, Giulio. Fiquem com Deus.

Ela desapareceu abraçada ao filho. Renato atirou-se nos braços de Mirela, beijando-a com amor.

— Finalmente estamos juntos. Não pode imaginar como desejei este momento.
— Sim, Renato. Estamos juntos. Mas ainda não sei se poderemos sair daqui, pensar em nós.

No mesmo instante, Vitor apareceu na porta dizendo:
— Mimo espera os dois para conversar. Vamos.

Renato olhou para Mirela temeroso:
— Ele não vai nos deixar ir embora.
— Acalme-se, Renato. Ele não tem nada contra nós.
— Vamos — disse Vitor. — Mimo não tem paciência para esperar.

Mirela deu a mão a Renato, e ambos acompanharam Vitor. Entraram na sala onde Mimo os esperava no lugar de sempre. Ele despediu Vitor com um gesto, designou um sofá à sua frente e disse:

— Aproximem-se. Sentem-se. Vamos conversar.

Os dois obedeceram e esperaram calados. Mimo aspirou um pouco de ópio, soltou uma baforada e tornou com voz calma:

— Giulio desertou e não cumpriu com os deveres que tinha para com nosso grupo. E, pelo que sei, você, Mirela, contribuiu para que ele se fosse. Nesse caso, terá de nos servir no lugar dele.

— Vocês me trouxeram para cá por causa dele. Não fui eu quem se comprometeu com vocês.

— Mas, para se ver livre dele e ajudar Renato, incentivou-o a passar para o lado da luz. É justo que a dívida dele passe para você.

Renato interveio:

— Nós já pagamos pelos nossos erros. Queremos cuidar da nossa vida.

— Poderão fazer isso depois de pagarem o que nos devem.

Renato ia retrucar, mas Mirela tomou-lhe a dianteira:

— Está certo. De que forma poderemos pagar essa dívida?

Mimo deu outra tragada, soltou uma nova baforada e disse:

— Você continuará mais algum tempo na cura das doenças dos nossos companheiros. Renato irá com um dos nossos fazer o trabalho que Giulio tinha de nos fazer.

Antes que Renato respondesse, Mirela perguntou:

— Durante quanto tempo teremos de ficar aqui?

— Depende do desempenho de cada um, mas me parece que vocês têm muito interesse em sair daqui. Não conhecem a vida fora destas paredes, não sabem dos perigos que correrão. Estamos rodeados de espíritos de baixa vibração. Vocês deveriam estar gratos por lhes permitir que permaneçam aqui, protegidos, amparados. O que pensam em fazer ao saírem daqui?

Renato olhou para Mirela sem saber o que dizer. Foi ela quem respondeu:

— Talvez tenha razão. É melhor ficarmos aqui até pensarmos no que fazer.

— É uma decisão sábia. Certamente, vocês desejam ficar juntos, e eu lhes arranjarei um lugar em nossa comunidade.

Os dois agradeceram e saíram. No momento, pareceu-lhes a melhor decisão.

A partir daí, passaram a viver juntos em um quarto que Mimo lhes ofereceu e, apesar da tristeza do lugar e dos problemas ao redor, os dois se sentiam felizes juntos.

Renato, contudo, não gostou do trabalho que lhe foi destinado. Tinha de acompanhar dois companheiros até a crosta terrestre, realizando vinganças e armadilhas a pessoas em nome da justiça.

Insatisfeito, Renato recusou-se a continuar no trabalho, pois era contra seus princípios. Foi ameaçado de prisão, e Mirela teve medo que os separassem novamente. Ela sabia que quem não acatava as ordens de Mimo era preso e que muitos desapareciam misteriosamente.

Apavorada, ela lembrou-se da promessa de Gioconda e mentalizou-a pedindo ajuda. Horas depois, ela apareceu diante dos dois dizendo:

— Ouvi seu chamado. Antes de vir, consultei nossos maiores sobre o caso. Descobri que Renato corre perigo ficando aqui. Vim buscá-lo.

— Não posso — respondeu ele, nervoso. — Não quero me separar de Mirela.

— Não tenho permissão para levar os dois. Mirela precisa ficar aqui mais algum tempo. Está sendo muito proveitoso para ela o trabalho que está fazendo. Você pode vir comigo desde já. Mas, quando chegar a hora, ela também poderá deixar este lugar.

Mirela olhou Renato e tentou conter as lágrimas que teimavam em cair. Ela respirou fundo e disse:

— Vá com ela, Renato. Não quero que nada de mau lhe aconteça.

— A separação será temporária — tornou Gioconda.

— Por enquanto, não é possível ficarem juntos, mas chegará o dia em que, tendo vencido seus desafios, poderão finalmente seguir um ao lado do outro.

Renato abraçou Mirela com força.

— Não. Prefiro sofrer seja o que for do que ficar longe de você.

— Você ouviu o que Gioconda disse. Por enquanto, não podemos ficar juntos. Nós erramos muito. Precisamos aprender a agir melhor, e hoje eu sei que, quando estivermos mais conscientes dos valores verdadeiros do espírito, poderemos ficar juntos e ser felizes. Agora, vá com ela. Nosso amor vencerá todas as barreiras. Não tema.

Renato ainda tentou objetar, mas Mirela o convenceu.

— Vamos — pediu Gioconda. — Mimo sentiu minha presença, e Vitor está vindo para cá. Não dá para esperar mais.

Ela abraçou Renato, que, com os olhos cheios de lágrimas, aceitou seguir. Em um gesto de amor, atirou para Mirela um beijo com a ponta dos dedos.

Assim que desapareceram, Vitor entrou dizendo:

— Vim buscar Renato.
— Chegou tarde, Vitor. Ele se foi.

Vitor resmungou algumas ameaças e saiu praguejando. Mirela deu de ombros. Ela sabia que Mimo não faria nada contra ela, pois precisava muito que ela continuasse a ajudar as pessoas, permitindo, assim, que ele tivesse mais paz.

Algum tempo depois, Gioconda procurou-a para dizer-lhe que Renato havia reencarnado. Ela ficou triste, preocupada com o tempo que ainda teria de esperar para tê-lo de volta, e Gioconda respondeu:

— Ele voltará antes do que você pensa. Devido às circunstâncias, não ficará muito tempo na carne.

Ela estava certa. Renato voltara, porém era como se continuasse longe. Ele não se lembrava do passado nem do amor que os unia.

Recordando tudo isso, Mirela perguntava-se ansiosa:
— Será que perdi Renato para sempre?

Para encontrar uma resposta, precisaria esperar, porquanto só o futuro poderia lhe dizer.

CAPÍTULO 9

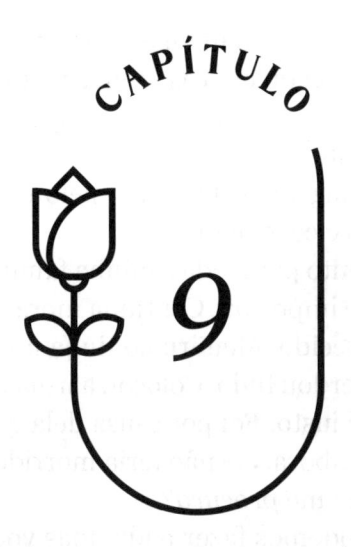

Na noite seguinte, faltavam poucos minutos para começar os trabalhos no terreiro de Pai José, quando Márcio entrou com seu amigo.

— Espere aqui. Quando for a hora, eu o chamo — disse ele.

Márcio concordou, olhando em volta com curiosidade. Não era a primeira vez que ele ia a um terreiro e admirou-se com a quantidade de pessoas à sua volta.

Mal podia esperar. Não se conformando com a morte de Marcelo, Márcio sonhava em fazer alguma coisa para vingá-la. Chegara a hora, e ele estava muito ansioso.

Só uma hora depois, Walter o chamou:

— Vamos. Pai José o está esperando.

Com o coração batendo forte, Márcio acompanhou o amigo. Ao som dos tambores, vários médiuns cantavam, enquanto alguns, incorporados por seus guias, atendiam as pessoas.

Márcio foi conduzido a uma sala em separado. Walter havia lhe dito que Pai José só atendia a casos que outros médiuns não haviam resolvido, mas Walter lhe pedira que o atendesse, e, por uma deferência especial, o espírito concordara.

A sala estava iluminada apenas por algumas velas coloridas, e, a um canto, havia um altar com várias imagens, algumas ervas e alguns objetos que ele não conhecia. O médium estava em pé, vestido com uma roupa escura, fumando um charuto e, vendo-o entrar, disse:

— *Si* aproxime, meu filho. — Márcio obedeceu, e ele continuou: — Em que posso *ajudá*?

— A mulher de meu irmão fugiu e deixou uma carta dizendo que ia para outro país. Ele chegou em casa sem saber de nada, leu a carta, ficou tão desesperado que saiu para ver se a impedia de embarcar. Acabou sofrendo um acidente e morreu.

Márcio sentia as lágrimas descerem pelo rosto, mas não se importou. Respirou fundo e continuou:

— Foi um sofrimento para toda a minha família, mas Aline, a mulher de Marcelo, nem se importou. Continua morando em Miami como se nada houvesse acontecido. Meu irmão tinha uma firma que ia muito bem, e, pela lei, ela herdou tudo. Colocou a irmã para tomar posse do que era dele. Isso não é justo. Foi por causa dela que Marcelo morreu. Se ela não tivesse ido embora, ele não teria morrido.

— Por que *ocê* veio me *procurá*?

— Pela lei, não podemos fazer nada, mas vocês podem. Meu irmão era um marido maravilhoso, fez tudo por essa mulher e ela foi ingrata. Eu quero que ela perceba o erro que cometeu, reconheça sua culpa e pague pelo que fez. E que os bens de Marcelo voltem para nossa família.

Pai José tragou o charuto, soltou algumas baforadas e ficou em silêncio. Depois de alguns minutos, disse:

— Seu irmão ama muito essa *muié*, mas ela *num* amava ele.

— Isso mesmo.

— *Mai* ele tá lá, do lado dela. Não pensa em *deixá* ela. *Num* se importa com mais nada. Só *qué ficá cum* ela. Pra *dizê* a verdade, não podemos *fazê* nada contra a moça, pois ele *num* vai *deixá*. *Num* tem nenhuma raiva pelo que ela fez, só tristeza.

— Isso não é justo! Ele não pode continuar a amar uma mulher que o abandonou, com certeza por outro homem, e que causou a morte dele.

— Ela *num tá cum outro home*. Ela foi embora *pruque num* amava mais ele.

Márcio passou a mão nos cabelos, nervoso:

— Será que não tem nenhum jeito? Ela vai continuar no bem-bom e nós sofrendo pela morte dele?

— *Cum* ele do lado, ela *num* vai *ficá* no bem-bom. Ela *num* vai *podê* ser feliz, *arranjá* outro *home* nem progredir na vida. Ele *qué* que ela fique só pra ele. Acho que *ocê num* precisa se *preocupá*. Seu irmão tá fazendo tudo. *Mai nóis podemo atrapaiá* a irmã dela na firma. Isso dá *prá fazê*.

— Então faça isso, Pai José.
— *Bão, ocê* vai *tê* que *trazê argumas* coisas *pro trabaio*.

Walter aproximou-se com um bloco, e Pai José ditou o que queria. Depois, deu o preço. Márcio, então, disse nervoso:

— É muito dinheiro. Nós lutamos com dificuldades.

— Nesse caso, é *mió num fazê* nada. Ou *faiz* direito ou num dá pra *fazê*.

— Está bom. Acha que vai dar certo?

— O que prometo, cumpro. Mas tem de *confiá*.

— Está certo. Vou ver se arrumo o dinheiro.

Márcio saiu pensativo. Pai José descrevera a situação de Marcelo e, se a vida continuava mesmo depois da morte, seu irmão só poderia estar ao lado de Aline. Ele nunca a abandonaria.

Mas Márcio não achava que Aline estava sofrendo. Marcelo faria tudo para que ela fosse feliz. Desde que a conheceu, ele não havia feito outra coisa.

Por outro lado, Arlete haveria de sentir o peso de sua raiva, e isso o deixou cheio de alegria. Assim que chegou em casa, Ivone o esperava ansiosa:

— Então, meu filho?

Em poucas palavras, Márcio contou-lhe tudo e finalizou:

— Dá para acreditar que, apesar de tudo, o tonto do Marcelo continua ao lado dela, protegendo-a?

Ivone meneou a cabeça negativamente:

— Se ele estiver consciente no outro mundo, é o que ele faria mesmo. Você acha que vale a pena gastar tanto dinheiro?

— Acho. Afinal, não é justo que aquela assassina e sua família fiquem com o que era de Marcelo.

— Isso é verdade. Mas será que esse Pai José é bom mesmo? Não gastaremos dinheiro à toa?

— Bem, o Walter diz que ele é bom, mas não sei.

— Seu pai não vai querer ajudar. Sabe como ele é com dinheiro.

— Mas, se não fizermos nada, tudo vai continuar do jeito que está.

— É verdade. Mas se seu pai não der o dinheiro, não teremos como pagar.

— O jeito é tentar convencê-lo.

Mais tarde, quando João voltou para casa, os dois tentaram convencê-lo a dar o dinheiro. João, porém, recusou, dizendo:

— Esse pai de santo está querendo nos explorar!

Márcio objetou:

— Mas, pai, isso é nada diante do que vale a firma de Marcelo.

— Você fala como se eles pudessem mudar as leis. Eu não acredito que esse homem consiga fazer o que está prometendo.

— Pois eu acho que vale a pena tentar — interveio Ivone. — Dinheiro nunca é demais. Além disso, será uma forma de punirmos essa gente que desgraçou nosso filho.

— Não sei, não. Acho loucura. O advogado me garantiu que não há nada que se possa fazer. Decididamente, não vou dar esse dinheiro. É melhor vocês pararem com essas superstições.

Eles quiseram insistir, mas João cortou firme:

— Não vou dar e chega desse assunto! Não quero mais ouvir falar disso.

No dia seguinte, quando Márcio se encontrou com Walter, foi logo perguntando:

— Então? Já arranjou o dinheiro?

— Não. Meu pai não quer dar. Diz que será inútil, que não dará certo.

— Ele diz isso porque não entende dessas coisas. Eu, que tenho ido lá, posso lhe dizer que as pessoas estão muito contentes com o que receberam.

— Eu sei. Se eu tivesse esse dinheiro, faria tudo, mas sou estudante e dependo do meu pai.

— E sua mãe? Ela não consegue pedir emprestado a alguma amiga? Afinal, não é uma quantia tão alta assim.

— Sim, vou falar com ela. Talvez minha tia Alaíde empreste. Vamos ver.

— Faça isso. Quando o dinheiro voltar para vocês, poderão pagar com juros.

❧❦❧

Enquanto isso, Aline continuava a dedicar-se muito ao trabalho na empresa, tentando recuperar a alegria de viver.

Há três meses, ela e Rachel começaram a frequentar um curso de paranormalidade no Instituto Ferguson e estudar os fenômenos psíquicos.

Diante da afirmação de que a vida continua depois da morte, ela se assustara muito, porquanto sabia que, se Marcelo continuasse vivo do outro lado da vida, ele não sairia do seu lado.

Uma noite, no fim da aula, Aline, muito aflita, foi conversar com o professor:

— Pode dar-me alguns minutos do seu tempo?

— Posso. Vamos até a outra sala.

Aline acompanhou-o calada. Uma vez sentada, disse nervosa:

— Doutor Morris, a aula de hoje me deixou nervosa.

— Por quê?

Em rápidas palavras, Aline contou sua história e finalizou:

— Estou certa de que Marcelo continua ao meu lado. Tenho medo. Não sei lidar com isso. Sinto medo. O apego dele sempre me incomodou quando estava vivo, mas agora me assusta.

Doutor Morris sorriu, deixando à mostra uma fileira de dentes alvos e bonitos. Era um homem elegante, de meia-idade, olhos vivos, cabelos grisalhos e muita simpatia.

— Acalme-se. Ele não pode fazer-lhe mal.

— Ele apareceu para mim no avião e estava horrível, dizendo que nunca mais ia me deixar. Pensei que fosse um pesadelo, contudo, agora acho que era ele mesmo, ferido do acidente, com sangue escorrendo. Foi horrível!

— Tente lembrar-se dele como quando estava aqui e bem. Não alimente essa imagem. Certamente, o espírito dele já deve ter melhorado.

— Mas eu não quero que ele fique perto de mim. O que posso fazer para evitar isso?

— Continue fazendo tratamento energético. Estou certo de que nossos amigos espirituais, que nos ajudam nesta instituição, vão conversar com ele e fazê-lo compreender que agora é hora de ele cuidar de si mesmo e aceitar a separação.

Aline abanou a cabeça, desanimada:

— Ele não vai aceitar. É determinado.

— Mas você poderá nos ajudar muito mantendo a atitude adequada.

— Eu?! O que posso fazer?

— Conversar com o espírito dele. Quando sentir algo diferente, como arrepios, tristeza, dor, raiva, sem nenhum motivo justificável, imagine que seu marido está na sua frente e converse com ele. Explique por que você o deixou, fale sobre seus sentimentos, peça-lhe que siga o próprio caminho e a deixe seguir o seu. As pessoas são livres para seguir o que a vida deseja delas e, quando chega a hora, elas precisam ir e não há nada que as possa impedir.

— Seria muito bom que Marcelo compreendesse isso.

— Fale com sinceridade. Pense que, mesmo quando as pessoas adoram ficar juntas, chegará o momento em que cada uma deverá ir para um lado, aprender coisas novas, renovar energias, desenvolver seus potenciais. Feliz daquele que ama e nessa hora consegue deixar o ser amado ir, libertando-o para que ambos possam amadurecer.

— Farei isso e desejo de coração que Marcelo siga em paz. Sou grata a ele pelo carinho com que sempre me tratou, desejo que seja muito feliz, porém, confesso que não consegui amá-lo como ele merecia.

— Não se culpe. Cada um é como é. Seu espírito ansiava por crescer, não se conformava em ter a vida que seu marido queria.

— É verdade. Ele me sufocava, tentando adivinhar o que eu pensava ou queria. Marcelo me telefonava várias vezes durante o dia, e eu não me sentia livre para fazer o que tivesse vontade. Não que eu desejasse grandes aventuras, mas queria desfrutar do prazer de dar uma volta, sem ter de dizer o que estava fazendo, explicar onde estava, programar o que comer, aonde ir.

— Sei como é isso. O apego excessivo inutilizou as possibilidades que você tinha de ser feliz ao lado dele.

— Estou me sentindo aliviada. Obrigada por me ouvir. Vou seguir seus conselhos.

— Faça isso. Gostaria de acompanhar esse caso. Qualquer coisa diferente que acontecer, procure-me.

Aline despediu-se e saiu da sala mais calma. Encontrou Rachel na livraria:

— Onde estava? Procurei-a por toda a parte.

— Estava conversando com o professor, esclarecendo algumas dúvidas.

— Sobre a aula?

— Não, sobre meu problema pessoal. Saber que a vida continua depois da morte me deixou inquieta. A presença do espírito de Marcelo ao meu lado assustou-me. Doutor Morris ouviu-me, ensinou-me a lidar com essa situação. Sinto-me aliviada.

— Ainda bem. Para mim, aconteceu o oposto. Foi gratificante saber que a morte não é o fim e que continuaremos vivos em algum lugar quando chegar a nossa hora. Afinal, todos nós, algum dia, teremos de enfrentar essa fatalidade.

As duas saíram do instituto conversando animadamente. Na rua, separaram-se, e cada uma foi para seu carro.

Naquela noite, elas não haviam combinado de sair, e Aline decidiu parar no supermercado, pois sua despensa estava vazia.

Deixou o carro no estacionamento, entrou, apanhou um carrinho e começou a escolher alguns produtos. A imensa variedade e o capricho da arrumação atraíam sua atenção. Ela acabou comprando mais do que precisava.

Satisfeita, pagou as compras no caixa e foi para o estacionamento. Quando estava colocando os pacotes no carro, ouviu alguns estouros e alguém saltou sobre ela, dizendo:

— Abaixe-se, vamos.

Assustada, Aline obedeceu e ouviu passos de pessoas correndo. Fez menção de levantar-se, mas o homem que saltara sobre ela continuava agachado com a mão esquerda sobre suas costas, e Aline notou que na mão direita ele segurava um revólver.

O coração de Aline disparou, as pernas dela tremiam, mas ela conseguiu balbuciar:

— Quem é você? O que está acontecendo?

— Fique quieta e não se levante. Sou policial.

Aline obedeceu. Houve mais alguns tiros, correria, gritos e, por fim, alguém avisou:

— Tudo sob controle.

O homem levantou-se e olhou em volta. Depois, voltando-se para Aline, disse:

— Tudo bem. Pode se levantar agora.

Ainda com as pernas bambas, Aline levantou-se e viu diante dela um homem alto, moreno, de cabelos castanhos e olhos verdes. Aparentava ter cerca de trinta anos, vestia um elegante terno cinza e a olhava sorrindo.

Um pouco além, policiais, uniformizados, algemavam dois rapazes, colocando-os dentro de uma viatura.

Um dos policiais aproximou-se deles e disse:

— Parabéns, Gino. Como sempre, agiu rápido — depois, fixando-se em Aline, continuou: — Você saiu de repente, e meu colega não teve tempo de impedi-la. Poderia ter levado um tiro.

— Eu não vi nada. Como poderia saber que havia perigo? Estava fazendo compras em um supermercado.

Gino interveio:

— A ação foi muito rápida, e você estava distraída.

Aline, um pouco mais calma, olhou para Gino e sorriu levemente:

— Obrigada. Você me salvou.

O policial afastou-se, juntou-se aos companheiros, e a viatura deixou o local.

— Meu nome é Gino Marchione.

— Aline D'ângelo.

— Nome italiano como o meu.

— Meus avós eram italianos. Eu sou brasileira.

— Meus avós também são italianos. Vieram para a América há muitos anos.

Aline olhou em volta, procurando o carrinho que havia desaparecido com o resto de suas compras.

— Eu vi para onde foi.

Ele afastou-se e voltou em seguida trazendo o carrinho. Levantou o porta-malas do carro que abaixara quando empurrou Aline para baixo.

— Obrigada mais uma vez. — Ela acomodou as compras e fechou o porta-malas.

— Depois do que passamos, acho que precisando de um café. Aceitaria tomar um comigo?

— Para lhe dizer a verdade, sinto vontade de ir embora daqui logo. Tem certeza de que não vai acontecer mais nada?

— Tenho. Os dois que tentaram assaltar o mercado foram presos. Mas, se quiser, poderíamos ir a outro lugar.

— Obrigada, mas é melhor eu ir para casa.

— Nesse caso, vou acompanhá-la até lá.

— Não se incomode, não é preciso.

— Você ainda está nervosa. E não me custa nada ir atrás de você até sua casa.

— Eu moro perto daqui.

— Mais uma razão para eu levá-la. Quero vê-la em segurança em casa.

Aline concordou e entrou no carro. O espírito de Marcelo, que acompanhara tudo, estava irritado.

Não lhe passou despercebido o interesse de Gino por Aline. Marcelo notou os pensamentos dela com relação a Gino. Ela o achara atraente, agradável.

Acompanhando-a por toda a parte, Marcelo nunca notara que ela se sentira atraída por nenhum dos rapazes com os quais conversava.

Ele não saberia precisar o que era, mas havia no ar alguma coisa nova que o inquietava. Esse Gino era perigoso, e Marcelo faria tudo para afastá-lo de Aline.

Durante o trajeto, ela observava Gino. Ele era um homem bonito, seus olhos eram penetrantes, seu rosto forte, mas, quando sorria, sua fisionomia parecia a de um menino.

Marcelo remexia-se nervoso no assento. Por que Aline pensava tanto naquele intruso?

Ela chegou em casa, entrou na garagem, e Gino, que havia parado no meio-fio, desceu do carro. Aline fez-lhe sinal para que entrasse na porta principal, depois desceu do carro e deu a volta, enquanto Gino esperava no *hall*.

— Quer que a ajude a carregar as compras?

Aline pensou um pouco, depois respondeu:

— Só se aceitar tomar aquele café comigo.

— Feito.

Marcelo teve vontade de saltar sobre Gino, mas se conteve. Queria ver até aonde eles iriam.

Os dois, carregando as sacolas, foram até o apartamento de Aline, que abriu a porta convidando-o a entrar.

— Se eu soubesse que teria companhia, compraria algo especial.

— Esse café já é especial.

Aline sorriu:

— Você salvou minha vida. Merece mais do que isso.

Aline colocou a bolsa sobre o sofá e foi preparar o café. Gino a observava com interesse.

Ela colocou as canecas, o pote de creme, o açúcar e algumas bolachas sobre a mesa. O cheiro gostoso do café encheu o ar, e Aline tirou a jarra da cafeteira e serviu.

— Com açúcar, creme?

— Os dois.

— Eu também gosto dos dois.

Os dois se sentaram para saborear o café.

— Não posso esquecer o que aconteceu — tornou Aline. — Eu não tinha percebido nada e de repente você caiu sobre mim. De onde você saiu?

— Eu estava dentro do meu carro, estacionado um pouco atrás do seu, de tocaia, esperando que os assaltantes saíssem. Vi quando eles correram e tentaram entrar no carro, então, saí de arma em punho. Eles me viram, e eu senti que iriam atirar, mas você estava entre nós, colocando suas compras no carro. Saltei sobre você a tempo. Felizmente, apareceram os policiais e conseguiram prendê-los.

— Você não usa uniforme?

— Não. Eu pertenço ao setor de inteligência da polícia. E você? Faz tempo que está em Miami?

— Apenas alguns meses. Vim contratada por uma empresa daqui para trabalhar.

— Sua família também veio?

— Não. Vim sozinha.

Aline pensou em Marcelo, e uma sombra de tristeza anuviou seu rosto. Gino notou:

— Você ficou triste de repente. Deixou algum amor no Brasil?

— Não. Eu fui casada, mas meu marido morreu em um acidente de carro.

— Sinto muito. Você veio para cá a fim de esquecer essa perda?

— Não. Desde menina, eu sonhava em morar nesta cidade. Esse foi o motivo mais forte que me fez vir.

Marcelo olhou-os com raiva. Ela falava como se nunca o houvesse amado. Ingrata. Esquecera os momentos de felicidade que desfrutaram juntos. Não teve coragem de dizer que fugira de casa como uma criminosa e que seu gesto tresloucado ocasionara a morte do marido.

Os dois continuaram conversando, falando sobre a cidade, seus costumes, as diferenças culturais entre Brasil e Estados Unidos, comparando-as com a Europa.

Aline sentia-se à vontade como se já conhecesse Gino havia muito tempo, e ele, por sua vez, tinha a sensação de que aquela cena já havia acontecido antes em algum lugar.

Marcelo, inquieto, desejava que Gino fosse embora, porém, ele não parecia ter pressa. Irritado, aproximou-se dele e disse em seu ouvido:

— Você está abusando. Vá embora, chega de conversa. Onde pensa que está? Não o quero aqui. Aline é minha, minha!

Gino sentiu alguma inquietação e remexeu-se na cadeira:

— A conversa está tão agradável que eu estou abusando. Estou atrapalhando você?

— Não. Eu havia programado ficar em casa esta noite.

— Se você tiver o que fazer, pode me mandar embora.

— Não se preocupe. Se eu desejasse ficar só, pode estar certo de que lhe diria. Desde que cheguei, fiz algumas amizades. Mas, como conversamos, os costumes brasileiros são diferentes dos americanos. Meus amigos são ótimos, bons companheiros, mas se relacionam do jeito deles. Já você, talvez por ser descendente de italianos, é muito parecido com os brasileiros. Tanto que nos conhecemos hoje, mas, para mim, parece que somos amigos de longa data.

— Folgo em saber disso, porque eu também sinto o mesmo. Tenho a impressão de que a conheço e de que já estivemos juntos conversando.

Marcelo andava de um lado a outro nervoso. Precisava fazer alguma coisa para tirar aquele intruso dali. Aproximou-se de Gino, olhando-o com raiva, e disse-lhe ao ouvido:

— Vá embora daqui já. Não quero que volte nunca mais. — Notando que Gino estremeceu, Marcelo continuou: — Vá embora! Não quero que fique. Você tem que ir agora.

Marcelo jogou sobre Gino toda a sua raiva, fazendo-o sentir uma dor forte na barriga.

— O que foi? — indagou Aline. — Você empalideceu.

— Não foi nada. Senti um arrepio.

Aline pensou em Marcelo. Ele estaria ali? Preocupada, ela disse:

— É tarde. É melhor você ir.

— Está certo. Mas quero seu telefone.

Aline apanhou a bolsa, e os dois trocaram cartões. Depois, ele despediu-se, beijando-a levemente na face. Ela estremeceu e sentiu uma onda de calor invadir-lhe corpo. Gino se foi, e ela preparou-se para dormir.

O pensamento de Aline estava em Gino. Recordava-se de cada gesto, de cada palavra que haviam trocado, e reconhecia que ele era muito atraente.

Marcelo ficou muito irritado por saber que Aline estava se interessando por outro. Ela pensava que ele estava morto, porém sabia que Marcelo estava vivo, era seu marido e ela não podia fazer isso.

Aline deitou-se pensando em Gino, e Marcelo sentou-se na cama, ao seu lado, preocupado: "O que farei para afastar definitivamente Gino do caminho dela?".

CAPÍTULO 10

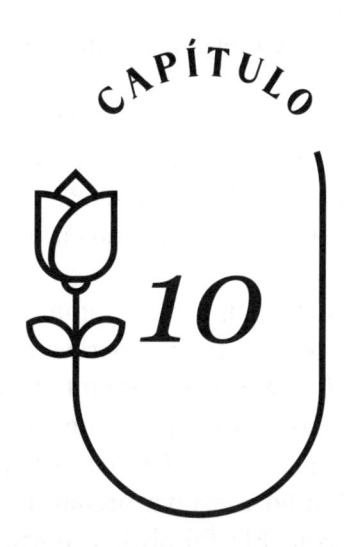

Fazia uma semana que Aline conhecera Gino, e, apesar do interesse que ele demonstrara em obter seu telefone, não havia ligado. Ela sentia-se um pouco decepcionada. Depois de muito tempo, sentira-se atraída por alguém e esperara ansiosamente sua ligação.

Certamente, havia se enganado. Ele não sentira o mesmo interesse que ela. Aline, então, resolveu esquecer.

Marcelo estava satisfeito. Preocupado, tentara por vários meios envolver Gino em complicações de trabalho até que seu chefe o mandou para outra cidade fazer uma investigação.

Se dependesse de Marcelo, o policial nunca mais voltaria ao apartamento de Aline.

Ao chegar à empresa, Aline encontrou Rachel, que perguntou:

— O que aconteceu com seu telefone? Tentei falar com você ontem à noite, mas não consegui. A telefonista me disse que estava fora de área.

— Bem que eu notei que, nos últimos dois dias, o telefone não tocou nenhuma vez. Vou pedir à portaria do meu prédio para verificar. O que você queria?

— Alguns amigos ligaram nos convidando para jantar. Como não consegui falar com você, acabei indo sozinha.

Depois de providenciar o conserto da linha do telefone, Aline pensou que talvez Gino houvesse tentado ligar e sentiu-se mais animada. Se fosse assim, ele ainda poderia ligar.

No fim da tarde, ao chegar em casa, Aline foi falar com o porteiro sobre o telefone.

— Fui verificar, mas não havia nada. Estava tudo bem.

— Minha amiga tentou falar comigo ontem à noite, mas não conseguiu. Tem certeza de que está funcionando?

— Tenho. Fiz um teste. Mas, chegando lá, você liga para cá e verá que está perfeito.

Aline entrou em casa, apanhou o telefone e notou que ele funcionava perfeitamente. Marcelo, que a esperava em casa, sorriu. "Esse telefone não funcionará de novo. Não enquanto Gino tentar ligar".

Ele havia tentado várias vezes falar com Aline, mesmo estando fora da cidade. Marcelo esperava que Gino desistisse.

Aline tomou um banho e estava preparando algo para comer quando a campainha tocou. Ela foi abrir a porta e deparou-se com Gino, o que a fez corar de prazer.

— Desculpe-me por vir sem avisar, mas há dias estou tentando falar com você. Seu telefone estava com defeito, e eu estava trabalhando fora da cidade.

— De fato, meu telefone não estava bom. Fez bem em vir. Entre.

Gino entrou, beijou-a na face delicadamente e disse:

— Estava ansioso para falar com você.

— Eu esperei que ligasse.

— Cheguei esta tarde e vim imediatamente para cá. Quer jantar comigo?

— Eu estava preparando um lanche.

— Deixe para amanhã. Faça-me companhia no jantar.

— Está bem. Sente-se, enquanto vou me arrumar um pouco.

Marcelo olhava os dois com raiva. Aline sentia-se animada e arrumou-se com capricho. Ao voltar à sala, Gino levantou-se:

— Você está linda!

— Obrigada.

Aline estava irradiando alegria. Marcelo não conseguia entender. Por que ela estava tão derretida por aquele desconhecido? Ela o vira apenas uma vez. Nunca pensou que Aline fosse tão volúvel.

Nervoso, Marcelo tentou impedir que saíssem e aproximou-se dela dizendo nervoso:

— Você é minha mulher! Não pode sair com ele. Está sendo leviana. Não quero que saia.

Mas as energias de Marcelo nem sequer se aproximaram dela. Por que não conseguiu influenciá-la? Ele, e então, chegou perto de Gino, dizendo:

— Vá embora. Deixe-a em paz. Ela é comprometida, não pode sair com você.

Mas, da mesma forma que Aline, Gino não sentiu nada, continuou empolgado, sentindo o prazer da companhia.

Eles saíram, e Marcelo os acompanhou. Foram a um restaurante agradável, com música ao vivo e pista de dança.

Os dois jantaram, depois foram dançar. Vendo-os abraçados, Marcelo não se conformava. Por que não conseguia separá-los?

Marcelo mandava a eles energias negativas, desejando que se sentissem mal, que parassem de dançar e fossem embora. No entanto, por mais força que fizesse, não conseguiu nada.

Os dois continuavam alegres, felizes, sentindo prazer em estarem juntos. Aline, nos braços de Gino, deixava-se embalar pela música romântica e achou natural quando ele a apertou de encontro ao peito, encostando o rosto no dela.

Então, o tempo parou para eles. Aline queria que aquela noite não acabasse. A princípio, ficou um pouco assustada com a força da atração que sentia, mas depois se entregou ao prazer daquele momento, notando que Gino também sentia o mesmo.

Era mais de uma hora da manhã quando deixaram o restaurante. Sentada ao lado de Gino no carro, Aline comentou:

— Que lugar delicioso. Adorei.
— Só o lugar?
— A companhia contribuiu.
— Estava com medo que não dissesse isso.

Ela riu contente, e ele continuou:

— Temos que repetir a dose. O que acha?
— Claro.
— Amanhã?

Ela pensou um pouco e respondeu:

— Você quer dizer hoje?

Ele riu.

— Por que não?
— Vamos ver.

Chegaram em casa, e ele acompanhou-a até a porta.

— Não teria um café para mim agora?
— É tarde. Fica para outro dia.
Ela abriu a porta e estendeu a mão:
— Boa noite.
Gino enlaçou-a e beijou-a nos lábios demoradamente. Aline sentiu as pernas tremerem e seu coração bater descompassado.
— Boa noite — respondeu ele. — Sonhe comigo. Vou sonhar com você.
Ele beijou delicadamente a mão de Aline, que entrou e fechou a porta ainda sentindo a respiração ofegante. Não se lembrava de haver sentido uma emoção como aquela.
Enquanto se preparava para dormir, recordou-se de todos os momentos daquele encontro com prazer e emoção.
A um canto do quarto, Marcelo estava inconformado. Precisava fazer alguma coisa, mas o quê?
Marcelo lembrou-se de Vitor. Talvez ele pudesse ajudá-lo. Pensava em procurá-lo, mas tinha medo de não conseguir achar o lugar onde ele vivia. Pensou nele com insistência até que, satisfeito, o viu entrar no quarto.
— Ainda bem que veio. Precisa me ajudar.
— Eu sabia que isso iria acontecer. Eu não disse? Ela é jovem! Acha mesmo que se conformaria em ficar sozinha?
— Mas eu não quero. Você tem de me ajudar a separá-los. Eu tentei, contudo, não consegui. Por quê?
— Talvez porque o amor tem muita força.
— Que amor? Não creio que ela possa amá-lo. Só o viu duas vezes.
— Isso é o que você pensa. Eles podem se conhecer de outras vidas.
— Não aceito isso. Aline é minha e não vou deixá-la para outro. Você disse que seus amigos têm poder, e estou certo de que poderão me ajudar a separá-los.
— Isso depende.
— De quê?
— De você prestar alguns serviços à comunidade.
— Estou pronto a fazer o que for preciso.
— Mas você não quer se afastar dela. Assim fica impossível.
Marcelo pensou um pouco e depois respondeu:
— Se for preciso e se me garantirem que ela não ficará com ele, farei qualquer sacrifício.

— Nesse caso, vamos conversar com Mimo.
— Agora?
— Não. É tarde. Amanhã à noite, virei buscá-lo. Pode esperar.
— Eu tenho pressa.
— Antes, preciso conversar com Mimo e ver se ele pode nos atender.
— Está bem. Estarei esperando.

Vitor se foi, e Marcelo deitou-se ao lado de Aline, que dormia tranquila. Olhou-a embevecido. Não ia aceitar que ela fosse de outro. Aproximou-se e, embora não pudesse roçar seus lábios, pousou-os sobre os dela com paixão.

Aline estremeceu, sentiu a presença de Marcelo e voltou para o corpo assustada. Viu-o na cama, debruçado sobre seu rosto, e quis gritar, mas não conseguiu emitir nenhum som.

Quando conseguiu abrir os olhos, olhou em volta, mas não viu ninguém. Acendeu a luz do abajur, levantou-se e tomou um copo d'água. Estava trêmula, apavorada.

Marcelo ainda estava lá. Lembrou-se dos conselhos que haviam lhe dado no instituto:

— Se notar a presença dele, tente conversar, convencê-lo a se afastar e ir em busca da ajuda espiritual.
— Acho que não terei coragem.
— Se não conseguir, reze, peça ajuda aos guias.

Aline fechou os olhos e rezou, pedindo proteção aos espíritos. Marcelo estava triste com a reação dela. Por que estava com medo dele? Desejava dizer-lhe que continuava vivo, que sempre a protegeria.

O espírito de Cora entrou, e Marcelo encolheu-se no canto do quarto, querendo passar despercebido.

Cora aproximou-se de Aline, colocou as mãos sobre sua cabeça e delas saíram raios de luz azul brilhante que a envolveram. Aline sentiu um brando calor no corpo e ficou mais calma.

Afinal, haviam lhe dito que Marcelo desejava protegê-la e nunca iria fazer-lhe mal. Depois, sentiu sono, mas não teve coragem de deitar-se novamente na cama. Ele poderia estar lá ainda. Apanhou o travesseiro, uma coberta e foi deitar-se no sofá da sala.

Cora aproximou-se de Marcelo, que a observava receoso:
— Como vai, Marcelo?
— Se veio aqui para me levar embora, pode esquecer. Não vou deixar Aline.

— Não desejo forçá-lo a nada, mas penso que seria muito melhor para ambos se você fosse comigo. Posso levá-lo a um lugar muito bom, que o ajudará a se equilibrar, a se sentir melhor.

— Nunca vou deixar Aline. Ela me pertence.

— Isso é uma ilusão. Ninguém é de ninguém. Cada um é dono apenas de si. Você se furtaria de muitos problemas se fosse comigo agora.

— Você quer me separar dela.

— Não. Eu quero que você fique bem, compreenda o que aconteceu e possa ajudá-la de verdade.

— Não insista. Não quero e não vou.

— Seja feita sua vontade. Ela afastou-se, passou pela sala, viu que Aline estava dormindo tranquila e se foi.

Marcelo ficou parado, pensativo, sem coragem de ir à sala ver Aline. Aquela mulher era poderosa. Ele viu as luzes que saíam de suas mãos.

Lembrou-se de Mirela. Ela também emitira luzes, embora menos brilhantes, mas haviam curado suas feridas. Seus amigos também eram poderosos e estavam dispostos a ajudá-lo a ficar ao lado de Aline. Isso era tudo o que ele queria.

◈❦◈

Na noite seguinte, Gino ligou para Aline, que não quis sair com ele. Sentia-se cansada e preocupada com a presença de Marcelo em sua casa. Temia que ele ficasse com raiva de Gino e de alguma forma lhe fizesse algum mal.

Os dois ficaram conversando durante muito tempo. Aline sentia-se cada vez mais atraída por ele e percebia que era recíproco. Gino era um homem inteligente, culto, cuja conversa fácil e agradável a encantava.

Marcelo observava com raiva sem poder intervir. Ele bem que tentou, porém, não conseguiu aproximar-se de Aline. Era como se ao redor dela houvesse uma barreira e, por mais que ele tentasse, não conseguia ultrapassá-la.

Eram onze horas da noite quando Vitor chegou. Marcelo apressou-se a cumprimentá-lo e a indagar:

— Então, falou com Mimo? Ele vai me ajudar?

— Isso eu não sei. Ele vai nos receber hoje. Vamos embora.

— Acho bom. As coisas por aqui andam muito mal. Aquela mulher intrometida voltou e queria me levar, porém eu não quis. Depois de ontem, não sei o que ela fez, mas não consigo me aproximar de Aline.

— Ela fez uma barreira.
— Isso mesmo. Não há um jeito de acabar com isso?
— Sua mulher é protegida dela. É melhor não fazer nada por enquanto. Vamos falar com Mimo.

Eles saíram. Uma hora depois, chegaram à fortaleza. Entraram e foram conduzidos à sala de Mimo, que os recebeu como da outra vez.

— Você quer falar comigo? — indagou.
— Eu preciso de ajuda.

Em poucas palavras, Marcelo contou-lhe o que estava acontecendo. Mimo ficou silencioso por alguns segundos e depois respondeu:

— Você sabe que trabalhamos à base de troca.
— Eu sei. Estou disposto a colaborar.
— Não sei se você está mesmo... Afinal, é tão agarrado à sua mulher que é bem capaz de não dar certo.
— Se você me prometer que vai afastar aquele sujeito de lá, eu farei tudo o que for preciso.
— Para isso, você terá de ficar aqui e provar que está dizendo a verdade.
— Como assim?
— Ficar e fazer primeiro o serviço. Depois, faremos nossa parte.

Naquele instante, Marcelo sentiu que aquela situação já havia acontecido antes. Viu-se diante de Mimo, seu corpo estava diferente, mas sabia que era ele mesmo.

Rapidamente, tudo voltou a ser como antes. Marcelo, contudo, assustou-se um pouco.

— Então, aceita?
— Sim.
— Já tenho um serviço para você. Ficará aqui até concluí-lo. Vitor, o quarto ao lado do seu está desocupado. Leve-o até lá e coloque-o a par do regulamento. Amanhã, vou chamá-lo para as instruções.

Eles deixaram a sala, e Vitor considerou:

— O chefe aceitou. Você conseguirá o que deseja.
— Tem certeza?
— Tenho. Mas precisa fazer tudo o que ele mandar. Aqui, a disciplina é rígida.

Voltaram ao pátio, e Vitor levou-o ao quarto, entregou-lhe uma lista com as disciplinas e os horários. Depois, disse:

— Estou cansado. Vou para meu quarto. Aproveite para descansar. Amanhã, certamente terá um dia cheio.

Depois que ele se foi, Marcelo olhou em volta. Era um quarto pequeno, escuro, com uma cama de solteiro, uma mesa e duas cadeiras. Não havia nenhum objeto de adorno. Do teto pendia uma luz amarelecida que deixava o ambiente mais triste.

Marcelo recostou-se na cama e pensou em Aline. O que estaria fazendo? Teria saído com Gino? Era provável, mas, dentro de pouco tempo, eles estariam separados. Estava certo disso.

Fechou os olhos e tentou descansar. Naquele instante, o rosto de Mirela apareceu diante dele.

"A enfermeira", pensou.

Desta vez, ela pareceu-lhe diferente, mais jovem, mais bonita, e Marcelo sentiu vontade de beijá-la.

Desde que conheceu Aline, nunca mais se sentira atraído por nenhuma mulher. O que estaria acontecendo com ele?

Mirela aproximou-se, e ele foi envolvido em um turbilhão de emoções. Abraçou-a e mergulhou em seus braços. Estavam em um casarão antigo, luxuoso, e beijavam-se apaixonadamente. Foram para a cama, e Marcelo perdeu a noção do tempo. A noite inteira passou revivendo aquela paixão.

Acordou e pensou que fora um sonho. Vitor abriu a porta do quarto e disse sério:

— O que aconteceu? Perdeu a hora? Não leu as recomendações?

Marcelo levantou-se de um salto.

— Desculpe-me. Não sei o que aconteceu comigo. Tive uns sonhos esquisitos e perdi a noção do tempo.

Vitor olhou-o curioso e notou que ele estava um pouco diferente. Os traços de seu rosto haviam se modificado. Estaria se recordando do passado?

Vitor gostaria de saber algo sobre o próprio passado, mas até então não conseguira. Regressara do mundo havia mais de sessenta anos e nunca tivera nenhuma lembrança.

— Apresse-se. Mimo está nos esperando.

Marcelo levantou-se, arrumou-se rapidamente e acompanhou Vitor. Ao passarem pelo pátio, Marcelo teve uma sensação desagradável e parou.

— O que foi? — indagou Vitor.

— Não estou bem. Quero sair daqui.

— Por que isso? Somos seus amigos, esqueceu? Vamos ajudá-lo no que deseja.

Marcelo ficou pensativo por alguns instantes e perguntou:

— Em que lugar ficam os presos?

— Quem lhe disse que temos presos aqui?

— Ninguém. É que estou vendo grades e pessoas atrás delas.

— Você está vendo coisas demais. Acho que ainda não acordou.

— Ao contrário, penso que agora estou acordando. Acho que já estive aqui antes e que minha estada não foi boa.

— Você está confundindo as coisas. Eu o trouxe aqui pela primeira vez, lembra-se?

— Lembro-me. Naquele tempo, eu não sabia. Agora, sinto que conheço este lugar. Quero ir embora. Não vou falar com Mimo.

— Você não vai fazer uma desfeita dessas a ele, que está nos esperando. É melhor irmos até lá, conversar, e você explica o que está acontecendo. Ele vai esclarecer tudo.

— Tenho medo.

— Eu garanto que não vai acontecer nada. Vamos conversar com ele. Depois, se quiser ir embora, poderá. Mas não pode sair assim, sem dar nenhuma satisfação. Ele pode se ofender e se zangar. Isso, sim, será ruim para você.

— Está bem. Eu irei. Mas depois irei embora.

Vitor concordou. Entraram na sala de Mimo, que continuava sentado no coxim, como das outras vezes, fumando e soltando baforadas no ar.

Assim que se aproximaram, Marcelo fixou-o e imediatamente gritou:

— Foi você! Eu me lembro! Você me jogou naquela prisão malcheirosa e escura e permitiu que ele me atormentasse.

Mimo fixou-o e respondeu calmo:

— Eu tinha um trato com Giulio e o cumpri. Até hoje, não sei como escapou. Imagino que alguém o tirou às escondidas. Certamente, um emissário do Cordeiro. Mas não adiantou o esconderem na carne. Você voltou por conta própria.

— Voltei porque não sabia de nada disso, mas agora desejo ir embora. Não quero pedir mais nada a você.

— É tarde. Um emissário meu já está trabalhando ao lado de Aline para separá-la daquele homem, conforme você me pediu.

Marcelo torceu as mãos, aflito. Em sua mente, misturavam-se as cenas do seu sonho com o afeto que sentia por Aline, o que o deixou confuso. O que estava acontecendo com ele? Estaria enlouquecendo?

— Você não está louco — afirmou Mimo. — Está confundindo o que aconteceu no passado com o presente. Você mudou. Agora, ama Aline e deseja ficar com ela.

— É. Aline é minha. Quero ficar com ela.

— Então, por que quer desistir? Ela está se apaixonando por outro. Quer que ela se case com ele? Se não fizermos nada, é o que vai acontecer.

— Não. Não quero. Aline é minha.

— Então — continuou Mimo com voz suave —, nós podemos conseguir isso para você.

— Você vai me prender de novo.

— Não. Meu compromisso com Giulio terminou. Eu não tenho nada contra você. A não ser que não cumpra o trato que fizemos.

Marcelo ficou pensativo por alguns instantes e respondeu:

— Está bem. Se é assim, farei o que deseja. Mas quero sua palavra que depois me deixará livre.

— Eu já disse isso. Mas você precisa cooperar, prestar serviço para nós.

— Está bem. O que terei de fazer?

— Sente-se. Vou lhe explicar.

Marcelo sentou-se e, atento, esperou o que ele tinha a dizer.

CAPÍTULO 11

Aline olhou no espelho e sorriu satisfeita. Estava linda em seu vestido de seda azul, com os cabelos soltos e bem penteados, olhos brilhantes de prazer. Gino iria buscá-la para jantar, e ela estava muito alegre. Parecia ter voltado à adolescência.

A campainha da porta tocou, ela foi abrir e notou que Gino estava muito elegante. Ele beijou-a na face e disse:

— Como você está linda!

— E você muito elegante. Quer entrar um pouco?

— Se já está pronta, podemos ir. Desejo levá-la a um lugar muito bonito. Vamos jantar, dançar e assistir ao amanhecer.

— Podemos ir.

Aline apanhou a bolsa e saíram. Ela sentia que aquela noite tinha algo especial. Havia alguma coisa no ar que a deixara feliz, alegre.

Gino a olhava, e em seus olhos podia-se notar um brilho novo, que fazia sua fisionomia tornar-se mais suave, terna.

A noite estava quente, o céu limpo, sem nuvens, e as estrelas brilhavam em volta de uma lua cheia belíssima.

Eles foram a um lugar à beira-mar, com uma varanda que ficava sobre as águas. A vista era maravilhosa. As luzes dos prédios refletiam-se nas águas, e os iates iluminados, que passavam a distância, tornavam a paisagem mais bela.

Na varanda envidraçada de janelas abertas, embaixo das quais havia vasos com flores, estavam algumas mesas; dentro no salão, havia mais mesas.

Um conjunto tocava atrás da pista de dança, e a iluminação suave e a penumbra faziam a decoração parecer ainda mais bela, tornando o ambiente de sonho.

Ao sentar-se na varanda, Aline não conteve sua admiração:

— Que lindo!

— Também acho!

Sentaram-se, pediram uma bebida, e Gino começou a falar:

— Não sei o que está acontecendo comigo. Estou com trinta e cinco anos. Sou um homem experiente. Mas, desde que nos conhecemos, não faço outra coisa senão pensar em você. Gostaria de dizer-lhe muitas coisas, contudo, quando estou perto de você, me emociono, não consigo dizer o que gostaria.

— Sei como é isso.

— Sabe? Será que sente alguma atração por mim?

— Sinto. E, para ser sincera, isso está me assustando um pouco.

— Por quê? Não confia em mim?

— Nós nos conhecemos há pouco tempo. Não sei como você realmente é.

Gino segurou a mão dela, levando-a aos lábios com carinho.

— Pois eu tenho a impressão de conhecê-la há muito tempo. Para mim, é como um reencontro.

Naquela semana no instituto, Aline ouvira falar muito sobre vidas passadas, e essas palavras tiveram o condão de fazê-la pensar que isso poderia ser verdade. Ela também sentia que podia confiar nele.

— Talvez tenhamos nos conhecido em outras vidas.

Ele olhou-a sério e perguntou:

— Você acredita em vidas passadas?

— Tenho estudado o assunto no Instituto Ferguson. Já ouviu falar dele?

— Já. Estive lá no ano passado, fazendo alguns cursos.

— Que coincidência!

— Esse assunto me interessou desde que meu sobrinho de quatro anos começou a dizer que antes ele se chamava Álvaro e que havia sido pai do meu avô, que tivera esse nome. A princípio, pensávamos que ele estivesse inventando, mas depois ele passou a mencionar certos fatos acontecidos com meu bisavô, alguns dos quais só eram conhecidos de minha avó e nunca mencionados em família. Ficamos intrigados.

— Então, você procurou o instituto?

— Sim, e descobri muito mais do que havia ido buscar. Encontrei provas da vida após a morte, o que mudou radicalmente minha forma de ver a vida. Meu sobrinho hoje está com sete anos e, conforme foi crescendo, não mencionou mais o assunto. Aliás, no curso que fiz, me disseram que isso poderia acontecer. E você, por que foi ao instituto?

— Não gostaria de mencionar o assunto agora. Mais tarde, lhe contarei tudo.

— Está bem. Notei tristeza em seus olhos. Se não quiser, não precisa dizer. Vamos pedir o jantar e dançar. Quero que se sinta alegre e feliz.

Ela sorriu:

— Eu estou feliz.

Eles fizeram o pedido e foram dançar. Abraçados, rosto colado, Aline esqueceu-se de tudo. Sentia-se protegida nos braços dele, e uma sensação de prazer a envolvia, embalada pela música romântica e pela beleza do lugar.

Eram duas horas da manhã quando deixaram o restaurante. Já no carro, Gino abraçou-a e beijou-a longamente várias vezes. Depois, descansando a cabeça no peito dele, Aline começou a falar e contou-lhe tudo sobre sua vida. Seus sonhos, seu casamento, a vontade de mudar e por que procurara o instituto. Finalizou:

— Desde que estive lá, tenho me sentido protegida. Não sonhei mais com Marcelo nem tive medo. Eu continuo estudando. Quero saber mais, preciso compreender melhor a vida. Eu estava me sentindo culpada pelo acidente que o vitimou, mas agora sei que não tive culpa de nada. Isso me deu um grande alívio.

— Penso que o amor que sentia por ele não foi o bastante para fazê-la esquecer seus projetos.

— De fato. Desde o começo do nosso casamento, eu me criticava, afinal, ele me rodeava de tantas atenções, demonstrava tanto amor... Eu me sentia sempre em falta por não lhe dar o que ele merecia.

— O que ele sentia não era amor, era apego. Para ele, você era uma muleta na qual se apoiava.

— Eu nunca tinha olhado por esse lado. Mas, de fato, ele não decidia nada, não fazia nada sem antes me consultar. Quando eu não apoiava, ele desistia.

— Você se casou com ele e viveu sete anos sem amor, mais por gratidão, devido à maneira como ele a tratava. Seu marido a manipulou de tal jeito que você se sentiu na obrigação de retribuir. Isso, contudo, não a satisfez, e você não aguentou mais.

— De fato, eu estava no meu limite. Todas as tardes, quando ele entrava em casa, eu sentia até certa aversão e me criticava, porquanto ele não merecia. A ruim era eu.

Gino apertou-a de encontro ao peito e beijou-lhe os cabelos com carinho.

— Você fez muito bem em sair desse círculo vicioso que a estava infelicitando. O amor não é isso. É alegria, companheirismo, amizade, em que cada um tem a liberdade de ser como é.

— Suas palavras me fazem entender melhor tudo o que aconteceu e tiram um peso do meu coração. Ninguém pode amar por obrigação. O amor é espontâneo, aparece.

Gino beijou-a nos lábios longamente e depois, com voz que a emoção enrouquecia, disse:

— Eu estou sentindo que, neste momento, encontramos o amor. Ele vai iluminar nossa vida de agora em diante.

Ela não respondeu, mas, enquanto se beijavam novamente, sentiu que era verdade. Que finalmente havia encontrado o amor.

⊖⊱⊰⊖

Enquanto isso, em São Paulo, Márcio chegou a casa satisfeito e procurou por Ivone.

— Mãe, finalmente a tia emprestou o dinheiro.

— Seu pai não pode saber, senão, vai ser o diabo.

— Não precisamos contar. Eu pedi a ela que guardasse segredo.

— Mas como vamos pagar?

— Não se preocupe. Ela também acha um desaforo eles ficarem com tudo o que era de Marcelo. Disse que podemos pagar depois. Esta noite mesmo, vou levar ao centro.

— Vamos ver se funciona. Seu pai garante que isso é impossível.

— Não seja negativa. Eles disseram que precisamos acreditar.

— Vou tentar.

Naquela noite, Márcio voltou ao terreiro e entregou o dinheiro. Falou com Pai José, que prometeu fazer tudo o mais rápido possível.

Satisfeito, ele voltou para casa. Não viu que duas sombras acompanharam-no satisfeitas.

— Esse está no jeito — disse um sorrindo.

— Está mais do que maduro. Mas, se não fosse eu trabalhar a tia, ela não teria dado o dinheiro. A mulher é sovina.

Márcio não percebeu nada diferente. Em sua mente, previa o que faria com o dinheiro quando os bens do irmão voltassem para suas mãos. Então, o pai veria que ele estava com a razão.

⁂

Alguns dias depois, Arlete chegou à empresa um pouco mais cedo. Havia preparado um relatório demonstrativo para Rodrigo e queria apresentar-lhe, antes que ele começasse a trabalhar nos projetos, porque, quando iniciava, não gostava de ser interrompido.

Pouco depois, quando ele chegou, ela já o esperava. Depois dos cumprimentos, pediu-lhe para ir à sua sala.

Uma vez lá, sentados um diante do outro, ela apresentou o relatório em que ele pôde ver com clareza os resultados positivos daqueles meses de trabalho.

— Eu sabia que estávamos crescendo, mas não esperava tanto — disse ele, satisfeito.

— Eu imaginava. Esse último projeto ficou maravilhoso. Você realmente tem talento.

Os olhos de Arlete brilhavam, e Rodrigo notou o quanto ela era bonita. Sua presença no escritório contribuíra para harmonizar o ambiente.

Os clientes admiravam-na, e ela tinha um jeito especial de lidar com eles, com classe e respeito, que davam à empresa um aspecto de eficiência e capacidade, inspirando confiança.

Rodrigo colocou a mão sobre a dela e disse:

— Sem você, eu não teria conseguido nada disso. Obrigado por ter vindo me ajudar.

— Fiz isso por minha irmã.

— Eu sei, mas, fazendo isso, você também me ajudou. Quando Marcelo morreu, senti-me sem chão. Além de perder meu amigo de infância, não entendo nada da parte administrativa.

— Entenderia, se quisesse. Acho que qualquer pessoa poderia fazer isso, mas é difícil encontrar alguém com a capacidade de desenvolver os projetos que você faz.

— Não repita isso, pois posso acreditar.

— Minha mãe deseja que você vá jantar em nossa casa no sábado. Ela disse que está com saudades. Depois da morte de Marcelo, você nunca mais foi à nossa casa.

Apanhado de surpresa, Rodrigo olhou-a sério e não respondeu logo. Arlete fixou-o e perguntou:

— Você ficou sentido conosco por causa do que Aline fez?

— Não se trata disso. A família de Marcelo não se conforma com o que aconteceu. Veio pedir-me contas por você estar trabalhando comigo. Então, preferi não ir nem à casa deles nem à sua.

— Você também julga Aline culpada pela morte de Marcelo?

— Claro que fiquei chocado. Eu acreditava que eles viviam às mil maravilhas. Depois que eles se casaram, afastei-me um pouco do casal. Sou solteiro, não tenho compromisso com ninguém, e casados, a vida deles era outra. Um casal precisa de privacidade.

— Entendo.

— Mas depois refleti e pensei que as coisas não deveriam estar tão bem quanto me parecia. Preferi não julgar. Eu não estava dentro de Aline para saber o ela que sentia.

— Sei. Se você prefere não ir à nossa casa, fique à vontade. Mamãe vai compreender.

— Gosto de dona Dalva. Não desejo que ela pense que tenho alguma coisa contra sua família. Mas, se eu for à sua casa, não terei como não ir à casa do seu João.

— Faça como quiser.

— Não fique sentida comigo.

— Não se preocupe. Não sou tão suscetível. Agora, vou voltar ao trabalho.

Depois que Arlete deixou a sala, Rodrigo passou a mão nos cabelos, pensativo. Não se sentiu bem em recusar o convite para jantar. Afinal, mesmo que Aline houvesse agido mal, a família dela não tinha culpa. Sabia o quanto eles haviam ficado chocados com o acontecimento.

Sentou-se diante da mesa onde trabalhava, disposto a esquecer o assunto, mas não estava fácil. Concentrou toda a atenção no desenho que estava à sua frente e começou a trabalhar. Pouco depois, a auxiliar de Arlete entrou na sala nervosa:

— Doutor Rodrigo, corra! Dona Arlete caiu da escada e não está podendo se levantar.

Rodrigo saiu correndo e encontrou-a no chão, gemendo de dor.

— Acho que quebrei alguma coisa. Está doendo demais.

— Vou levá-la ao hospital. — Voltando-se para a auxiliar, disse: — Pegue minha pasta que está sobre a cadeira. Leve ao estacionamento.

Em seguida, abaixou-se e perguntou:

— Onde é a dor?

— No braço direito e na canela.

— Passe o braço bom no meu pescoço, pois vou carregá-la até o carro.

Ela obedeceu. Com cuidado, Rodrigo passou o braço pela cintura dela, que gemeu um pouco.

— Tenha um pouco de paciência. Logo você será socorrida.

Felizmente, o estacionamento era no mesmo prédio. Neusa, a auxiliar, já estava esperando ao lado do carro com a pasta pedida.

— Abra a pasta, pegue a chave do carro que está no zíper e abra a porta de trás.

Com as mãos trêmulas, Neusa obedeceu. Rodrigo colocou Arlete estendida no banco. Depois, entrou no carro e partiu rápido para o hospital, que não ficava muito distante dali.

Uma vez lá, Rodrigo conversou com o ortopedista, que, por sinal, era seu conhecido, e pediu-lhe que cuidasse dela. Feitas as radiografias, foi constatado que ela luxara o braço e quebrara a perna.

Rodrigo acompanhou-a penalizado, segurando a mão dela quando a dor era mais forte.

Duas horas depois, com a perna engessada do tornozelo ao joelho e o braço enfaixado e suspenso, Arlete foi dispensada. Não foi preciso ficar internada.

Observando-os de longe, dois vultos trocavam risos e palavras entre si:

— Essa vai ficar de molho por uns tempos.

— Podemos descansar. Daqui a alguns dias, voltaremos para pensar no que faremos depois que ela ficar boa.

— Vamos embora. Este lugar é guardado. Não podemos entrar, e, quanto mais depressa sairmos daqui, será melhor.

Auxiliado por uma enfermeira, Rodrigo instalou Arlete no banco da frente, porquanto ela não conseguiu entrar atrás.

— Vou levá-la para casa.

— Você deveria ter ligado para mamãe. Ela tomaria um táxi e viria me buscar.

— De forma alguma. Ela iria se assustar. Além disso, quero deixá-la em casa e ver se está tudo bem.

— Mas você não desejava ir até lá.

— Pois eu estava errado. Vocês não podem ser responsabilizados pelo que aconteceu com Marcelo.

— Obrigada pelo que está fazendo por mim.

— Preciso cuidar de minha assistente.

Quando chegaram, Rodrigo tocou a campainha, e Dalva abriu. Vendo-o, sorriu contente:

— Rodrigo! Quanto tempo. Como vai?

— Bem, dona Dalva.

— O que foi?

— Arlete levou um tombo no escritório, quebrou a perna e luxou o braço. Mas está bem.

— Meu Deus! Está bem mesmo?! Onde está ela?

— No carro. Está com a perna engessada e preciso de ajuda para tirá-la de lá.

Nervosa, Dalva foi até o carro.

— Arlete, minha filha, o que aconteceu?

— Não sei como foi. Estava descendo a escada e, quando vi, estava no chão.

— Na escada? Santo Deus! Poderia ter sido pior.

— Rodrigo me levou ao hospital, fui muito bem atendida, mas ainda sinto dores no corpo.

— Vamos levá-la para dentro.

— É melhor entrar com o carro no jardim.

Ele concordou. Uma vez lá dentro, abriu a porta do carro e disse:

— Dona Dalva, vou carregá-la, mas a senhora precisa segurar a perna engessada, porque é pesada e pode doer muito.

Com cuidado, eles levaram-na até o quarto e colocaram-na sobre a cama. Rodrigo tirou um pacote do bolso e entregou-o a Dalva dizendo:

— São os remédios que ela precisa tomar. A receita está dentro. Ela tomou um analgésico, e, se as dores ficarem mais fortes, a senhora dá outro.

— Está doendo muito, minha filha?

— Um pouco. Mas o pior já passou.

— Vou trazer um café com leite. Vai ver nem almoçou.

— Não mesmo. Mas não quero nada, pois estou com um pouco de enjoo. Rodrigo também não almoçou; deve estar com fome.
— Vou trazer um lanche e algumas torradas salgadas. Ajudam a passar o enjoo. Você gosta de café simples ou com leite?
— Não se incomode, dona Dalva. Tenho de voltar ao escritório. Vou sair logo e comer alguma coisa.
— De maneira alguma. Sente-se. Não vou demorar.
Depois que Dalva se foi, Arlete disse:
— Amanhã cedo, vou ligar para Neusa e pedir que me traga minha pasta e alguns documentos. Pretendo trabalhar aqui enquanto não puder ir ao escritório.
— Não é preciso. Você deve descansar.
— Hoje não posso, mas amanhã, se ela puder me ajudar, vou providenciar os pagamentos mais urgentes, e ela levará para que eu assine. Há coisas que não podem esperar.
— Se me ensinar, eu poderei fazer. Você não vai poder usar seu braço direito.
— Não se preocupe. Neusa poderá fazer o que for preciso.
Dalva voltou com uma bandeja, onde, além do café, havia alguns sanduíches e torradas. Ela colocou-a sobre uma mesinha de apoio ao lado da cama, serviu o café para Rodrigo e disse:
— Coma um sanduíche. O pão ainda está quente.
Ele apanhou um sanduíche, e Dalva estendeu o prato com torradas para Arlete:
— Coma pelo menos uma. Vai aliviar seu estômago.
Ela apanhou uma torrada com a mão esquerda, e Dalva ajudou-a a sentar-se, colocando dois travesseiros em suas costas. Devagar, ela foi comendo a torrada.
Arlete estava um pouco pálida, e Rodrigo, após comer o lanche e tomar o café, levantou-se dizendo:
— Obrigado, dona Dalva, estava delicioso. Arlete precisa descansar. Vou voltar ao escritório. — Tirou um cartão do bolso e entregou-o a ela. — Este é o endereço e o telefone de minha casa. Se precisar de alguma coisa, ligue para mim. Não se acanhe. Pode ser a hora que for.
— Obrigada. Não sei como lhe agradecer.
— Não é preciso. — Voltando-se para Arlete, Rodrigo continuou: — Procure descansar, dormir. Amanhã é outro dia.
— Isso mesmo. Obrigada por tudo.

Ele desceu as escadas, e Dalva o acompanhou até a porta:

— Doutor Rodrigo, o senhor precisa me dizer quanto foi a despesa. Amanhã, Mário mandará o dinheiro para o escritório.

— A despesa corre por minha conta. Além de Arlete haver se acidentado na empresa, ela tem me prestado muitos serviços, mais do que eu poderia esperar. Além disso, Aline é sócia da empresa. Tem tido notícias dela?

— Tenho. Apesar da tristeza pelo que aconteceu, está satisfeita com a empresa onde trabalha. Além do ótimo salário, deram-lhe um carro e um apartamento para morar. Ela está sendo muito bem tratada.

— Ainda bem. Então, ela não pensa mesmo em voltar a morar no Brasil?

— Não pensa mesmo. Afinal, realizou o sonho de toda a sua vida. Adora viver lá, fez amigos, só lamenta o que aconteceu com Marcelo. Ela nunca imaginou que isso pudesse ocorrer.

— Pelo menos ela conseguiu o que desejava. Ainda bem. Repito, dona Dalva, se precisar de alguma coisa, ligue para mim. Amanhã, se eu puder, voltarei para saber como Arlete está.

— Venha jantar com a gente.

— A senhora já vai ter trabalho demais cuidando de Arlete, que não poderá andar. Virei depois do jantar.

Dalva sorriu, e ele apertou a mão que ela lhe estendia e se foi. Tinha pressa de ir ao escritório ver como estavam as coisas e, se possível, trabalhar um pouco em seu projeto.

CAPÍTULO 12

Sentado na frente de Mimo, Marcelo esperava que ele falasse.
— Vitor vai levá-lo ao encontro de Antônio, que lhe dirá o que deve fazer. Ele está em um posto nosso, próximo à crosta terrestre, e eu prometi que mandaria alguém para ajudá-lo. Você tem o tipo de energia para desempenhar essa missão.
— O que terei de fazer?
— Fazer o que ele determinar. Ele lhe dará os detalhes da sua tarefa. Vocês deverão partir ao cair da noite. Para esse lugar, é melhor ir ao escurecer.
Marcelo queria perguntar mais, porém Vitor puxou-o pelo braço:
— Vamos embora. A entrevista acabou.
Marcelo saiu e, uma vez no pátio, perguntou:
— O que faremos até a hora de ir?
— Eu tenho algumas coisas a fazer. Vá para o quarto.
Vitor entrou por uma das portas, e Marcelo recordou-se dos sonhos que tivera com Mirela. Ele teve vontade de procurá-la. Lembrava-se de onde a enfermeira trabalhava e encaminhou-se para lá.
Na antessala, havia duas pessoas esperando, e ele sentou-se disposto a falar com ela quando aparecesse.
Quando a porta se abriu, Mirela apareceu e, vendo-o, emocionou-se. Marcelo estremeceu, levantou-se e teve vontade de abraçá-la.
— Espere, depois falaremos.
Mirela fez sinal para que os outros dois entrassem e fechou a porta. Marcelo sentou-se novamente.

Que emoção era aquela que o acometia quando pensava nela? De onde a conhecia? Por que, de repente, sentia um calor forte quando pensava nela?

"Não estou aqui por acaso", pensou ele. "Tenho de descobrir o que está acontecendo comigo. Essa mulher me atrai e ao mesmo tempo me assusta. Eu amo Aline. Nunca tive outra mulher. Por que agora sinto essa atração tão forte? Nunca tive para com Aline uma paixão igual. Vai ver que este lugar está me enlouquecendo. Só pode ser isso. É melhor eu ir embora, sair daqui, não entrar naquela sala. Mas, se eu for, Mimo vai me castigar. Prometi a ele que o serviria em troca do que eu quero. Vou esperar o anoitecer, vou embora com Vitor e esquecer essa mulher. É melhor eu sair agora..."

Ele levantou-se, mas, naquele momento, se lembrou do sonho, dos beijos apaixonados que haviam trocado, e não teve coragem de sair dali.

Lutando com as dúvidas e as lembranças do passado, Marcelo viu a porta se abrir novamente e os dois homens saírem.

Mirela estava parada diante dele e disse:

— Vamos entrar, Renato.

— Renato? Por que me chama assim? Meu nome é Marcelo.

Ela não respondeu, entrou, e ele a acompanhou. Mirela voltou-se e encarou-o dizendo:

— Quando nos conhecemos, seu nome era Renato.

— Você está me deixando mais confuso do que já estou. Essa noite, sonhei com você. Estávamos em um castelo antigo e...

— Fazíamos amor. Você está começando a lembrar-se.

— Não pode ser. Eu amo Aline. Por ela, eu vim até aqui.

Mirela aproximou-se dele, abraçou-o e respondeu:

— Você veio aqui porque eu o chamei com meu amor! Muito antes dessa mulher que você diz amar, nós nos amamos. E esse amor ainda está dentro do nosso coração. Foi mais forte do que tudo e continua vencendo o tempo e nos aproximando.

Naquele momento, Marcelo esqueceu-se de tudo e apenas viu à sua frente o rosto bonito de Mirela, os lábios entreabertos, o peito arfando, os olhos apaixonados. Beijou-a com paixão, apertando-a junto ao peito.

A emoção tomou conta dos dois, que trocaram longos beijos apaixonados. Ainda trêmulo, Marcelo disse:

— Não sei o que está acontecendo comigo. Que feitiço é esse que você tem a ponto de me fazer perder a cabeça e esquecer Aline?

— Não há feitiço algum. É nosso passado que volta, trazendo as emoções daqueles tempos. Nós nos amamos. Eu sou a mulher da sua vida. Estou aqui há anos, quando poderia ter ido viver em um lugar melhor. Não fui porque sabia que aqui, onde nos vimos pela última vez, você voltaria para meus braços. Tenho estado à sua espera há muito tempo.

— Não consigo entender tudo isso.

— Venha. Sente-se ao meu lado. Vou contar-lhe tudo.

Mirela acomodou-se em um sofá, e Marcelo sentou-se a seu lado. Segurando a mão dele, Mirela falou sobre o passado. Contou-lhe tudo.

À medida que falava, suas palavras encontravam eco no coração de Marcelo, porém, ele não conseguia aceitar. Apesar de haver sonhado com ela, de saber que no prédio havia uma prisão, ele hesitava.

Pensava que Mirela estava tentando envolvê-lo em um sortilégio qualquer, a fim de separá-lo de Aline. Isso ele não haveria de consentir.

Aquela mulher que o visitara também tentara separá-lo de sua esposa. Se aquilo fosse verdade, por que não se lembrava? Essa história de reencarnação poderia ser um engodo.

Sem esperar que ela terminasse, Marcelo tirou a mão que Mirela segurava e levantou-se:

— Você está mentindo. Quer me separar de Aline!

O rosto de Mirela entristeceu-se, mas ela não desviou o olhar e respondeu:

— Você ainda não recuperou as lembranças da vida passada. O que estou dizendo é a mais pura verdade. Sinto que está começando a se recordar. Só não conseguiu ainda, porque está apegado ao que lhe aconteceu agora.

Ela levantou-se, aproximou seu rosto do dele e, sem desviar os olhos, desafiou:

— Diga que não sente vontade de me beijar como antigamente. Que os momentos de amor que vivemos ainda não fazem vibrar seus sentimentos.

Os olhos dela brilhavam emocionados, e Marcelo estremeceu e abraçou-a, beijando seus lábios repetidas vezes. Depois, de repente, largou-a e gritou nervoso:

— Que espécie de sortilégio você está usando para me deixar assim? Eu amo Aline. É ela quem eu quero!

Mirela olhou-o triste e respondeu com voz calma:

— Há muito estou esperando por você. Posso esperar o tempo que for preciso. Contudo, ultimamente, tenho recebido um chamamento muito forte para deixar este lugar. Até agora tenho resistido, mas não sei até quando poderei fazer isso. Estou cansada de viver aqui, onde a maldade ronda cada passo. Anseio ir para um lugar melhor, que seja mais de acordo com meus sentimentos.

— Não sei do que está falando. Não tenho nenhum compromisso com você. Pode ir para qualquer lugar! Não me importo.

— Pode ser que algum dia se importe tanto que não fará outra coisa senão me procurar e talvez não seja fácil me encontrar.

— Não acredito em nada do que me diz. Hoje mesmo, irei embora e, depois de cumprir o que prometi a Mimo, não voltarei mais aqui. Também não me sinto bem neste lugar.

Mirela segurou o braço dele e perguntou:

— Você se comprometeu a trabalhar para Mimo?

— Foi uma troca. Ele vai me ajudar, e eu lhe prestarei um serviço. É justo.

— Você não deveria ter pedido nada a ele.

— Por quê?

— Seria melhor não se comprometer. Pode não dar certo, e então sofrerá as consequências. Ele lhe disse que tipo de serviço deverá prestar?

— Não. Só que devo ajudar uma pessoa, e eu pretendo cumprir tudo direito.

— E se não conseguir?

— Claro que conseguirei. Você fala como se Mimo não fosse um homem de bem.

— Não foi isso que eu quis dizer. Mimo é o chefe deste lugar e merece nosso respeito. Mas a tarefa pode ser difícil, e você talvez não consiga cumpri-la.

— O que pretende? Que eu desista de tudo? Não farei isso e acho melhor não se meter em minha vida.

— É que me interesso pelo seu futuro.

— Não precisa, sei cuidar de mim. Vou para meu quarto. Vitor pode estar me procurando.

Marcelo deixou a sala, e Mirela suspirou triste. Quanto tempo ainda teria de esperar para que Renato voltasse para seus braços?

Se ele se metesse em novas complicações, talvez tivessem de ficar separados muito mais tempo do que esperava.

Mirela não suportava mais viver naquele lugar. Havia muito, sentia vontade de ir embora, respirar em um ambiente melhor, onde a amizade, a bondade, a alegria e a beleza existissem.

Nesse instante, notou uma claridade no canto do aposento e viu aparecer uma linda mulher de meia-idade.

— Quem é você? — indagou ela, assustada.

— Meu nome é Cora. Vim de um lugar que é igual ao que você deseja viver. Há muito, você já poderia ter ido para lá. Mesmo vivendo neste lugar sombrio, você tem permanecido no bem.

— A senhora é uma emissária da luz — respondeu Mirela, ajoelhando-se.

Cora aproximou-se e levantou-a dizendo:

— Não faça isso. Não mereço. Chame-me apenas de Cora. O lugar onde eu moro é muito bonito. De dia, é possível ver o azul do céu e, à noite, o brilho das estrelas. As casas são rodeadas de jardins cobertos de flores perfumadas, e as pessoas são amigas e se esforçam para ficar no bem. Há trabalho e lazer, oportunidade de progresso e alegria.

Mirela suspirou encantada:

— Que maravilha! Viver nesse lugar cheio de beleza e de amizades. Aqui, apesar de viver rodeada de pessoas, tenho estado muito só.

— Você está mergulhada no passado, mas é hora de seguir adiante. Se você olhar para frente, progredir, crescer, poderá ajudar efetivamente a pessoa que ama.

— Tenho medo de perdê-lo de vista. Quando nos separamos, passei muito tempo sem o encontrar.

— Vim convidá-la a seguir comigo. Em nossa comunidade, temos meios não só de localizar as pessoas que amamos, onde quer que estejam, até, se for possível, intervir a favor delas.

— É uma proposta tentadora, mas não sei se devo aceitar. Logo agora que Renato está aqui.

— Ele ainda está apegado ao que deixou na Terra. Penso que você terá mais condições de ajudá-lo estando conosco do que permanecendo aqui.

— Tem certeza de que não o perderei de vista?

— Se for comigo e fizer o que nossos maiores aconselharem, não vai perdê-lo. Renato está precisando de ajuda. Só um coração como o seu, que o ama incondicionalmente, poderá ajudá-lo a sair dessa ilusão em que se encontra.

— Ele ainda não se recorda do nosso passado.

— Porque está apegado a uma mulher que nunca o amou. Se concordar, posso levá-la comigo agora. Fazendo isso, estou certa de que o ajudará muito mais do que permanecendo aqui. Você precisa se renovar, alimentar-se de energias mais afins com seus verdadeiros sentimentos.

— Eu gostaria de ir, mas não agora. Renato está aqui e eu temo...

— Que ele vá meter-se em confusão. Bem, se isso acontecer, não vamos poder fazer nada. Ele é responsável pelos próprios atos e terá de colher os resultados do que fizer. Foi por isso que vim agora. Se você for comigo, talvez possamos conseguir impedi-lo de fazer o que não deve.

— Pensa que conseguiríamos?

— Pelo menos poderíamos tentar. O que espera conseguir ficando aqui? Que condições você tem de intervir no que eles pretendem fazer?

— Nenhuma. Há muito, Mimo sabe que não aprovo o trabalho deles. Permite que eu viva aqui porque o ajudo, cuidando das pessoas e evitando que ele tenha aborrecimentos. Não tenho, contudo, permissão para sair nem para visitar outros lugares. Sou uma prisioneira.

— Então, o que está esperando? Vamos embora.

— Assim, já? O prédio está vigiado. Não poderemos sair sem permissão.

Cora sorriu e respondeu:

— É simples. Veja.

Ela passou o braço pela cintura de Mirela, e, em poucos segundos, elas estavam volitando fora dos muros daquela fortaleza, elevando-se rapidamente.

Mirela, inebriada, olhava o céu azul e sentia-se leve, deslizando com Cora. Em seu peito, uma emoção agradável a enchia de prazer.

Viajaram assim por algum tempo até que começaram a divisar altos muros.

— Chegamos — disse Cora.

Pararam diante de um portão, Cora disse o nome, e ele abriu-se. Elas entraram.

Mirela, admirada, estava diante de um jardim imenso, cheio de flores coloridas, que enchiam o ar com um delicado perfume.

Mais adiante, havia uma praça e alguns prédios, tudo muito bonito e harmonioso. Cora passou o braço pelo de Mirela dizendo:

— Vamos.

As duas mulheres, então, encaminharam-se para um dos prédios e entraram.

✥

Depois que deixou Mirela, Marcelo foi para o quarto. Estava confuso, e emoções contraditórias envolviam-no. O que estaria acontecendo com ele? Por que não conseguira controlar-se diante de Mirela?

Ela era muito bonita, mas em sua vida conhecera mulheres até mais bonitas do que ela e nenhuma delas o fizera trair Aline.

Lembrou-se de que dormira mal na noite anterior. Estava cansado. Seria bom descansar. Deitou-se e procurou dormir.

Extenuado, logo pegou no sono, mas, em seguida, começou a sonhar que estava em um barco brincando com duas crianças e que Mirela o olhava divertida.

Sentia que já havia vivido aquela cena. Mas quando? Onde? Em volta, água e alguns palácios envelhecidos.

Lembrou-se de que Mirela havia dito que teriam vivido em Veneza. Ele, contudo, não acreditava em reencarnação. Aquele lugar, porém, era mesmo parecido com Veneza.

Talvez estivesse sugestionado pela narrativa de Mirela. Teve de admitir que, nos últimos tempos, muitas coisas estranhas haviam acontecido com ele. Em que acreditar?

Marcelo debateu-se em indagações, sem encontrar resposta satisfatória até o momento em que Vitor entrou para buscá-lo.

— Está na hora. Temos de ir.

Marcelo, atordoado, levantou-se e acompanhou-o.

— O que aconteceu? Você está com uma cara...

— Estou confuso. Mirela contou uma história que mexeu comigo.

— Você acreditou?

— Não. Apesar disso, o que ela me disse não sai da minha cabeça.

— Mimo precisa saber que ela anda contando histórias. Ele não vai gostar.

— Ela falou de uma vida passada, em que vivemos juntos, mas não acredito em reencarnação.

— Pois deveria. Todos nós vamos reencarnar um dia.

— Me parece impossível.

— Mas é verdade.

— Pois eu gostaria de voltar à Terra para viver ao lado de Aline.

— Se você nascer de novo, vai esquecer todo o passado. Eu voltei há anos e ainda não consigo me lembrar da minha vida anterior.

— Isso tudo me parece loucura.

— Quando eu voltar, falarei com Mimo sobre Mirela. Agora, você precisa esquecer tudo isso e concentrar-se no trabalho que deverá fazer.

— Para onde vamos?

— Para a crosta terrestre.

— Nesse caso, poderei ver Aline.

— Você terá de se dedicar ao trabalho. Não terá tempo para mais nada.

— Que trabalho terei de fazer?

— Lá, você saberá.

Estava anoitecendo, quando eles chegaram ao Rio de Janeiro. Foram até um subúrbio da cidade e pararam diante de uma casa térrea, modesta. Entraram, e logo um homem moreno, forte, de lábios grossos foi ter com eles.

— Vitor! Eu estava à sua espera.

— Antônio, este é Marcelo. Veio para ajudá-lo.

Depois dos cumprimentos, Vitor se despediu:

— Ele fica com você, mas eu tenho pressa em voltar.

— Pode ir. Agradeça a Mimo pela ajuda.

Depois que Vitor se foi, Antônio disse:

— Ainda bem que veio.

— O que deseja que eu faça?

— Venha comigo.

Marcelo o acompanhou ao quarto onde havia uma mulher ainda jovem. Estava deitada, pálida, magra, abatida e tão debilitada que Marcelo se sentiu penalizado.

— Ela parece mal.

— Não tanto como eu gostaria.

— Como assim? — indagou ele, assustado.

— Estou aqui para me vingar, e você veio me ajudar.

— O que ela lhe fez?

— Agora, nada. Mas, na vida anterior, fomos casados e ela me traiu. O filho que pensei ser meu era de outro. Depois que morri em um acidente, descobri tudo, porque ela e o amante se casaram. Nunca os perdoei. Desconfio que o acidente que me vitimou foi provocado por eles. Após voltar ao astral, procurei-os por toda a parte, contudo, não os encontrei. Mas, há cerca de dois anos, descobri que eles haviam reencarnado e se casado novamente.

— Tem certeza do que está dizendo?

— Claro que tenho. Eu os vejo como eles eram naquele tempo. Um amigo me levou até o Mimo, e nós fizemos um pacto. Prestei-lhe alguns serviços, e ele prometeu me ajudar. Enquanto isso, trabalhei por minha conta. Consegui que o outro fosse mandado embora do emprego e acabasse morrendo em um acidente de carro. Morreu como eu. Assim, aproveitei que ela ficou deprimida e cuidei para que ficasse do jeito que está.

— Ela está mal. Não acha que já se vingou o bastante?

— De que lado você está?

— Do seu — apressou-se a afirmar Marcelo. — Mas acho que já conseguiu o bastante.

— Não para mim. Quero que ela venha para cá. Só assim poderei conversar com ela cara a cara e dizer-lhe tudo o que desejo. Tudo estava indo bem, e cheguei a pensar que iria conseguir o que queria, mas apareceu, não sei de onde, uma mulher metida a médium, que começou a rezar com ela. Trouxe aqui um bando de pessoas que vêm rezar uma vez por semana, e eu fui forçado a me afastar. Apelei para Mimo e agora conto com você.

Marcelo sentiu-se inquieto. Não estava com vontade de ajudar Antônio em sua vingança. Mas, se não o fizesse, temia o poder de Mimo. Por esse motivo, achou melhor contemporizar.

— O que deverei fazer?

— Eu pretendo convocar alguns amigos especializados em magnetização. Fiquei sabendo que eles poderão realizar o que desejo rapidamente. Não posso, contudo, sair daqui e deixá-la sozinha, porque esses espíritas intrometidos podem ganhar terreno e atrapalhar tudo. Quero que você fique ao lado dela, mantendo nosso trabalho enquanto me ausento.

— Quanto tempo pensa em demorar?

— Ainda não sei. Talvez um ou dois dias. Mas, enquanto eu não voltar, você não pode afastar-se dela, a não ser quando vierem rezar. É melhor você sair antes que eles comecem, senão poderá ser afastado de nós.

— Como deverei fazer o que quer?

— Vou lhe mostrar.

Antônio aproximou-se da cama, colocou a mão direita sobre a testa da mulher e passou a dizer:

— Traidora! Você é a culpada da morte de seu marido! Está muito mal, chegou a sua hora.

Da mão de Antônio saíam fios escuros e avermelhados, que penetravam na testa e no cerebelo da moça, que se agitava e passava a mão na testa, aterrorizada:

— Eu não vou morrer! — gesticulou ela. — Quero viver! Não posso abandonar meu filho. Ele precisa de mim. O que será dele se eu também morrer?

Marcelo esforçou-se para controlar a revolta. Antônio continuava:

— A culpa é sua! Você é uma mulher má, está muito doente. Não vai mais sarar.

Ela soluçava aflita, e Antônio dizia satisfeito:

— Isso mesmo. Chore e conforme-se. Eu virei buscá-la logo mais. Você não tem cura. Sua doença é mortal.

Voltando-se para Marcelo, ele pediu:

— Agora é sua vez. Vamos ver como se sai.

Marcelo não teve outro remédio senão obedecer. Sem saber o porquê, sentiu-se aprisionado em uma cela no prédio de Mimo e ficou aterrorizado.

Antônio esperava, e Marcelo procurou fazer tudo igual ao que ele fizera, lutando para não ceder aos escrúpulos que sentia.

Antônio deu-se por satisfeito e decidiu:

— Continue assim. Eu vou partir já. Quero resolver tudo o quanto antes.

Depois que ele se foi, Marcelo aproximou-se da moça, mas não teve coragem para mandar-lhe pensamentos ruins.

Dentro dele, travava-se uma luta entre a vontade de socorrer a moça e o receio de enfrentar Mimo. Naquela hora, arrependeu-se de haver concordado em trabalhar para ele.

Lembrou que Mirela lhe pedira para não fazer nenhum pacto com Mimo. Ela estava certa.

CAPÍTULO 13

Fazia uma semana que Arlete havia se acidentado, e, durante esse tempo, Rodrigo a visitava diariamente. Em vez de mandar Neusa levar os papéis para ela, ele o fazia todas as tardes no fim do expediente.

Dois dias depois do acidente, Arlete já estava de pé. A pedido dela, Dalva transformara o quarto em um escritório, colocando lá uma mesa que Rodrigo enviara da empresa.

Mário e Dalva tratavam Rodrigo com carinho e respeito, e ele surpreendia-se com a delicadeza dos pais de Arlete e sentia-se bem junto deles.

Os pais de Rodrigo moravam no interior, e, mesmo tendo alguns amigos, o rapaz sentia falta do aconchego familiar. O carinho dos pais de Arlete e as conversas agradáveis com a moça eram-lhe prazerosos.

A princípio, quando chegava à casa de Arlete, Rodrigo dizia que já havia jantado, mas, ante a insistência de Mário, ele, um dia, aceitou jantar e adorou a comida caseira. Estava cansado de comer em restaurantes.

— Não há nada como a comida de casa! — disse Dalva.

— Você mora sozinho?

— Sim, mas eu tenho uma faxineira que cuida do meu apartamento.

— Você precisa arranjar alguém que cozinhe. Não é bom comer sempre fora de casa — aconselhou Dalva.

— Vou pensar nisso, dona Dalva.

Depois do jantar, ele voltou ao quarto de Arlete, que deixara a pasta pronta para ele levar e continuava sentada na poltrona, mantendo a perna engessada sobre uma banqueta.

Rodrigo acomodou-se na poltrona ao lado dela e disse:

— Sua mãe cozinha muito bem. Se eu continuar comendo desse jeito, vou engordar.

— Não creio. Você não tem tendência a engordar.

Ele abriu a pasta, tirou uma fita de vídeo e entregou-a a ela, dizendo:

— Trouxe um filme para você. Fico imaginando uma pessoa ágil como você tendo que ficar no quarto o tempo todo.

— Ainda bem que posso continuar a trabalhar, ainda que esteja lhe dando tanto trabalho.

— Tenho prazer em vir aqui e conversar com vocês. Antes do seu acidente, eu não tinha me dado conta do quanto sentia falta do convívio familiar. Estar com vocês é como estar com os meus.

— Você deve ter amigos.

— Tenho muitos conhecidos, mas poucos amigos. Marcelo me faz muita falta.

— Nós também temos muitas saudades dele. Minha mãe até comentou que sua presença aqui a tem confortado. Ontem, no jantar, era como se Marcelo ainda estivesse aqui.

Os olhos de Rodrigo brilharam emocionados, e ele os baixou tentando dissimular. Não queria falar sobre coisas tristes. Arlete precisava de distração.

— Fico contente em poder, de alguma forma, confortar dona Dalva. Ela é a mãe que todos gostariam de ter.

— Marcelo dava-se muito bem conosco. Somos uma família unida e sempre convivemos em paz. Ele costumava dizer que os pais dele eram muito diferentes.

— De fato. Eu convivi mais com eles do que com vocês e notei a diferença.

— Infelizmente, eles nos acusam pela morte de Marcelo. Foi um acidente. Para ser sincera, nem sabíamos que Aline planejava ir embora. Para nós, foi um drama terrível. Depois do acidente, nem pudemos nos comunicar com ela, pois ainda não sabíamos onde Aline estava.

— Às vezes, me pergunto por que ela fez isso.

— Eu entendo. O erro dela foi ter se casado com Marcelo, quando sonhava com uma vida diferente. Ele a amava muito e acabou convencendo-a a se casar. Confesso que nós todos ajudamos a que ela aceitasse essa união. Meus pais não entendiam como Aline poderia não amar um rapaz bom, bonito, que a amava tanto para ir tentar a sorte em outro país.

— Penso que ela se iludiu e não o amava o suficiente.

— Também acho. Se ela o amasse, não se sentiria atraída para recomeçar a vida em outro lugar.

— Seja como for, não é fácil julgar. Às vezes, a vida nos chama para outro lugar porque temos que cumprir alguma tarefa lá. Quem pode saber?

— Eu já havia pensado nisso. Muitas vezes, tenho me perguntado por que, desde pequena, Aline tinha essa vontade. A morte de Marcelo foi um acidente. Quem nos garante que isso não aconteceria mesmo que ela continuasse aqui?

— É difícil responder.

— A vida tem seus segredos. Uma coisa que tem me intrigado foi o que aconteceu com Aline. Na noite em que foi embora, estava dormindo no avião que a levou a Miami e, quando acordou, viu Marcelo entrar, com sangue escorrendo em sua testa e nas pernas. Ele aproximou-se dela e disse: "Finalmente, a encontrei. Não me deixe nunca mais. Diga que ficará para sempre a meu lado". Ela gritou assustada, acordou todos os passageiros e custou para se acalmar. Durante os dias que se seguiram, Aline sentiu a presença de Marcelo, tanto que acabou indo a um instituto que estuda paranormalidade para se consultar.

— Eu não sabia disso, mas acredito que, se a vida continua depois da morte, certamente Marcelo foi para junto de Aline. Ele era apegado demais.

— Mas ela nos ligou para perguntar se ele estava bem e, ao saber a verdade, chegou a desmaiar.

Rodrigo quis saber como Aline descobrira esse instituto, o que lhe haviam dito e como ela estava agora. Arlete contou tudo nos mínimos detalhes e finalizou:

— Tudo isso nos deixou intrigados. Nunca fomos interessados em assuntos espirituais, mas, do jeito que Aline fala, nos fez pensar. Ela sempre foi uma pessoa prática, que não se ilude com facilidade. O que ela contou deve ter acontecido mesmo.

Rodrigo ficou impressionado e lembrou-se de sua tia Alice. Quando ele era adolescente, ela falava-lhe sobre a vida após a morte e a comunicação dos espíritos.

— Minha tia Alice costumava falar sobre a comunicação dos espíritos, mas eu nunca estudei esse assunto. Ela vivia lendo a respeito e afirmava que há muitos livros escritos por cientistas, que pesquisaram e comprovaram que a vida continua depois da morte.

— É o que Aline diz. No instituto, eles estudam e fazem experiências.

— Deve ser interessante. Afinal, todos vamos morrer um dia, e seria bom acreditar que vamos sobreviver depois.

Rodrigo ficou sério por alguns instantes, e Arlete perguntou:

— O que aconteceu? Você ficou sério de repente.

— Estava pensando na família de Marcelo. Eles estão cheios de raiva e não aceitam a morte dele. Se pudessem saber que ele continua vivo em outro lugar, talvez se sentissem confortados.

— Eles revoltaram-se contra nós. Se houvessem tido mais calma, eu poderia lhes falar sobre isso. Mas, do jeito que as coisas estão, é impossível.

— É verdade. Outro dia, encontrei Márcio, e ele está mais revoltado do que os pais. Era muito apegado ao irmão.

— Eu tentei conversar com ele, mas foi tão agressivo que desisti. Um dia, eles vão entender que nós não temos culpa de nada. Que Aline não amava mais Marcelo e foi sincera, apesar de tudo.

Naquela noite, Rodrigo deixou a casa de Arlete pensando em tudo o que conversaram. Fazia uma ideia muito diferente de Aline.

Quando estava com o casal, ela falava pouco. Marcelo a cercava de tantos cuidados e atenções que deixavam a impressão de que ela era uma pessoa tão suscetível que ele precisava dar muitas voltas para contentá-la.

Pelo que Arlete dissera, Aline não era nada disso. A família a tinha como uma pessoa prática, firme e eficiente. Se de fato esse fosse o temperamento dela, certamente se sentiria irritada com o exagero do marido. Ele a sufocava, e ela não suportara mais.

Rodrigo estava sozinho, porque não suportava mulheres que passam por cima de tudo para agradar o parceiro e, o que é pior, grudam nele como se não existisse mais nada no mundo além do relacionamento.

Rodrigo tinha horror de ver-se preso, de ter que dar conta de tudo, até dos pensamentos. Valorizava muito sua liberdade e, por isso, era avesso ao casamento.

As mulheres andavam à sua volta como abelhas em torno do mel, e ele relacionava-se com algumas, sempre esclarecendo que não pensava em se casar.

Não querendo iludir nenhuma delas, quanto mais agia assim, mais elas se sentiam atraídas.

Naquele momento, ele entendeu por que Aline deixara o marido daquela forma. Mas será que conseguira livrar-se dele? Até depois de morto, ele a seguia.

Rodrigo sentiu um arrepio. Que horror! Por que as pessoas gostam de ficar presas umas às outras? Mais uma vez, pensou que seria muito difícil se casar.

※

Enquanto isso, Marcelo, sozinho com a moça doente, sentia-se dividido entre o medo de Mimo e a vontade de não fazer o que Antônio queria.

Olhou para a moça, magra e pálida, rosto transtornado e fundas olheiras, e sentiu-se penalizado e com vontade de ajudá-la.

Mas, se fizesse isso, teria que pagar o preço. Além de não poder contar mais com a ajuda de Mimo, estava certo de que seria castigado por não ter lhe obedecido.

Prestou atenção e começou a ouvir os lamentos dela: "Meu Deus, ajude-me, por favor! Estou sem forças. Não aguento mais este tormento. Por que ninguém me socorre? O que fiz para ser tão castigada?".

As lágrimas rolavam por seu rosto, e ela continuava pensando: "Talvez seja melhor morrer mesmo. Por que Deus tirou Gerson de mim? Ele não merecia morrer naquele acidente. Depois que ele se foi, a vida perdeu o encanto! Nós nos amávamos tanto! O que será de mim sem ele? Como levarei a vida sozinha? Se ao menos eu tivesse coragem para me matar, mas tenho medo. Se eu fizer isso, talvez não possa ir ao encontro dele. O suicídio é pecado".

Marcelo não suportou. Ele também havia morrido em um acidente, e aquela mulher era diferente de Aline, que não se importara com sua morte. Ela amava o marido e não merecia ser tratada daquela forma.

Sem pensar mais, colocou a mão direita sobre a testa dela e disse:

— Você não pode morrer. Tenha paciência. A morte não é o fim. Seu marido continua vivo em outro mundo.

Ela não ouviu o que Marcelo dizia, mas pensou: "Onde será que Gerson está? Será que há vida depois da morte?".

— Claro que a vida continua depois da morte. Eu garanto isso. Tenha fé. Você deve lutar para ficar boa.

"Não tenho forças. Estou morrendo."

— É mentira. Você está sendo subjugada por um espírito que deseja levá-la embora. Reaja!

Ela lembrou-se das palavras de Geni, quando fora rezar com ela:

"O que você sente não é seu. Está captando energias de um espírito desencarnado!"

— Será que devo acreditar nisso? Será mesmo que um espírito pode fazer com que eu me sinta tão mal?

— Pode fazer isso e muito mais — continuou Marcelo.

Nesse instante, Marcelo ouviu vozes, e algumas pessoas chegaram. Um deles abriu a porta, e Marcelo, assustado, tratou de esconder-se pensando que Antônio poderia estar entre eles.

Mas não estava. Eram duas mulheres e um rapaz, que se aproximaram do leito da enferma. Uma delas alisou o cabelo da moça e perguntou:

— Como vai, Miriam? Está melhor?

— Não — respondeu ela, com voz fraca. — Mas estava pensando em você, Geni.

— Foi? No que estava pensando?

— No que você disse sobre a causa da minha doença. Na presença de um espírito que me atormenta.

O rapaz segurou a mão dela dizendo:

— Pense que, com a ajuda de Deus, tudo é possível. Confie. Vamos fazer nossa prece.

Sentaram-se ao redor do leito, deram-se as mãos, e Geni evocou a ajuda espiritual.

Marcelo, a um canto, observava e viu que do peito dela saíam raios de luz azul brilhantes, que envolviam a doente, enquanto raios multicoloridos formavam um círculo ao redor deles, isolando-os.

O rosto de Miriam foi relaxando, e sua fisionomia distendeu-se. Marcelo notou que do alto desciam sobre a doente filigranas de luz muito branca, e aos poucos ela foi se acalmando.

Marcelo nunca havia visto nada parecido. Que poder teriam essas pessoas para tanto? Quando Geni se calou, eles largaram as mãos, e o rapaz comentou:

— Hoje, aconteceu algo diferente. Miriam está mais lúcida e reagiu melhor ao tratamento.

A outra moça interveio:

— Eu notei no ambiente a presença de um rapaz que morreu em um acidente de carro.

Miriam ouviu e animou-se:

— Deve ser o Gerson. Eu estava pensando se existe mesmo vida após a morte, e ele veio para me avisar que existe.

— Acho que não era ele. Esse é mais novo do que seu marido e ainda não está muito bem. Apesar disso, ele tentou ajudá-la.

Miriam estava mais animada e sentou-se na cama para conversar. Geni foi à cozinha, fez um café com leite, cortou um generoso pedaço da broa fresquinha que comprara na padaria e levou para Miriam.

— Coma. Você está precisando se fortalecer.

Em vez de recusar como sempre fazia, Miriam aceitou e comeu tudo de bom grado, o que fez os três sorrirem satisfeitos.

Depois, Miriam deitou-se novamente e sentiu sono.

— Vocês dois podem ir. Sei que têm compromisso. Eu vou ficar mais um pouco. Quero aproveitar a melhora dela. Vou cozinhar uma boa sopa e deixar para que ela tome mais tarde.

Os dois saíram, e Geni foi à cozinha ver os ingredientes para a sopa. Encontrou feijão e alguns legumes que haviam deixado dois dias antes. Como ela não se levantava, eles faziam as compras e deixavam na geladeira.

Miriam tinha uma situação financeira mediana. O marido lhe deixara dinheiro no banco e a pequena empresa da qual ele tirara o sustento dos dois. Eles faziam as compras no mercadinho perto da casa e ela pagava depois.

Após colocar o feijão na panela de pressão para cozinhar, voltou ao quarto e sentou-se ao lado da cama.

Miriam dormia tranquila, e Geni sorriu satisfeita. Marcelo, porém, a um canto do quarto, mostrava-se bem preocupado.

Antônio poderia voltar a qualquer momento, por certo notaria a melhora de Miriam e suspeitaria dele.

Aquela mulher sentada ao lado da cama era poderosa. Ele vira quando ela fez a oração, a luz que saía do seu peito e as que desceram do alto sobre eles.

Marcelo aproximou-se dela, pensando no que deveria fazer. Talvez se ele lhe contasse o que estava acontecendo e o perigo que Miriam correria quando ela fosse embora e Antônio voltasse, a mulher tomaria outras providências.

— Preciso lhe falar sobre a doente... — começou ele.

Geni sentiu um arrepio e percebeu a presença de Marcelo.

— Por que está aqui? O que deseja dela?

Geni concentrou-se e viu Marcelo ao lado dela. Percebeu logo que era o rapaz que sua companheira havia mencionado.

— Quero ajudar — respondeu ele. — Ela está sendo perseguida por alguém que deseja vingar-se por fatos que ocorreram em outra vida.

Geni ouviu distintamente e pediu:

— Continue.

— Naquele tempo, eles foram casados, e ela o traiu com o homem que é seu atual marido. Ele causou o acidente que o matou e quer levá-la também.

— Era o que eu suspeitava, mas sinto que você também tem problemas e sofre. O que está acontecendo com você?

— Minha mulher me abandonou, fiquei desesperado e acabei morrendo em um acidente de carro. Ela não me ama mais, contudo, não posso ficar sem ela. Por isso, juntei-me a um grupo de justiceiros para que me ajudassem. Eles concordaram, mas queriam que eu, em troca, prestasse alguns serviços a eles. O primeiro foi esse. Eu deveria ter ajudado na vingança, porém não tive coragem. Ela amava o atual marido e não merecia isso. Agora, preciso ir embora antes que eles voltem, senão serei castigado.

Geni entendeu tudo, não tanto pelas palavras que ele lhe dizia, mas vendo as cenas enquanto ele falava.

— Você fez bem, e eu posso ajudá-lo.

— Eu quero ficar ao lado de minha mulher e que esse grupo me encontre. Você pode fazer isso?

— Ao lado dela é o primeiro lugar que eles vão procurá-lo, mas posso escondê-lo em um lugar onde eles nunca vão achá-lo. Depois, quando esse caso estiver resolvido, você poderá rever sua esposa.

— Terei de ficar muito tempo longe dela?

— O tempo que for preciso para não correr risco. Eles podem aprisioná-lo, e não saberemos quando poderemos libertá-lo.

— Não tenho outro remédio senão aceitar. Você me garante que me ajudará a rever minha mulher?

— Garanto. Tenho amigos que cuidarão de tudo.

— Preciso dizer que não devem deixar a doente sozinha. Quando vocês não estão por perto, o espírito que a está prejudicando aproveita para magnetizá-la sem parar.

— Obrigada pelo aviso. Vou cuidar disso e de você. Vou chamar uma amiga para que o leve fora do alcance deles.

— O que deverei fazer em troca desse favor?

— Apenas cuidar de si e tentar melhorar. Quanto mais depressa fizer isso, mais rápido conseguirá o que pretende.

Geni fechou os olhos e começou a evocar uma amiga espiritual. Admirado, Marcelo viu sair novamente do peito dela uma luz nas cores rosa e azul, que os envolveu.

Pouco depois, entrou no quarto uma mulher jovem, de rara beleza e sorriso alegre, que a beijou na testa e depois estendeu a mão a Marcelo, dizendo:

— Vamos, Marcelo. Hoje, você pode ir para um lugar lindo, em que seus inimigos não poderão encontrá-lo.

Marcelo segurou a mão dela, que passou o braço em torno de sua cintura, e os dois começaram a volitar.

Ele estava inebriado. Nunca sentira uma emoção tão grandiosa. Naquele instante, esqueceu tudo para viver aquele momento de euforia e satisfação.

Capítulo 14

Dois meses depois, Arlete entrou no escritório depois de uma sessão de fisioterapia, sentindo-se melhor. Finalmente, sua perna já não doía, e ela podia caminhar sem dor.

Na porta do prédio, ela encontrou-se com Márcio, que estava passando. Tentou cumprimentá-lo, porém ele a olhou de maneira desdenhosa e com a cara fechada.

Arlete sentiu um arrepio percorrer-lhe o corpo, e uma sensação desagradável a envolveu. Procurou não dar importância àquele encontro e entrou no escritório.

Vendo-a entrar, Rodrigo aproximou-se:

— Como vai a perna?

— Melhor. Só dói se eu caminhar muito.

A amizade de Rodrigo com Arlete e a família da moça estreitara-se. Enquanto ela não podia ir ao escritório, ele ia à sua casa diariamente, quase sempre acabava jantando lá e ficava mais do que o necessário, conversando com Arlete e o resto da família.

— Você não me parece bem. Aconteceu alguma coisa?

— Ao chegar aqui, encontrei Márcio. Ele me olhou de um modo que até me senti mal.

— Na semana passada, ele fez o mesmo comigo. Não respondeu quando o cumprimentei.

— Posso entender que ele ainda guarde ressentimento de mim por causa de Aline, mas o que ele pode ter contra você?

— Ele tem se portado de forma estranha. Uma noite, quando eu saí de sua casa, ele estava na esquina. Uma vez, o pai dele esteve aqui para reclamar do fato de você estar trabalhando comigo. Achou que eu estava traindo Marcelo. Queria, inclusive, que eu passasse a ele os bens que por direito são de Aline. Expliquei, contudo, que isso não seria possível. Eles queriam que eu cortasse relações com vocês.

— Por isso você não queria ir à minha casa?

— Eu queria evitar complicações, mas a vida me fez entender o quanto eu estava errado. A convivência com sua família fez-me perceber a diferença que existe entre vocês e eles.

— Lamento que eles pensem assim.

— Às vezes, tenho a impressão de que Márcio está nos espionando.

— Não creio. Por que ele faria isso?

— Não sei. É uma sensação desagradável que eu tenho sempre que penso nele. Ainda agora, quando você mencionou o encontro com ele, senti um arrepio.

Arlete admirou-se:

— Foi o que senti quando ele me olhou. Vai ver que ele não está muito bem.

— Pode ser isso mesmo.

Depois que passara por Arlete, Márcio foi para casa. Ficara na esquina esperando que ela chegasse e, vendo-a passar bem-disposta, sentiu certa decepção.

Afinal, ele havia pagado um bom dinheiro, e ela estava bem, de volta ao trabalho e, o que é pior, Rodrigo não saía da casa dela. Será que estava apaixonado por ela?

Desde que Arlete quebrou a perna, Márcio passara a acompanhar os acontecimentos, vigiando a casa dela e seguindo os passos de Rodrigo.

O fato de ele ir todos os dias ver Arlete o incomodou. De que adiantara o acidente, se, em vez de afastá-la dele, isso o aproximara inclusive da família?

Mais de uma vez, Márcio foi reclamar com Pai José, mas o homem lhe pedia para esperar, pois tudo seria como ele desejava.

Márcio entrou em casa irritado, e Ivone se aproximou:

— O que foi, meu filho? Você parece nervoso.

— Estou irritado. Aquele Pai José pegou nosso dinheiro, mas não está fazendo as coisas direito. Agora mesmo, vi Arlete toda feliz, entrando no escritório de Rodrigo.

— Será que ele é bom mesmo?

— Isso é o que me pergunto.

— Você precisa voltar lá e exigir que ele cumpra o que prometeu. Afinal, pagamos muito bem. Ainda nem sei como vou fazer para pagar sua tia. Se ao menos o dinheiro de Marcelo viesse para nossas mãos...

— É verdade. Hoje à noite, voltarei lá para pedir que ele aja. Chega de esperar. Desta vez, terá de ser alguma coisa mais forte.

À noite, Márcio foi ao terreiro de Pai José. Assim que ele incorporou no médium, Márcio aproximou-se:

— Pai José, quero lhe falar.

— O que *ocê qué*? Tem muita gente hoje para eu *atendê*. *Num* posso *perdê* tempo.

— É sobre meu caso. Hoje, vi Arlete, e ela estava muito bem. Recuperou-se e estava feliz. O senhor me prometeu que iria tirá-la do nosso caminho e fazer o dinheiro de meu irmão voltar para nossas mãos.

— Eu *num* prometi isso. Eu disse que seria difícil e o que eu poderia *fazê* era *cuidá* dessa moça e *afastá* ela. Isso eu fiz.

— Ela sarou e voltou a trabalhar. O pior é que, apesar de tudo, o sócio de meu irmão se aproximou mais dela e da família. Ele agora não sai daquela casa. Não foi isso o que lhe pedi.

— *Num* tenho *curpa* se eles têm proteção e receberam ajuda *espirituar* dos *esprito* de luz. Eu fiz minha parte, e *ocê num* tem do que *recramá*. Agora, vá embora pois tem muita gente esperando por mim.

— O senhor não vai me ajudar mais? Vai deixar que as coisas fiquem assim?

— *Ocê vorta* aqui outro dia, e *nóis cunversa*. Hoje, eu *num* posso.

O médium afastou-se, e Márcio saiu nervoso do terreiro. Agora, Pai José queria tirar o corpo fora. Ele não conseguiu fazer um trabalho forte o bastante e teria de tentar de novo ou devolver o dinheiro.

Márcio voltou para casa, e Ivone, assim que o viu, disse:

— Pela sua cara, acho que não conseguiu nada.

— Pai José pediu para eu voltar outro dia. Havia muita gente para ele atender. Eu o abordei antes dos outros e lhe disse que, em vez de afastar Arlete, Rodrigo agora estava mais ligado à família dela.

— E ele?

— Veio com uma conversa de que já havia feito a parte que lhe cabia e que eles têm proteção dos espíritos de luz.

— Está claro que ele qui cair fora.

— Foi o que pensei. Não acredito que os espíritos de luz vão proteger aquele povo depois do que eles fizeram a Marcelo. Se existe justiça, Aline e a família devem pagar pela morte dele.

— É o que eu penso. Pobre do meu filho. Deu tanto amor àquela mulher, e, certamente, a estas horas, ela deve estar nos braços de outro.

Márcio abraçou a mãe e disse triste:

— Deixe estar, mãe. Eles vão pagar pelo que nos fizeram.

Eles não viram, mas dois vultos estavam perto dele, sorrindo felizes.

— Eles estão em nossas mãos! — disse um. — Desta vez, pagarão pelo que nos fizeram — respondeu outro.

Ivone passou a mão na cabeça dizendo:

— Não estou gostando dessa história.

— Por quê?

— Não sei. Enquanto você falava comigo, tive um pressentimento ruim. Filho, tome cuidado e não brigue com esse Pai José. Ele pode ficar com raiva e fazer algum trabalho contra nós.

Márcio trincou os dentes com raiva:

— Ele que não se atreva. Se fizer alguma coisa contra nós, darei parte à polícia.

— Você está louco? Não quero que brigue com ele.

— Acha que vou deixar que ele fique com nosso dinheiro e não faça nada? Não tenho medo dele. Agora, estou começando a pensar que o tombo de Arlete tenha sido coincidência e que ele não teve nada com isso. Talvez ele esteja se aproveitando das pessoas, enganando todo mundo e não tenha nenhum poder.

— Pois acho melhor você não voltar mais lá. Não estou gostando nada disso.

— Bobagem. Não vou deixar que ele leve nosso dinheiro sem fazer o que prometeu. Vamos esperar, ver o que ele dirá em nosso próximo encontro e, conforme for, tomarei as providências.

Ivone olhou-o, preocupada. Uma sensação de medo muito desagradável a envolvia.

— Quero que deixe as coisas como estão. Não quero que volte lá.

— É fácil falar, mas com que dinheiro pagaremos o empréstimo à tia?

— Daremos um jeito. Deixe estar. Não quero mais que se meta com esse Pai José.

Ivone estava mesmo muito nervosa, e Márcio tentou acalmá-la:

— Está bem. Depois falaremos sobre isso.

— Márcio, chega de se meter com essa gente.

— Sei. Fique calma. Farei o que me pede.

Embora tenha dito isso, Márcio, intimamente, continuava disposto a enfrentar Pai José e exigir que ele cumprisse o prometido ou devolvesse o dinheiro.

Dois dias depois, Márcio voltou ao terreiro para falar com Pai José. Esperou que o chamassem e, assim que se aproximou dele, procurou mostrar-se calmo.

Pensara muito e resolvera que seria melhor tentar conseguir o que queria com jeito.

— Então, meu filho?

— O senhor sabe o que eu quero. É preciso tirar Arlete da empresa de meu irmão e fazer o sócio de Marcelo ficar do nosso lado. Do jeito que estão as coisas, ele, que antes se dava bem com nossa família, agora está distante e parece que tem raiva de nós.

— *Ocê qué* que tudo aconteça depressa, mas eu preciso de tempo. As *pessoa num faiz* as coisa como *nóis qué*. Carece ter paciência, *sabê esperá*.

— Está bem. Tenho sido paciente, mas está demorando demais. O senhor garante que vai dar certo?

— Vou *mandá meus home* lá e vê o que *podemo fazê*. *Nossos trabaio* são bem-feitos. Isso eu garanto. Agora, *si* a pessoa tem proteção, às *veiz num dá* pra *fazê* tudo o que a gente *qué*.

— Mas o senhor não tem poder para fazer o que eu quero?

— Já disse que tenho. Tá duvidando?

— Não. Mas é que as coisas estão piorando em vez de melhorar.

Pai José tirou algumas baforadas do cigarro de palha e depois disse:

— *Ocê* tá duvidando de mim, tá me ofendendo, e eu *num trabaio* pra quem me ofende.

— Eu não quis dizer isso. Mas é que as coisas não vão bem.

— Deixe comigo. Vou *mostrá* que sei o que estou afirmando. Agora pode ir.

O tom que Pai José usou não admitia mais conversa, e logo um auxiliar puxou Márcio pelo braço, dizendo:

— Vamos. Acabou.

— Mas ele me não disse se vai fazer mais algum trabalho para me ajudar.

— Ele vai fazer, e é melhor ir embora. Pai José não gosta que duvidem dele.

Pensando nas palavras que Pai José dissera, Márcio resolveu ir embora e caminhou até a saída. Estava próximo ao portão quando parou. Alguém estava chorando copiosamente.

Instintivamente, Márcio procurou identificar de onde vinha o som e notou que, atrás da árvore, havia uma pessoa soluçando desesperadamente.

Aproximou-se, olhou e viu uma moça que, com os braços apoiados no tronco da árvore e a cabeça sobre os braços, chorava.

Márcio comoveu-se, tirou o lenço do bolso e estendeu-o a ela, tocando de leve seu braço. Imediatamente, ela ergueu o rosto, e Márcio notou que a moça era muito jovem e bonita. Com os lábios trêmulos ainda e os olhos molhados, ela apanhou o lenço e limpou as lágrimas, tentando contê-las.

— Se tem vontade de chorar, chore. Não é bom engolir o choro.

Ela caiu novamente em soluços, e Márcio, penalizado, esperou que ela se calasse. Depois, puxou-a pelo braço:

— Venha. Vamos andar um pouco. Não tenha medo. Eu só quero ajudar.

Ela fixou-o, e Márcio notou que seus olhos eram grandes e belos. Sem dizer nada, ela deixou-se conduzir por ele, que colocou o braço da moça apoiado no seu. Os dois, então, foram andando devagar.

Márcio notou que ela tinha um corpo bem-feito e caminhava com elegância. A poucos passos dali, havia uma praça, e eles encaminharam-se para lá.

Ao chegar próximo a um banco, sentou-se e puxou-a para que se sentasse ao seu lado. Aos poucos, ela foi se acalmando e ele perguntou:

— Então, está mais calma?

— Estou. Obrigada. Desculpe meu descontrole.

— Há momentos na vida em que a gente precisa desabafar. Eu já tive os meus também.

— Você deve estar pensando que sou desequilibrada.

— Não estou pensando nada.

— Obrigada pelo lenço. Veja... ele está todo molhado. Terei de levá-lo para lavar antes de devolvê-lo.
— Não se preocupe com isso. Meu nome é Márcio, e o seu?
— Olívia.
— Você mora aqui perto?
— Não. Moro do outro lado da cidade.
— Veio ao terreiro de Pai José?
— Vim. Mas não quero falar sobre isso agora.
— Tudo bem. Vamos falar de outras coisas. Eu moro a cerca de dez quadras daqui. Quer tomar um café ou um refrigerante?
— Eu gostaria, mas devo estar horrível. Não quero que ninguém me veja assim.
— Você está bem. Só os olhos estão um pouco vermelhos.
— Vou chamar um táxi e ir para casa.
— Eu vim até aqui caminhando. Se quiser andar um pouco até minha casa, apanho o carro e poderei levá-la.
— Não se incomode. Penso que já abusei demais da sua paciência.
Márcio levantou-se e, puxando-a pela mão, disse:
— Venha. Vamos caminhando. Se não quiser que a leve, respeitarei sua vontade.
Os dois foram andando devagar até que ele parou:
— Eu moro naquela casa do outro lado da rua.
— Nesse caso, vou indo. Não quero que sua família me veja chegar com você.
— Por quê? Sou uma pessoa livre.
— Obrigada por tudo.
— Não vá... Espere, vou tirar o carro.
Márcio entrou, apanhou o carro e parou diante dela, abrindo a porta para que ela entrasse. Em sua cabeça, havia uma série de perguntas, e ele queria encontrar as respostas.
O choro e o fato de não querer falar sobre sua ida ao terreiro envolviam-na em certo mistério que o atraía.
Durante o trajeto, ela foi indicando o caminho, e Márcio procurou falar sobre assuntos amenos. Pensava que precisava ganhar a confiança da moça para que ela se abrisse.
Descobriu que ela gostava de ler, de ir ao cinema, que tinha dezenove anos e fazia faculdade de jornalismo.

Márcio, por sua vez, contou que era formado em economia, tinha vinte e sete anos e trabalhava em uma empresa, mas não estava satisfeito e procurava um emprego melhor. Falou sobre a morte do irmão, mas se absteve de falar sobre Aline e o que ele fora fazer no terreiro de Pai José.

Esse era um segredo que não desejava repartir com ninguém, mas gostaria que ela falasse o que fora fazer no terreiro, porque queria lhe perguntar se obtivera resultado indo lá.

Olívia morava em uma bela casa nos Jardins, e Márcio percebeu que ela deveria ser de uma família abastada. O que teria ido fazer no terreiro? Desejava perguntar, mas não o fez. Seria melhor esperar que ela contasse espontaneamente.

Olívia, porém, não tocou no assunto. Fora do carro, parados diante da casa, ela estendeu a mão para ele e disse séria:

— Obrigada por tudo. Você não sabe o bem que me fez. Para onde deverei mandar seu lenço?

— Não se preocupe com isso. Apesar de termos nos conhecido em um momento difícil para você, eu tive imenso prazer em conhecê-la. Desde que meu irmão morreu, tenho sentido muita solidão.

— Do jeito que estou, não seria boa companhia para ninguém.

— É justamente por isso que você me atrai. Eu sofro muito a dor da perda de meu irmão. Marcelo era meu ídolo, meu espelho, meu amigo. E, vendo-a chorar, logo senti que você estava sofrendo tanto ou mais que eu. Isso de certa forma me fez perceber que eu estava sendo egoísta, pensando que meu sofrimento era maior que o de todos. Penso que poderíamos ser amigos e amenizar um pouco nossa tristeza.

— Está bem.

Ela abriu a bolsa, tirou um cartão com seu nome e telefone e entregou-o a Márcio.

— Eu não tenho cartão comigo — mentiu, justo ele que nunca pensara em mandar fazer um. — Mas vou escrever meu telefone.

— Tirou um papel da carteira, escreveu seu nome e telefone e entregou-o a ela.

Olívia estendeu a mão que ele apertou depois. Ela olhou-o com carinho e, levantando-se na ponta dos pés, beijou-o delicadamente na face.

— Mais uma vez, obrigada. Se não fosse você, talvez eu não estivesse mais aqui.

Márcio sentiu um aperto no peito, sem saber se fora provocado pelo beijo ou pelas palavras que ela dissera. Depois que Olívia entrou, ele voltou para o carro, olhou para a casa, mas ela já havia entrado. Então, ligou o carro e, durante o caminho de volta, não pôde esquecer o rosto dela, seus soluços, a dor que vira em seus olhos e o mistério que a cercava.

Por que uma jovem de boa família, universitária, provavelmente rica, bonita, estaria chorando tanto? Talvez fosse um caso de amor não correspondido, um drama de família como o seu.

Márcio chegou em casa, e Ivone correu para perguntar-lhe o que Pai José dissera.

— Ele disse que vai cumprir o que nos prometeu.

— Será?

— Eu insisti, duvidei, e ele ficou zangado. Então, achei melhor esperar e confiar. É melhor você também não ficar duvidando. Ele sabe de tudo que nós falamos e ouve até nossos pensamentos.

— Cruz-credo! Eu não quero que ele ouça o que eu penso.

— Mas ele ouve. É melhor não duvidar dele, pelo menos dar um tempo para Pai José fazer o que prometeu.

— Está certo. Não quero dar motivo para ele dizer que não conseguiu porque somos descrentes.

— Você entrou, pegou o carro de seu pai e saiu. Aonde foi?

— Uma pessoa no terreiro estava passando mal, e eu fui levá-la em casa.

— Você nunca foi disso. O que ela tinha?

— Não sei, mas estava mal., Tive vontade de levá-la até a casa dela.

— Vai ver que era alguma moça bonita.

— Nada disso — mentiu ele. — Era de idade.

Ivone meneou a cabeça, duvidando. Márcio foi para o quarto, tirou os sapatos e estirou-se na cama pensativo. O rosto de Olívia não lhe saía do pensamento.

Ele esperaria uns dois dias e telefonaria para Olívia para saber como ela estava e, talvez, convidá-la para sair, conversar, jantar.

Esperava que ela aceitasse e, quem sabe, lhe contasse o que estava acontecendo, por que estava chorando tanto.

Márcio custou a dormir e, quando pegou no sono, viu-se perseguido por vultos, sentiu medo e acordou. Foi à cozinha, tomou um copo d'água, deitou-se novamente, mas o sono não vinha. Só muito tarde, conseguiu adormecer de novo.

CAPÍTULO 15

Rodrigo chegou ao escritório com dor de cabeça. Não dormira bem e acordara cansado. Mesmo assim, foi para o trabalho, pois estava terminando um grande projeto e o proprietário dissera que iria vê-lo dali a dois dias.

Vendo-o entrar, Arlete notou logo que ele não estava bem. Após os cumprimentos, perguntou:

— Aconteceu alguma coisa? Você parece indisposto.

— Essa noite, tive um pesadelo horrível, e meu sono não foi tranquilo. Se não tivesse de terminar o projeto, nem teria vindo.

— Há sonhos que parecem verdade.

— Foi a impressão que tive. Estava sendo perseguido por dois indivíduos que queriam me agredir, e, por mais que eu fugisse, eles sempre descobriam onde eu estava. Acordei apavorado, suando frio e sentindo arrepios pelo corpo. Um deles me dizia que eu iria me arrepender do que estava fazendo, mas não sei do que ele estava falando.

— Sonho é assim mesmo; não tem coerência. Eu também não dormi bem essa noite. Custou-me pegar no sono, senti medo e tive a impressão de que minha casa estava sendo vigiada e que os ladrões iriam entrar de uma hora para outra.

Neusa, que estava na sala, interveio:

— Quando vocês começaram a falar, eu fiquei toda arrepiada. Aí tem coisa!

— Que coisa? — indagou Rodrigo.

— Má influência de espíritos perturbadores. Sempre que eles estão por perto, sentimos arrepios. Olhem só como estou arrepiada!

— Isso é crendice — respondeu Rodrigo.

— Talvez não. Quando quebrei a perna, minha prima Dora foi a um centro espírita rezar por mim. Eles disseram que o tombo havia sido provocado por espíritos interessados em me afastar do trabalho.

Rodrigo admirou-se:

— Você acreditou?

— Naquele momento, não. Mas agora começo a pensar que isso seja verdade.

— Não creio. Você se recuperou. Se alguém tivesse interesse em afastá-la, isso não teria acontecido.

— Mas, desde que voltei ao trabalho, tenho sentido arrepios e às vezes dor de cabeça quando entro aqui, Rodrigo. Em outras vezes, parece que algo ruim está prestes a acontecer. Não sei explicar, mas não estou me sentindo como antes.

— Se fosse comigo, eu procuraria o centro e faria uma consulta. No ano passado, minha mãe não estava bem, foi lá, fez um tratamento e ficou boa.

— Vou pensar, Neusa. Se não melhorar, irei — disse Arlete.

Depois que Neusa saiu da sala, Rodrigo tornou:

— Você não pensa em ir, não é? Disse isso apenas para não contrariá-la.

— Não. Estou realmente pensando em ir.

— Acredita mesmo que esteja sofrendo a ação de espíritos? Nesse caso, eles estariam invadindo nossa privacidade. Não posso crer que Deus permita semelhante coisa.

— Quando estava na faculdade, fui testemunha de um caso desse tipo com uma colega que sofreu obsessão de espíritos. Ela passou por vários médicos, psicólogos e até psiquiatra, mas nada deu jeito. Só sarou quando passou a frequentar um centro espírita. Nunca mais me esqueci disso. Por esse motivo, não custa ir para ver o que acontece. Não sou religiosa, mas não tenho nenhum preconceito. Se for para melhorar, eu vou.

— Pois eu não. Só porque tive um pesadelo, passei mal uma noite, não acredito que seja o caso.

Arlete pediu a Neusa o endereço do centro.

— Funciona todas as noites a partir das sete e meia. Se quiser, posso ir com você.

— Obrigada, mas não é preciso. Não sei ainda quando irei.

Arlete voltou para sua sala e dedicou-se ao trabalho. As palavras de Neusa, porém, não lhe saíam do pensamento. No fim da tarde, quando chegou em casa, foi falar com Dalva.

— O que Dora disse quando quebrei a perna, mãe?

— Que você havia sido empurrada por espíritos. Eu fiquei muito impressionada. Por que está me perguntando isso agora?

— É que, desde que voltei ao trabalho, não tenho me sentido bem no escritório. Fico inquieta, sinto arrepios, tenho vontade de ir embora. E, hoje, Rodrigo também não estava bem. Disse que teve um pesadelo e não dormiu bem. Neusa estava perto, ouviu nossa conversa e ficou toda arrepiada.

— A empresa deve estar com má influência. Talvez seja preciso benzê-la. Afinal, Marcelo morreu de desastre e talvez não tenha conseguido paz. É possível que o espírito dele esteja lá. Ouvi dizer que muitas pessoas quando morrem, por não saberem que estão mortas, voltam aos lugares aos quais estavam habituados.

— Não creio. O espírito de Marcelo, se puder estar em algum lugar, certamente estará perto de Aline. Para que ele viria ao escritório?

— Não sei. Foi o que me passou pela cabeça. Podemos pedir para um padre ir lá benzer.

— Nesse caso, prefiro ir ao centro espírita que Neusa conhece. Se estamos sendo prejudicados por eles, é ao centro que precisamos ir.

— Quero ir com você.

— Não fica longe. Iremos amanhã à noite passar por uma consulta.

Dalva concordou e foi cuidar do jantar. Pouco depois, o telefone tocou, e Arlete atendeu.

— Aline! Que bom que ligou. Como vai?

— Muito bem. Quero saber de vocês. Papai está bem? Mamãe e você também?

— Estamos todos bem. Com saudades de você. Papai fala de você todos os dias.

— Também estou com muitas saudades. Gostaria de ir vê-los, mas não posso viajar agora. Só nas férias. Mas, quando penso em encontrar algumas pessoas aí, perco a vontade.

— Você continua indo àquele instituto?

— Eu e Rachel estamos fazendo um curso lá e estamos adorando. Agora, tenho certeza de que a vida continua depois da morte e que o espírito de quem se foi pode se comunicar conosco e até interferir em nossa vida.

— Você tem certeza disso?

— Tive algumas provas, e não há como duvidar.

Em poucas palavras, Arlete contou-lhe o que estava acontecendo e finalizou:

— Pensei em ir ao centro espírita amanhã, mas ainda estou em dúvida.

— Vá. Você vai se sentir melhor, tenho certeza. Foi o que aconteceu comigo. Estou me sentindo muito bem. Não tenho mais sentido a presença de Marcelo.

Dalva estava perto, querendo falar com a filha, e Arlete respondeu que iria, despediu-se e entregou o telefone à mãe.

Enquanto elas conversavam, Arlete estava pensativa. Aline não era pessoa impressionável, ao contrário. Era extremamente prática, objetiva, e não se convencia com facilidade. Se ela acreditava na influência dos espíritos, deveria ser verdade.

❦

Na noite seguinte, faltando alguns minutos para as sete e meia, Arlete e Dalva entraram no centro. Era uma casa térrea, simples, e no *hall* foram atendidas por uma moça que lhes deu uma senha e as encaminhou a um plantão de atendimento.

Sentaram-se no corredor, ao lado de outras pessoas, e, quando chamaram seu número, elas entraram em uma sala simples, onde havia três mesinhas, duas cadeiras em cada uma. Lá, apenas uma pessoa as esperava.

As duas dirigiram-se para uma das mesinhas, alguém trouxe mais uma cadeira, e elas se sentaram diante de um rapaz que as cumprimentou sorrindo.

Deram nome, endereço e disseram que desejavam passar por uma consulta espiritual. Ele olhou para Arlete e disse:

— Antes da consulta, você precisa fazer um tratamento. Naturalmente, você veio até aqui porque não tem se sentido bem nos últimos tempos.

— De fato, tenho me sentido indisposta, principalmente no escritório em que trabalho. Desejo saber se há alguma coisa lá, porque meu chefe também não está bem.

O rapaz olhou-a fixamente por alguns instantes e respondeu:

— O problema não está no lugar, mas em vocês. Algumas pessoas estão interessadas em tirá-la de lá, pois não se conformam com um fato que aconteceu e mudou suas vidas. Elas culpam vocês e têm muita raiva.

— Mas nós não temos culpa de nada.

— Eles atacaram, mas você se recuperou, porque é inocente e tem proteção.

— Eu levei um tombo e quebrei a perna.

— Você foi empurrada por espíritos que foram enviados para isso.

— Quem os teria enviado? — indagou Dalva, assustada.

— Pessoas que estão com raiva e estão de olho em uma herança que vocês receberam.

— Como você sabe tudo isso? — perguntou Arlete.

— Meu guia espiritual está me contando. Ele diz que essas pessoas vão tentar prejudicar uma loja. Você tem loja?

— Meu pai tem.

— Eles querem que vocês percam tudo.

— Que horror! Só pode ser a família do... — ia dizendo Dalva.

O rapaz a interrompeu:

— Se a senhora desconfia de alguém, peço-lhe que não se revolte. Pessoas que procuram resolver seus problemas prejudicando os outros são punidas pela vida, que sempre responde de acordo com a atitude de cada um. Nós vamos pensar no bem, pedir ajuda espiritual, porque só o bem vence o mal.

— Fiquei assustada com o que você disse — justificou-se Dalva.

— Não se assuste. Precisei falar o que meu guia espiritual sugeriu para que acreditassem na espiritualidade. Vou encaminhá-las para o tratamento, e talvez tudo se resolva.

Ele deu um papel a cada uma.

— Vocês vão vir aqui duas vezes por semana, nesta mesma hora, e devem trazer esse papel.

— É a primeira vez que venho a um centro espírita. Como é o tratamento?

— Vão começar hoje mesmo. Nós fazemos doação de energias, e os bons espíritos cuidam do que for preciso.

Elas foram conduzidas a uma sala iluminada apenas por uma luz azul e havia uma música suave no ar. Havia pessoas em pé e cadeiras vazias onde elas se sentaram.

Arlete sentiu arrepios pelo corpo, muito medo e teve vontade de sair correndo dali. Fez menção de levantar-se, mas uma moça aproximou-se, dizendo:

— Calma. Tudo vai passar. Procure orar e pedir ajuda a quem você tem devoção.

Arlete procurou controlar-se, pensando que não havia motivo para ter medo. As pessoas eram simpáticas, o lugar era simples, com flores, sem nada que pudesse justificar seu receio.

Desde a infância, Arlete não fazia nenhum tipo de oração. Pensou em Maria, mãe de Jesus, e rezou pedindo ajuda. Aos poucos, foi se acalmando.

A moça à sua frente fazia imposição de mãos sobre ela, mas sem tocá-la, e Arlete não conteve as lágrimas que lhe desceram pela face. Quando a moça parou, ela sentiu que já estava bem. Ofereceram-lhe um pouco d'água, ela bebeu, e deixaram a sala.

Dalva estava eufórica:

— Que maravilha! Nunca me senti tão leve, tão bem. E o ventinho agradável com perfume de rosas que passava, apesar de a porta estar fechada?

— Não senti nada disso. Ao contrário, tive arrepios, vontade de sair correndo.

— Não diga! Como está agora?

— Bem. Já passou tudo.

No corredor, as duas encontraram o rapaz que as atendera, e Arlete o abordou contando-lhe o que havia sentido. Ele ouviu em silêncio e explicou:

— O espírito que a estava perturbando sentiu medo e teve vontade de sair correndo, e eu até acho que ele saiu mesmo. Você estava captando as emoções dele. É bom saber que podemos captar emoções dos outros, estejam encarnados ou não. O processo é tão forte que, se não o conhecermos, acreditaremos que tudo que estamos sentindo seja nosso, o que não é verdade.

— Custa-me acreditar, mas tem lógica. Talvez, assim como veio, foi embora de repente. Será que as lágrimas que derramei sem querer seriam dele também?

— Não. Seu espírito sensibilizou-se com a situação, e as lágrimas aliviaram a tensão. Você deve ter se sentido muito bem depois de derramá-las.

— De fato, fiquei aliviada.

— Procurem fazer o tratamento direito e se sentirão muito melhor.

Elas agradeceram, despediram-se e, enquanto caminhavam de volta para casa, não se cansavam de comentar as experiências daquela noite.

Ao chegarem a casa, encontraram Mário curioso:

— Quando cheguei em casa, não encontrei ninguém. Posso saber aonde foram?

Foi Dalva quem respondeu:

— Você demorou, e não pudemos esperar. Fomos ao centro espírita e precisávamos estar lá às sete e meia. Não viu o bilhete que deixei?

— Vi, mas fiquei curioso. Vocês nunca frequentaram o espiritismo.

— Vamos lhe contar tudo — disse Arlete.

— Enquanto isso, vou esquentar o jantar. Estou morrendo de fome.

Dalva foi para a cozinha, enquanto Arlete contava ao pai as razões para terem buscado ajuda no centro e tudo o que o rapaz que as atendera falara. Quando mencionou a loja, Mário fez um gesto de surpresa:

— Ele disse isso mesmo?

— Disse.

Mário passou a mão nos cabelos e tornou:

— Como ele pode saber disso? Não contei nada a vocês para não preocupá-las, mas não vendemos quase nada esse mês. Os poucos fregueses entram e saem sem comprar nada.

— Então, ele estava certo mesmo.

— Estava. É surpreendente. Como ele podia saber?

— Fiz a mesma pergunta, e o rapaz disse que o guia espiritual dele lhe pediu que nos dissesse isso.

— Ele falou se a situação da loja vai melhorar?

— Disse que, afastando os espíritos que estavam nos atacando, tudo voltará ao normal.

Mário suspirou aliviado:

— Ainda bem. Se continuar assim, não terei como pagar as contas no fim do mês. Pensando bem, acho que, quando vocês voltarem ao centro, irei junto. Quero ver isso de perto. Quando eu era criança, meu avô sempre me contava histórias de espíritos. Ele acreditava que os espíritos bons ou ruins se comunicavam com as pessoas.

Dalva apareceu na sala:

— Vamos jantar. Eu ouvi o que conversaram. Depois você vai me contar que história é essa da loja e do seu avô.

— Contarei, sim. Gostaria que ele ainda fosse vivo para podermos conversar. Agora, eu prestaria muito mais atenção ao que ele contava naquele tempo.

Eles foram para a copa, e o cheiro gostoso da comida os convidou a sentar-se à mesa. Depois, entregaram-se ao prazer de uma boa refeição.

CAPÍTULO 16

Márcio apanhou o telefone e ligou para Olívia. Ela atendeu, e, depois dos cumprimentos, ele perguntou:

— Como você tem passado, melhorou?

— Sim. Estou envergonhada pela cena que você presenciou.

— Gostaria de saber mais sobre você. Quer jantar comigo hoje à noite?

Ela demorou um pouco para responder, e ele teve receio de que ela recusasse o convite, mas ela respondeu:

— Está bem. Você merece isso.

— Ótimo. Passarei em sua casa às oito. Está bem?

— Estarei esperando.

Márcio desligou o telefone satisfeito. Havia passado dez dias desde a noite em que a conheceu, e ele pensou muitas vezes nela, em seu rosto atormentado, nas lágrimas que a moça derramara e na dor que notara em seu pranto.

Sentia-se atraído por Olívia e pelas palavras que ela lhe dissera. Talvez tivesse concordado em jantar com ele apenas para mostrar sua gratidão, sem, contudo, ter por Márcio qualquer interesse.

Mesmo assim, aprontou-se com capricho, o que fez Ivone reparar.

— Como você está bonito! Até parece que vai a uma festa.

— Vou pegar o carro do pai. Ele não costuma sair à noite.

— Tome cuidado.

Márcio saiu animado. Olívia era moça de classe, e o carro do pai era um tanto velho. Sentiu que estava na hora de ter seu próprio automóvel. Antes, não havia pensado nisso, porque o pai só usava o carro para trabalhar e nunca saía à noite.

Achava um desperdício ter outro carro, mas, pela primeira vez, notou o quanto o automóvel do pai era velho.

Chegou à casa de Olívia e apertou a campainha. Uma criada veio abrir:

— Boa noite, senhor.

— Boa noite. Por favor, poderia dizer a Olívia que Márcio está aqui?

— Ela avisou que o senhor viria e pediu para que entrasse.

Márcio entrou e acompanhou-a até a sala de estar.

— Sente-se, por favor. Ela já vai descer. O senhor deseja uma água, um aperitivo, um café?

— Não, obrigado.

Márcio afundou-se no sofá e olhou em volta. A sala estava luxuosamente mobiliada e era muito bonita. Ele sentiu um pouco de vergonha por estar ali. Apesar de pertencer à classe média, morava em um bairro simples e não estava habituado a frequentar lugares daquele tipo.

Pouco depois, um perfume gostoso encheu o ar, e ele levantou-se. Olívia estava se aproximando. Estava linda em seu vestido verde escuro, seus olhos verdes brilhavam, e os lábios bem-feitos estavam entreabertos em um sorriso.

Depois dos cumprimentos, ela disse:

— Podemos ir.

Eles saíram, e, uma vez no carro, Márcio não se cansava de admirá-la.

— Você está linda! — comentou sem poder conter-se.

Ela suspirou e respondeu:

— Obrigada. Mas, às vezes, eu gostaria de ser pobre e feia. Assim, teria uma vida mais sossegada.

Notando que pelos olhos de Olívia passara uma sombra de tristeza, ele tornou:

— Esta noite, vamos esquecer as tristezas e nos alegrar. Afinal, somos jovens, cheios de vida, podemos nos divertir e sonhar com coisas boas.

— Isso mesmo. Vamos nos divertir, rir. Estou precisando de alegria.

— Então, falou com a pessoa certa! Eu também estou cansado de sofrer e quero esquecer a dor. Vamos nos divertir. Aonde quer ir?

— Conheço um lugar bonito, onde poderemos dançar um pouco. Você gosta de dançar?

— Gosto muito. Você indica o caminho.

Ela concordou. O restaurante não ficava muito longe, e, dez minutos depois, eles chegaram, deixaram o carro no estacionamento e entraram.

O lugar era agradável, bem decorado, com vasos de plantas e flores. Foram conduzidos a uma mesa de onde podia se ver, através da janela envidraçada, o belo jardim que circundava o prédio.

— Que lugar agradável! — comentou Márcio.

— Eu gosto daqui. A música é boa, e, aqui, tocam de tudo.

Márcio observava que as pessoas em volta eram de classe e se perguntava quanto teria de pagar pelo jantar. Ia ser caro, mas ele não se importava, porquanto o prazer de estar ali, com Olívia, valia todo o esforço.

Eles pediram o jantar, e, enquanto esperavam, Márcio convidou-a para dançar. Olívia aceitou. Ele enlaçou-a com prazer, aspirando o gostoso perfume que vinha dela.

A música era romântica, e Márcio nunca sentira tanto prazer em uma dança. Olívia era leve e, como ele dançava bem, ela entregou-se ao prazer da música.

Durante o jantar, Márcio conversou sobre amenidades. Não queria que ela se entristecesse, embora quisesse muito saber a causa de sua tristeza.

Temia que fosse uma desilusão amorosa e que ela estivesse saindo com ele apenas por gratidão, mas sem interesse pessoal.

Ele, contudo, sentia que precisava primeiro conquistar a confiança dela para depois falar sobre seus problemas.

Passava da uma da manhã quando deixaram o restaurante. Estavam alegres, e Márcio notava o quanto ela era bonita quando sorria.

Ao chegarem diante da casa dela, ele desceu e acompanhou-a até o portão de entrada.

— Boa noite e obrigada. Há muito tempo, não tinha uma noite agradável como essa.

— Eu também adorei. Você dança muito bem.

— Adoro dançar! A música faz bem ao nosso espírito.

— Espero que possamos repetir a dose.

Ela hesitou um pouco, depois respondeu:

— Não sei. Estou prestes a fazer uma viagem ao exterior.
— Quando?
— Em breve. Não sei o dia. Depende de algumas coisas.
— Quanto tempo ficará fora?
— Se eu pudesse, não voltaria ao Brasil tão cedo.

Márcio sentiu um arrepio ao lembrar-se de Aline. Por que as mulheres cismavam em morar no exterior?

— Você não está fazendo faculdade?

— Estou, mas, se eu for antes das férias, poderei trancar a matrícula e continuar o curso quando voltar.

— Nesse caso, poderíamos sair enquanto você não viajar. Será que não mudará de ideia?

— Não. Por mim, já teria ido. Mas, como disse, estou dependendo de algumas coisas. Em todo o caso, podemos sair enquanto eu estiver aqui. — Olívia estendeu-lhe a mão. — Mais uma vez obrigada e boa noite.

— Boa noite — respondeu ele, apertando a mão dela e levando-a aos lábios depois. — Essa noite foi muito especial para mim.

— Eu aprecio sua companhia, mas não quero que se iluda pensando em mim. Não posso lhe oferecer mais do que amizade, Márcio.

— Ligarei assim mesmo.

Olívia sorriu, abriu o portão e entrou. Márcio voltou para o carro, sentindo uma ponta de decepção. A moça fora muito clara. Notara seu interesse e tratara de posicionar-se.

Mas, se ele fora capaz de fazê-la esquecer seus problemas e sentir prazer em sua companhia, talvez Márcio pudesse ter esperanças de manter com ela um relacionamento afetivo.

Ele sentia que Olívia pertencia a outro nível social, mas estava disposto a pagar o preço de cultivar um relacionamento que certamente exigiria dele manter-se à altura, procurando ser elegante, frequentando lugares de luxo aos quais não estava habituado e, ao mesmo tempo, tentando melhorar de vida.

O luxo que vira na casa dela, os objetos bonitos, o ambiente agradável eram muito bons, e Márcio gostaria de viver em um lugar assim.

Se ao menos o dinheiro de Marcelo lhes chegasse às mãos! Poderia abrir seu próprio negócio. Ele não queria ser como o pai, que trabalhava em um escritório de contabilidade havia mais de dez anos e ganhava apenas o suficiente para manter o padrão de vida que sempre tiveram, que não lhes permitia viajar para o exterior e comprar roupas da moda.

Ele também, apesar de formado, estava trabalhando e ganhando pouco. Embora não precisasse dar dinheiro em casa, seu salário não lhe permitia extravagâncias.

Se Olívia correspondesse aos seus sentimentos, ele teria de procurar outro emprego.

Ao pensar nela, Márcio teve a certeza de que nunca sentira por nenhuma mulher o interesse que sentia por ela e que faria tudo para que ela não viajasse. Nutria o pensamento de que, se dispusesse de mais tempo e se ela demorasse para ir, talvez a fizesse mudar de ideia.

A lembrança dos momentos agradáveis daquela noite fez Márcio desejar muito repetir a dose.

Ao chegar em casa, deitou-se e começou a imaginar como seria bom beijar aqueles lábios tão bonitos e apertar aquele corpo que sentira em seus braços.

Por fim, decidiu que, no dia seguinte, iria procurar outro emprego. Afinal, estava formado e não deveria sujeitar-se a um emprego de segunda classe.

Fazendo planos para o futuro, Márcio adormeceu.

⭒

Depois de se despedir de Márcio, Olívia entrou em casa procurando não fazer ruído. Tirou os sapatos e ia caminhando devagar, quando a porta do escritório se abriu, e um homem alto, moreno, de meia-idade, apareceu. Seu rosto estava contraído, a testa, franzida, e os olhos brilhavam de raiva:

— O que ficou fazendo na rua até uma hora dessas?

Olívia estremeceu e, fixando-o com raiva, respondeu:

— Deixe-me em paz.

Ele segurou-a pelo braço:

— Acha que pode fazer isso comigo? Quem pensa que eu sou?

— Eu não penso nada. Não quero nada de você. Deixe-me em paz.

— Você não vai se livrar de mim dessa forma! Você é minha, e não admito que saia com outros homens.

— Você está louco!

— Estou. Estou completamente louco! Tanto que não ligo mais para o que possa acontecer. Se continuar me evitando, mostrarei aquelas fotos à sua mãe e direi que você se atirou em meus braços, que é uma pervertida e não respeitou o marido de sua mãe!

— Você sabe que isso não é verdade e tudo o que fez para conseguir essas fotos. Eu deveria ir à polícia.

— Pois vá. Eu direi a todos que você não presta e fez tudo para me enlouquecer.

— Só não faço isso porque não quero que mamãe descubra toda essa sujeira.

— Eu amo você. Não posso pensar em outra coisa senão em tê-la em meus braços! A lembrança daquela noite não sai do meu pensamento. Está me deixando louco!

— Nunca farei o que você quer! Naquela noite, eu estava inconsciente, mas isso nunca mais vai se repetir. Estou alerta. Largue-me. Quer que mamãe acorde?

Eles ouviram uma voz de mulher perguntar:

— Quem está aí? É você, Gilberto? Com quem está falando?

Ele largou Olívia e disse baixinho:

— Você me paga. Tem de me explicar direitinho quem era aquele moço que a trouxe para casa.

Depois, Gilberto subiu e, procurando dar um ar calmo à fisionomia, encontrou Olga no topo da escada e explicou:

— Eu estava tomando água e vi quando Olívia chegou. Estava conversando com ela.

Olívia subiu, e Olga perguntou:

— Está tudo bem, minha filha?

Olívia enxugara as lágrimas e respondeu com voz que procurou tornar natural:

— Está, mãe. Boa noite.

— Boa noite, Olívia.

Ela entrou no quarto, fechou a porta e atirou-se na cama chorando muito. A vida em sua casa estava insuportável.

Quando completou quatorze anos, Olívia começou a notar que seu padrasto a olhava com cobiça, por isso o detestava. Fugia dele o mais que podia, contudo, não queria que sua mãe soubesse.

O pai de Olívia morreu quando ela tinha sete anos, e, quatro anos depois, sua mãe casou-se com Gilberto, um rico empresário, que herdara do pai um rendoso negócio e muito dinheiro.

A situação com o padrasto piorou quando sua mãe ficou internada no hospital por vários dias devido a um problema renal, que culminou na extração de um rim.

Fazia dois dias que Olga estava internada, quando, antes de dormir, Gilberto a convidou para fazer um lanche. Ela tomou o refrigerante e dormiu.

Quando acordou, estava deitada ao lado dele na cama. Gilberto a violentara. Ainda tonta, sentindo o corpo dolorido, tentou levantar-se, mas ele a cobriu de beijos, chamando-a de meu amor, e, Olívia, horrorizada, ameaçou gritar.

Gilberto disse que, se Olívia gritasse, os criados iriam ouvir e contariam tudo para Olga quando ela voltasse para casa.

Apavorada, Olívia esperou a tontura melhorar e, depois, conseguiu finalmente ir para seu quarto. A jovem chorava desesperadamente.

No dia em que sua mãe ia voltar para casa, Olívia acordou e enfrentou Gilberto. Ela estava decidida a contar tudo a Olga e aguentar as consequências.

Gilberto, então, mostrou-lhe algumas fotos, que ele tirara enquanto ela estava inconsciente, que davam a entender que Olívia estivera com ele de boa vontade.

Vendo aquelas fotos, qualquer pessoa pensaria que Olívia era amante do padrasto. Olívia compreendeu que sua mãe não acreditaria em sua inocência. Ela amava o marido e era muito ciumenta.

Desde esse dia, a vida de Olívia tornara-se um martírio. Gilberto continuava a assediá-la, aproveitando todos os momentos em que Olga se afastava.

Olívia procurava ficar fora de casa o maior tempo possível, mas Gilberto pressionava Olga, fazendo-a ver perigo em suas saídas.

Interessada em afastar-se mais dele, Olívia disse à mãe que gostaria de estudar no exterior e que conseguira uma escola nos Estados Unidos.

Apesar de não querer ficar longe da filha, Olga concordou, mas Gilberto interveio, e ela resolveu esperar que a filha completasse a maioridade.

Angustiada, Olívia ouvira uma colega dizer que estava indo a um terreiro pedir ajuda profissional e conseguira um estágio muito bom.

Sem dizer nada a ninguém sobre o problema que a angustiava, descobriu o endereço do terreiro e foi falar com Pai José.

Contou-lhe seu drama, e ele prometeu ajudá-la. Mais animada, Olívia esperou, porém, nada aconteceu.

Naquela noite em que encontrou Márcio, ela fora ao terreiro para conversar novamente com Pai José. Ele lhe disse que estudara o caso e a aconselhava a ter paciência, pois a situação só se resolveria depois que ela completasse vinte e um anos e saísse de casa.

Antes disso, se Olga descobrisse, a acusaria de haver se jogado sobre o padrasto e nunca a perdoaria.

Revoltada e sem coragem para suportar aquele martírio por mais dois anos, Olívia não conteve o choro. Para que ninguém visse, escondeu-se atrás da árvore, onde Márcio a encontrou.

Naquela noite, ela chegara melhor em casa melhor. Os momentos que passara ao lado de Márcio, sua gentileza, a música, o ambiente agradável, tudo contribuíra para que ela ficasse bem.

Mas a cena desagradável com Gilberto, a intervenção da mãe e o medo que sentira de que Olga descobrisse tudo tinham-na feito pensar que não poderia esperar mais dois anos para sair de casa, expondo-se ao risco de a mãe descobrir tudo.

Foi para o quarto, estendeu-se na cama e começou a arquitetar um plano para fugir de casa. Tinha algum dinheiro no banco, que sua mãe depositara para quando ela se formasse, mas não era suficiente para que ela ir para longe como pretendia.

Precisava juntar mais um pouco e, para isso, deveria ficar mais alguns dias, procurando conseguir obter o máximo que pudesse.

Tinha a intenção de deixar o Brasil e ir para o exterior. Não podia correr o risco de que Gilberto a encontrasse. Ele ficaria furioso por ela ter escapado e faria tudo para descobrir seu paradeiro e trazê-la de volta.

Quando fosse à faculdade na manhã seguinte, conversaria com Marli, sua professora de inglês, e lhe pediria sugestões do que fazer para estudar nos Estados Unidos.

Ela mencionara uma organização americana, que organizava intercâmbio de estudantes, e poderia dar-lhe boa sugestão.

Precisava fazer tudo, sem que ninguém em sua casa soubesse. Quando estivesse tudo resolvido, iria embora, deixaria uma carta para a mãe com uma boa desculpa e estaria livre.

Não se importava de deixar o luxo em que vivia para ganhar o próprio sustento. O que ela mais queria era poder viver em paz e reencontrar o prazer de viver.

Pensou em Márcio. Talvez ele pudesse ajudá-la. Não lhe contaria a verdade; apenas lhe diria que seu padrasto a odiava e tornava sua vida um inferno.

Ele mostrara-se inclinado a ajudá-la, pareceu-lhe sincero, mostrara-se ser discreto e, o mais importante, não era conhecido de ninguém em sua roda de amigos ou em sua família.

No dia seguinte, telefonaria para Márcio, mostrando-se interessada em cultivar sua amizade. Sairia com ele algumas vezes para conhecê-lo um pouco mais e saber até que ponto poderia confiar nele.

O que lhe importava era conseguir alcançar seu objetivo. Com a ajuda dele, esperava poder realizar seu plano de fuga.

Estava decidida. Não dava mais para continuar vivendo daquela forma. Ela queria mudar de vida, de país, esquecer tudo, ter dias melhores, em que pudesse ser feliz e viver em paz.

CAPÍTULO 17

Antônio chegou à fortaleza de Mimo à procura de Marcelo. Estava muito nervoso. Assim que deu o nome, ouviu uma voz perguntar:
— O que quer aqui?
— Não está me reconhecendo? Sou Antônio, já morei aqui durante muito tempo. Quero falar com Mimo.
O portão abriu-se, ele entrou.
— Vou ver se ele pode atendê-lo.
— Não é preciso. Somos amigos.
— Só estou cumprindo ordens. Quer que eu seja castigado?
Antônio concordou, e o porteiro entrou, enquanto ele ficou esperando no pátio. Pouco depois, ele voltou:
— Pode entrar. Mimo o espera. Vou acompanhá-lo.
— Não é preciso, sei o caminho.
Pouco depois, estava batendo à porta da sala de Mimo. Depois dos cumprimentos, Antônio, nervoso, disse:
— Onde está Marcelo?
— Não está com você?
— Não. Que belo ajudante você me mandou! Ele pôs tudo a perder.
Mimo aspirou o fumo, soltou uma baforada e disse calmamente:
— Em primeiro lugar, modere seu tom. Quando falar comigo, me chame de senhor. Eu fiz o que me pediu e não tenho culpa de o rapaz não ter se comportado bem.
Antônio procurou engolir a raiva e perguntou:
— Mimo, o senhor tem certeza de que ele não voltou para cá?

— Tenho. Quero saber tudo o que aconteceu.

— Quando ele chegou lá, eu ensinei o que fazer, e ele fez tudo direito. Eu achei que era o momento de agilizar o caso para que Miriam voltasse logo. Deixei-o lá com todas as instruções e fui à procura de um conhecido que tinha competência para resolver tudo de uma vez.

Antônio fez uma ligeira pausa e olhou atentamente para Mimo, que o ouvia com os olhos semicerrados. Percebendo que ele estava atento, continuou:

— Fiquei dois dias fora, porquanto a viagem era longa e precisei esperar que a pessoa que fui procurar pudesse me acompanhar. Ele me garantiu que seria fácil e que, naquela noite mesmo, tudo estaria acabado. Eu já antegozava o prazer de olhar Miriam cara a cara e poder consumar minha vingança. Mas, quando chegamos à casa dela, havia um guardião da luz na porta, o que nos assustou muito.

'"Você não disse que ela era protegida!', disse meu acompanhante, que se foi, deixando-me sozinho. A luz que havia em volta do espírito protetor fez-me tremer, porquanto senti que, mesmo à certa distância, todas as minhas defesas estavam indo embora. Tratei de sair de lá o mais depressa que pude."

— Foi interferência dos seres da luz, com certeza. Vai ver que Marcelo foi expulso de lá por eles — disse Mimo.

— Não creio. Quando cheguei à minha casa, concentrei-me e descobri o que aconteceu. Vi tudo. Seu protegido ficou com pena de Miriam e, em vez de fazer o que mandei, começou a rezar. Pode imaginar uma coisa dessas?

Mimo abriu os olhos e endireitou o corpo, dizendo irritado:

— Ele fez mesmo isso?

— Fez. Se tem dúvida, observe e verá.

Mimo concentrou-se e conseguiu ver o que havia acontecido.

— Esses espíritas estão sempre se metendo em nossos negócios. Eles foram os responsáveis.

Marcelo sabia que havia agido errado e estava com medo de voltar aqui. Assim, eles envolveram-no e levaram-no.

— O que vou fazer agora? Você precisa me ajudar.

— Tudo tem limites. Não posso me envolver com os seres da luz. Sei dos nossos limites. Não quero perder tudo o que consegui.

— Você prometeu que me ajudaria!

— E cumpri. Ajudei. Mas não contava que o outro lado tinha tanto interesse em proteger Miriam. Se quer um conselho, desista por enquanto. Vá cuidar de sua vida e não tente nada.

— Não vou desistir.

— Não conte comigo. Miriam agora está protegida, e você nada poderá fazer contra ela. É melhor acalmar seu ódio. Afinal, você a maltratou durante muito tempo. Certamente, ela já pagou por tudo o que lhe fez. Vá cuidar de sua vida e melhore um pouco sua aparência, que está assustadora.

— Vou pedir a Mirela que me ajude.

— Mirela desapareceu. Foi embora. Cansou de esperar por Renato.

— Nesse caso, não sei o que fazer.

— Conforme-se. É o que posso lhe dizer. Agora, pode ir.

Com um gesto, Mimo despediu Antônio, que saiu decepcionado. Ele imaginava que Mimo fosse forte, pudesse tudo, mas estava enganado.

Que seres eram esses capazes de intimidar Mimo? Ele sempre gostara de tratar com chefes, não falava com subalternos. Imaginara que Mimo fosse o máximo, mas era mentira. Havia outros seres mais poderosos que ele.

Antônio resolveu ir embora. Saiu e começou a caminhar. Não adiantava mais ficar ali e não estava com vontade de voltar ao lugar onde vivera durante alguns anos. Para onde iria? O que faria de sua vida?

Durante mais de seis anos, dedicara-se exclusivamente à sua vingança. Conseguira envolver o traidor e provocar o acidente de carro que lhe custou a vida.

Logo que ele deixou o corpo, Antônio, que o esperava satisfeito, atirou em seu rosto sua traição e, embora ele não o tenha reconhecido, foi levado em seguida por um grupo de socorro.

Antônio não se importou muito, porquanto o que ele mais desejava era trazer Miriam para a dimensão onde estava e poder tê-la à sua mercê e fazê-la sentir o peso de seu erro.

Mas agora que seu plano dera errado, estava hesitante, sem rumo, desanimado.

Foi quando o espírito de Cora se aproximou dele. Ela apagara sua luz para não assustá-lo e aproximou-se, dizendo:

— Como vai, Antônio?

Ele estremeceu:

— Quem é você?

— Meu nome é Cora. Eu estava passando e notei que você está cansado. Muito cansado, sem rumo. Eu venho de um lugar muito bonito, ideal para recuperar suas forças.

— De fato, estou muito cansado. A vida para mim é um fardo terrível. Se eu pudesse pelo menos esquecer um pouco, descansar...

— Você pode. Se quiser, posso levá-lo até lá.

Antônio sentiu que vinha dela uma energia suave, agradável, que havia muito ele não sentia. Suspirou triste:

— Eu quero, mas não sei se devo. Olhe para mim, estou descomposto, sujo, quase maltrapilho. Tenho muita vergonha.

— Dê-me a sua mão. — Ele obedeceu, e ela continuou: — Imagine que você está vestindo uma roupa limpa e mais arrumada.

Ele sentiu saudade de uma roupa que tinha quando vivia no mundo e da qual gostava muito. Como por encanto, viu-se vestido com ela.

— Você é muito poderoso. Se quiser ficar bem, basta imaginar isso.

— É, eu sabia que podia fazer coisas pelo querer, mas nunca usei a minha vontade para isso.

Cora sorriu e convidou:

— Vamos? Estou certa de que vai gostar muito.

Antônio sentiu prazer quando aquela linda mulher passou o braço pelo seu e os dois começaram a deslizar gostosamente pelo espaço, subindo, atingindo um céu limpo e sem nuvens.

Olhando para baixo, Antônio via lugares claros, limpos, rios, cidades, muita vegetação e, admirado, perguntou:

— Onde estamos? Que lugares bonitos!

— Estamos em uma zona de recuperação. Aqui, o tratamento utiliza a beleza como remédio.

— Eu não sabia que existia isso.

Cora sorriu:

— Há muitas coisas mais que você um dia vai conhecer. Por ora, você ficará próximo daqui.

Eles desceram perto de um prédio de cinco andares, cheio de janelas, rodeado de árvores e flores. Antônio estava extasiado, respirando com prazer o aroma suave que estava no ar. Eles adentraram uma das portas e foram andando por um corredor até uma sala em que uma jovem senhora os recebeu e abraçou Cora.

Cora apresentou Antônio:

— Nora, este amigo precisa de atendimento. Estava sem rumo, e eu pensei que aqui seria um bom lugar para ele ficar por algum tempo. Convidei-o, e ele aceitou.

— Seja bem-vindo — tornou Nora, estendendo-lhe a mão, que ele apertou acanhado.

O lugar era muito limpo e arrumado, e Antônio notou que, apesar de estar com uma roupa melhor, sua aparência não era das melhores. Envergonhado, baixou o olhar.

Elas perceberam, porém não mencionaram o assunto. Conversaram durante alguns minutos, e, por fim, Nora segurou Antônio pelo braço e disse:

— Venha comigo. Aqui, nós cultivamos a beleza. Portanto, antes de eu lhe mostrar sua casa e o apresentar aos seus vizinhos, vou levá-lo a uma sessão de transformação, em que você receberá os cuidados de que necessita para melhorar sua aparência. Tenho a impressão de que, nos últimos tempos, você não cuidou de si mesmo.

— De fato, há muito tempo não cuido de mim.

— Essa é nossa primeira responsabilidade — aduziu Cora, sorrindo. — O tratamento de beleza aqui é muito bom, e você se sentirá tão bem que nunca mais se descuidará.

Com os olhos brilhantes de emoção, Antônio foi conduzido a uma sala em que um rapaz jovem o recebeu sorrindo.

— Quando estiver pronto, eu virei buscá-lo para irmos à sua nova casa.

As duas se retiraram e foram até a sala de Nora. Cora relatou a história de Antônio, finalizando:

— Durante seis anos consecutivos, ele empenhou-se na vingança, mas chegou o momento em que a vida deu um basta, o impediu de continuar, protegeu a pessoa que ele perseguia e lhe tirou qualquer ajuda dos justiceiros. Então, ele ficou sem rumo, porque, durante esse tempo, se abandonou, não se permitindo nenhuma alegria e cultivando apenas o ódio.

— Sentiu-se impotente, percebeu que havia uma força maior agindo e enfraqueceu.

— Isso mesmo. Então, eu o procurei. Pensei em trazê-lo aqui para, por meio da beleza, sensibilizar seu espírito tão embrutecido pelo ódio.

— A beleza toca nossa alma e abre a sensibilidade. O caso dele vai demorar um bom tempo, porquanto quanto mais sensibilizado, quanto mais gostar do belo, mais sentirá em seu interior os erros que cometeu.

— A bondade das pessoas nos ajuda a identificar nossos pontos fracos.

— Você sabe que nossa colônia é fruto das experiências do Vale das Artes. Os gênios que vivem lá estão convictos de que qualquer tipo de arte sensibiliza a alma. Eles, então, se perguntaram: "Por que não usar isso como terapia com os espíritos que ainda acreditam no mal como solução para seus problemas?".

— Eu tenho conhecimento de que, há quase dois séculos, eles fundaram essa cidade e sou testemunha do sucesso dessa teoria.

— A melhora aqui é mais rápida e objetiva. Como o contraste entre o que muitos acreditavam e a realidade é grande, trouxemos terapeutas para ajudá-los, quando as crises de remorso ou de depressão os envolvem. Alguns ficam tão envergonhados que querem se punir, se acusam, se machucam ou tentam ir embora, pois dizem que não merecem tantas coisas boas.

— Penso que Antônio será um desses. Ele não é um espírito tão atrasado que se dedicasse ao mal, mas a traição que sofreu trouxe à tona seu pior lado, fazendo-o mergulhar no ódio contra os que o traíram. E o outro que eu trouxe, o Marcelo? Como ele está?

— Ele tem um gosto refinado e um grau de desenvolvimento melhor. Gostou muito daqui, porém ainda tem dificuldade de esquecer a esposa. Fala nela o tempo todo, está obcecado. O apego que tem a ela é terrível.

— Você sabe o passado dele com Mirela?

— Sei. Mas, por enquanto, ele está tão obcecado pela lembrança de Aline que bloqueia completamente as recordações de outras vidas.

— Notei que ele teve alguns flashs, mas não conseguiu concatenar os fatos.

— Ultimamente, ele tem ficado inquieto. Está sendo difícil segurá-lo aqui.

— Vou conversar com ele.

— Faça isso. Talvez consiga acalmá-lo.

Cora deixou a sala e saiu à procura de Marcelo. O dia estava lindo, e várias pessoas conversavam alegres nos jardins em volta do prédio. Ele, contudo, não estava entre elas.

Foi procurá-lo em seu chalé. Sentado na varanda, de cabeça baixa, lá estava ele, sozinho. Cora aproximou-se:

— Estava por perto e vim lhe dar um abraço.

Marcelo levantou-se e abraçou-a dizendo:

— Ainda bem que veio. Estou desesperado. Preciso ver Aline.

— Ainda não é possível.

— Vocês me dizem isso, mas estou começando a duvidar. Por que não querem que eu a veja?

— Porque a casa dela está sendo vigiada pelos homens de Mimo. Se for lá, será preso por eles.

— Talvez valha a pena correr o risco. Não suporto mais ficar longe de Aline. Depois, você não sabe, ela acha que morri e anda de namoro com outro. Preciso evitar isso de qualquer jeito.

— Você precisa aceitar que, aos olhos do mundo, ela está livre para um novo casamento. Você não poderá impedir que isso aconteça.

— Eu não aceito! Ela é minha mulher, e ninguém vai tomá-la de mim. Você diz que é minha amiga, mas parece estar do lado dela.

— Eu estou do lado dos dois. Você diz que a ama, e quem ama deseja a felicidade do ser amado.

— Eu posso fazê-la feliz.

— Você teve sua chance, mas acabou, Marcelo. É bom saber que as pessoas são livres. Ninguém é de ninguém. Por mais que queira que isso seja diferente, essa é a verdade.

Marcelo cobriu o rosto com as mãos e começou a soluçar. Cora não interveio. Quando ele parou, ela abraçou-o, dizendo:

— Eu sei que é difícil para você, mas estou certa de que conseguirá vencer esse apego. Você está vivendo em outra dimensão agora. Aqui, você poderá encontrar novos caminhos cheios de alegria e de amor. Por que teima em sofrer por uma coisa que não tem volta?

— Eu não sei viver sem ela — reclamou ele, triste.

Cora sentou-se no banco da varanda e puxou-o para que se sentasse ao seu lado. Passou o braço no dele e respondeu:

— Dentro de você há mais força do que imagina. Você pode e vai conseguir fazer uma pausa nessa parte de sua vida, pois vocês estão separados, Marcelo. Aline ainda vai viver muito tempo na carne. Você pode esperá-la regressar. Será só uma questão de tempo.

— Eu tenho medo. Ela pode se apaixonar por outro.

— Você sabe que isso pode acontecer e não poderá impedir. Não seria melhor tentar adaptar-se à vida aqui, fazer amigos, deixar o tempo passar, para encontrá-la face a face quando ela chegar?

Marcelo torceu as mãos nervosamente:

— É que não sei se ela ainda vai me querer. Aline me abandonou.

— Ela pode ter um caminho diferente do seu. A vida sempre sabe o que faz. Se Aline foi embora e o deixou, talvez ela tenha deixado de amá-lo. Ninguém pode obrigar alguém a gostar. Esse sentimento é espontâneo e natural. Se ela não o ama mais, é tempo perdido ficar esperando por ela ou querer sofrer ao lado dela, o que é pior.

— É que não consigo deixar de pensar nela.

— Faça um esforço. Se deixar esse pensamento de lado, estou certa de que logo se recordará de outras vidas, e essa recordação fará de você uma pessoa muito feliz.

— Você acha?

— Estou certa disso.

— Às vezes, penso que nunca tive outras vidas.

Cora sorriu e respondeu:

— E os sonhos? As visões que tem de vez em quando?

— Sonhos não significam nada.

— Podem significar muito. Por que não tenta descobrir o que eles querem dizer?

— Como fazer isso?

— Pensando nas visões que já teve, querendo saber mais.

— Você diz isso pois conhece meu passado ou é apenas uma sugestão?

— Os sintomas que você tem fazem-me pensar que está prestes a recordar o passado. Sinto até que basta mais atenção ao seu mundo interior para que isso aconteça.

— De que adianta querer saber o que aconteceu há muito tempo, se meu coração e meu pensamento estão em Aline e em nossa vida atual?

— É que a vida os separou e ela deve ter uma razão justa para isso. Insistir agora nessa proximidade é perda de tempo. Vocês vivem em mundos separados, e não há como ficarem juntos. Enquanto Aline precisa viver suas experiências no mundo material, você está sendo chamado para se renovar e caminhar para frente em sua vida espiritual.

— Mas não quero viver uma vida espiritual. Quero estar na Terra, onde tenho todos os meus interesses, minha família e minha mulher. Meu coração está lá, com eles.

— Eu sei. Seu coração pode continuar com eles, Marcelo, porquanto o amor nunca morre. Não é hora, contudo, de estar junto, pois cada um vive seu processo de evolução e tem suas necessidades. Para você, é hora de amadurecer, rever as experiências que teve e buscar tirar delas todos os benefícios possíveis.

— Que benefício pode haver em morrer da forma violenta como morri, no apogeu da minha juventude, cheio de planos para o futuro?

— Um dia, você compreenderá por que teve que passar por isso. É bom saber que a vida não erra e que você veio do jeito certo, na hora certa.

— Como pode afirmar isso?

— Porque tudo tem uma razão de ser. Nada acontece por acaso. Procure aproveitar o tempo. Em vez de ficar pensando em Aline com revolta e insatisfação, lembre-se dos bons momentos que viveram juntos. Em nome do amor que diz sentir por ela, deixe-a livre para seguir seu caminho.

— É difícil para mim.

— Você não pode viver pendurado afetivamente em outra pessoa. Ela é para você apenas uma muleta, na qual se apoiou e que não deseja largar.

— Isso não é verdade.

— Claro que é. O amor, quando verdadeiro, coloca em primeiro lugar a felicidade do ser amado. Você não está preocupado com os sentimentos dela, nem se ela era feliz a seu lado; quer apenas perpetuar sua ligação com Aline. Isso é apego, não é amor.

— Eu a amo.

— Quem ama liberta, não subjuga o ser amado.

Marcelo não conteve as lágrimas que desceram por seu rosto contraído pelo desespero. Cora alisou a cabeça dele com carinho e esperou que ele se acalmasse. Depois, disse com voz calma:

— Enquanto você pensa sobre esse assunto, desejo convidá-lo para uma reunião que acontecerá na casa de uns amigos meus. Haverá música e muita alegria.

— Não tenho disposição para visitar ninguém. Não estou em condições de ser boa companhia.

— Você irá comigo, sim. De que adianta ficar remoendo sua dor? Ao contrário. Venha comigo. Estou certa de que vai gostar. São pessoas muito interessantes, inteligentes, bondosas. O lugar é lindo e muito agradável.

— Não sei...

— Há quanto tempo não tem um momento de calma e bem-estar? Estou certa de que, se ficar calmo, será mais fácil encontrar a melhor solução para seu caso.

— Talvez seja bom mesmo...

— Passarei aqui para buscá-lo às oito.

— Está bem. Irei.

— Isso mesmo. Você está realmente precisando de uma boa distração. Costumo ser pontual.

— Estarei esperando.

Cora se foi, e Marcelo sentou-se perto da janela pensativo. De onde estava, ele podia ver o lindo jardim ao redor do prédio.

As palavras de Cora ainda estavam vivas em sua memória: "Quem ama liberta, não subjuga o ser amado". Por mais que lhe doesse, reconhecia que queria ficar ao lado de Aline de qualquer jeito, sem se perguntar se ela desejava isso.

Pela primeira vez, ele sentiu como a esposa foi se distanciando dele aos poucos. Por tudo isso, ela o abandonou. A verdade doeu forte, e ele curvou-se abatido. Sentiu que ela não o amava o suficiente.

Pensou em como a conhecera, lembrou-se dos momentos bons dos primeiros tempos de casamento, de como se sentia feliz em mimá-la e fazer-lhe todas as vontades.

Marcelo sentiu que não queria mais ficar ao lado de Aline, se isso a tornaria infeliz. Essa era a realidade. Ele não fora capaz de torná-la feliz.

Sentiu o peito oprimido, a cabeça atordoada, incapaz de pensar com clareza.

Cora tinha razão. Ele precisava dar uma pausa em sua dor, acalmar seu espírito. Talvez, então, pudesse descobrir o que fazer de sua vida dali para frente.

CAPÍTULO 18

Alguns dias depois, Olívia chegou a casa satisfeita. Conversara com Marli, sua professora de inglês, que lhe informara que, naquela época do ano, não seria possível arranjar o que pretendia. Ela, contudo, era muito amiga de uma ex-aluna que estava morando em Miami, conversara com ela, que lhe dissera: "Dê meu telefone a ela e peça para me ligar. Creio que posso arranjar um lugar para ela ficar".

Com o coração aos saltos, Olívia anotou o nome e o número. Precisava ir ao banco saber quanto tinha na conta, mas só poderia fazer isso no dia seguinte. Enquanto isso, tentaria arranjar mais dinheiro. Tencionava trabalhar quando chegasse lá, porém precisava ter uma reserva para os primeiros tempos.

Na manhã seguinte, em vez de ir à faculdade, esperou o banco abrir e foi ver o saldo. Fez as contas de quanto gostaria de levar e notou que ainda não tinha o suficiente. Estava certa de que, com mais alguns dias, conseguiria o montante que faltava.

Naquela noite, durante o jantar, casualmente ouviu uma conversa de sua mãe com o marido:

— Quando você vai me dar aquele dinheiro?

— Amanhã, pela manhã, o doleiro me trará cinquenta mil dólares. Eu lhe darei uma parte.

— Está bem.

Olívia foi para o quarto, ligou para o número que Marli lhe dera e conversou com Malu, a ex-aluna, que lhe disse que poderia hospedar-se no mesmo prédio em que ela morava. O preço era módico e o lugar, bom. Na mesma hora, Olívia pediu-lhe para reservar o lugar e disse que estaria lá dentro de dois ou três dias.

No outro dia, Olívia viu quando o mensageiro deixou um pacote para Gilberto. Observou que ele o guardou em uma gaveta da escrivaninha, no escritório.

A jovem fez seus planos. Saiu e foi pesquisar a passagem para Miami. Havia um voo para a noite seguinte, e Olívia comprou a passagem, pagando-a com cheque. Passou no banco, retirou o saldo disponível, deixou lá apenas o dinheiro para cobrir o cheque e foi para casa.

Passou a tarde fazendo uma avaliação de suas roupas, decidindo o que levaria. Deixou tudo separado e pronto para colocar na mala.

Durante todo o tempo em que o padrasto esteve em casa, Olívia observou disfarçadamente todos os seus passos e viu quando ele deu um envelope volumoso para a mãe, dizendo:

— Aqui está. Pague tudo e não faça mais dívidas.

— Irei amanhã à tarde. Cedo, tenho hora no médico. — Depois, guardou o pacote em uma das gavetas da cômoda.

Na manhã seguinte, quando Olga saiu para ir ao médico, e o padrasto para o trabalho, Olívia foi ao quarto da mãe, apanhou o pacote, abriu-o, contou o dinheiro e viu que havia nele trinta mil dólares.

Em seguida, escreveu uma carta para a mãe dizendo que tentaria a sorte no exterior, que pegara emprestado os trinta mil dólares e os devolveria assim que pudesse.

Olívia não deixou endereço nem disse para que país iria. Depois, apanhou as malas que havia arrumado na noite anterior, chamou um táxi e rumou para o aeroporto.

O voo só sairia à noite, mas ela não quis esperar em casa, temendo a reação da mãe e do padrasto. Estava eufórica, segurando a passagem e o passaporte nas mãos.

Quando subiu no avião, sentiu que finalmente estava livre daquele pesadelo. Sabia que Gilberto faria tudo para trazê-la de volta, mas ela não voltaria. Não enquanto ele estivesse com Olga.

Sabia que sua mãe ficaria triste, não entenderia e iria acusá-la de sem juízo. Mas tudo isso era melhor do que a verdade que a machucaria muito mais.

Quando o avião decolou, Olívia recordou-se de que se esquecera de despedir-se de Márcio. Voltara a sair com o rapaz algumas vezes e notara que ele estava interessado em namorá-la. Ela o apreciava.

Era um rapaz bonito, agradável, mas ela não queria namorar ninguém, porquanto não pretendia permanecer no Brasil.

Quando chegasse ao seu destino, ela lhe mandaria uma carta de despedida.

Seu coração batia forte, pensando que estava livre para fazer tudo o que gostaria e, principalmente, para viver em paz.

Naquela noite, quando Márcio ligou para Olívia, a criada falou que ela havia viajado de repente, sem dizer para onde, e ele ficou muito triste.

Desde que a conheceu, pensava nela o tempo todo. Estava apaixonado. Percebia que Olívia não estava correspondendo como gostaria, mas sentia que ela gostava dele e por esse motivo alimentava a esperança de com o tempo ela se apaixonaria por ele.

Essa viagem caíra sobre Márcio como uma ducha fria. Olívia mostrara-se sua amiga, então, por que não lhe contara sobre a viagem? Claro que ela fugira de casa por causa do padrasto que a maltratava, mas por que não lhe dera o endereço? Sabia que podia confiar nele.

Esse pensamento o irritou muito. Por que tudo dava errado para ele? Por que, na única vez em que gostara de fato de uma mulher, ela fora embora para longe?

Se ao menos soubesse para onde Olívia havia ido, talvez pudesse pensar futuramente em ir até lá. Mas, para isso, precisaria de dinheiro.

Seu emprego não era ruim, ganhava um salário razoável, porém não dava para tanto.

Marcelo dava uma generosa mesada aos pais, e Márcio podia ficar com todo o seu salário, mas, após a morte do irmão, coube a ele ajudar nas despesas.

Se ao menos seus pais houvessem ficado com a empresa de Marcelo, certamente não precisaria dispor desse dinheiro e poderia pensar em ir ter com Olívia.

Pensou em Pai José. Pelo visto, ele não fora capaz de fazer nada. Mais uma vez, sentiu raiva por haver lhe dado o dinheiro. Teria de pagar o empréstimo à tia sem haver conseguido nada.

Mas isso não ia ficar assim. Pai José prometera, e ele iria cobrar. Pensou em ir ao terreiro naquela mesma noite.

Na hora que começou o trabalho, Márcio estava lá ao lado do médium e, assim que Pai José chegou, ele se aproximou:

— *Ocê di* novo aqui, meu filho?

— Sim, Pai José. Vim saber se tem alguma novidade no meu caso.

O médium ficou calado, tirou uma baforada do charuto e depois disse:

— A moça que foi *simbora* vai *mandá* uma carta. Pode *esperá*.

Márcio estremeceu. Ele não havia dito nada sobre Olívia.

— Tem certeza? — indagou alegre.

— *Ocê* duvida *di* Pai José, *mai é bão aquerditá*. Essa moça é muito boa, *mai num é procê*. É *mió esquecê* ela.

— Só porque ela é rica?

— *Num* é por isso. É que o *distino* dela é diferente do seu.

— Eu gosto dela e quero que ela volte para mim.

— Posso *tentá*. Ela pode *inté vortá*, mais *num* fica pra sempre.

— Como é que o senhor sabia dela?

— Pai José sabe *di* tudo que *acuntece* com seus *fios*. *Ocê* veio aqui, tô *trabaiando* pra *ocê*, tenho *di sabê di* tudo.

— O senhor vai conseguir afastar Arlete da empresa de meu irmão?

— Estou esperando a hora. *Ocê* vai *vê*. *Num carece* vir aqui toda hora *sabê*. Quando *acuntecê*, *ocê* vai *vê*.

— Obrigado, Pai José. Vou esperar.

Márcio deixou o terreiro insatisfeito. Ele queria Olívia. Ela era tudo com que sempre sonhara em uma mulher. Não acreditava no que Pai José havia dito.

Olívia gostava dele e, com o tempo, isso poderia transformar-se em amor. Só precisaria ir até onde ela estava ou fazê-la voltar ao Brasil.

⁂

Na manhã seguinte, Olívia chegou a Miami, pegou um táxi e foi direto à casa de Malu, que a recebeu muito bem.

Malu era uma jovem alegre, bem-humorada, e seu sorriso amigo despertou em Olívia muita simpatia.

— Deixe as malas aqui. Vou falar com o senhorio, que vai mostrar-lhe o apartamento.

Ao entrar no apartamento mobiliado que Malu reservara, Olívia gostou muito. Tinha um quarto, uma sala e uma pequena cozinha em um dos lados.

— Tem garagem também — esclareceu Malu.

Olívia alugou o apartamento e foi buscar as malas.

— Sente-se, tome um café comigo. Ainda tenho meia hora antes de ir trabalhar.

— Obrigada por me haver feito esse favor. É a primeira vez que venho a esta cidade, e não conheço ninguém.

— É um lugar muito bom para se viver. Eu adoro morar aqui.

— Vou arrumar minhas coisas e depois comprar um jornal. Preciso procurar trabalho.

— Pela sua conversa com o senhorio, vi que seu inglês é muito bom. Penso que não será difícil arranjar uma colocação. Eu trabalho em uma empresa de publicidade, mas lá sei que não há vagas.

— Não se preocupe. Tenho tempo para procurar.

— As acomodações são modestas, mas eu gosto.

— Você falou em prédio, e eu fazia uma ideia de um edifício igual aos que temos no Brasil. Este, contudo, é diferente. São apartamentos individuais, que mais parecem casas de construção graciosa e bonita. Além de tudo, são mobiliadas com gosto. Penso que ficarei muito bem.

— Aqui, a maior parte dos moradores é composta de brasileiros ou cubanos. Você vai gostar deles. Apesar de não ter família aqui, não me sinto sozinha. Vou ajudá-la com as malas.

As duas saíram com as malas, caminharam pelo jardim e viram uma moça saindo de um dos apartamentos. Malu sorriu para ela e disse:

— Aline, quero apresentar-lhe sua nova vizinha. Ela acabou de chegar do Brasil.

Aline aproximou-se, e Malu fez as apresentações. Depois dos cumprimentos, Aline perguntou:

— De onde você veio?

— De São Paulo.

— Minha família mora lá, em Santana.

— A minha mora nos Jardins.

— Agora, preciso ir trabalhar. Quando eu voltar, conversaremos melhor. Seja bem-vinda.

— Obrigada. Bom trabalho.

Malu também se despediu para ir trabalhar. Olívia entrou no apartamento, abriu as janelas e começou a arrumar suas coisas.

Sentia-se livre, alegre, leve. Não estava preocupada com a mãe, porquanto ela amava Gilberto, vivia mais para ele e por certo não sentiria tanto sua falta.

Quando o tempo passasse, ela poderia ir visitá-la e, assim, nunca saberia do verdadeiro motivo que a fizera sair de casa.

✧❦✧

Durante o trajeto para o trabalho, Aline pensou na família e sentiu saudade. A presença de Olívia, recém-chegada de sua cidade natal, fê-la recordar-se dos seus.

Era muito bom morar em Miami, sempre desejara isso. Tinha um bom emprego, ganhava o suficiente para se sustentar em um nível bom, havia Gino, por quem estava muito interessada, mas, apesar de todas as vantagens, sentia-se às vezes fora do seu meio, de sua terra, das coisas do seu país.

Antes, ao comparar o Brasil a Miami, via somente as vantagens de viver nos Estados Unidos e os problemas que havia em seu próprio país.

Agora, porém, ao fazer a comparação, começou a perceber a espontaneidade dos brasileiros, menos formais, fazendo amizades com facilidade, um povo que, em meio à burocracia de um país menos desenvolvido, exercitava a criatividade, a alegria, fazendo do sorriso e da música uma válvula de escape de suas frustrações.

Não que ela pensasse em voltar logo a morar no Brasil. Um pouco mais dentro da realidade, vislumbrara a possibilidade de uma carreira que lhe desse realização profissional.

Se na juventude desejou morar lá para sempre, foi, aos poucos, mudando de ideia. Ficaria nos Estados Unidos durante alguns anos, tempo suficiente para conseguir o que queria.

Ao chegar ao escritório, Aline ligou para Arlete para saber da família.

— Está tudo bem — informou ela, satisfeita. — Eu ia mesmo ligar para você. Rodrigo não está dando conta de fazer os projetos sozinho e está querendo trazer outro arquiteto para ajudá-lo. Pediu-me que falasse com você para saber se concorda.

— Eu não estou a par dos negócios da empresa. O que você acha?

— Nós estamos progredindo e precisamos contratar um auxiliar para pesquisar novos materiais, preços etc. Ele tem recusado novos projetos por falta de tempo. Penso que, se contratarmos outro arquiteto, poderemos crescer mais. Ele não fará parte da sociedade da empresa, mas ganhará metade dos lucros de cada projeto que fizer.

— Diga a ele que tudo bem. Você entende mais disso do que eu. O que você decidir, eu assinarei embaixo. Eu liguei porque estou com saudades de vocês.

— Nós também. Mamãe não se cansa de falar de você... Fica se perguntando se está bem, se está feliz.

Aline hesitou um pouco, depois perguntou:

— Tem tido notícias da família de Marcelo?

— Penso que tudo continua na mesma. Tenho visto Márcio algumas vezes na rua, e ele nem me cumprimenta. Acho que me odeia por estar trabalhando aqui.

— Você está ajudando. Ele deveria entender.

— O que eles queriam era que a parte de Marcelo ficasse para eles.

— Não fiz nada para herdar isso. É de lei. Nós nos casamos com comunhão de bens. Pensei que, com o tempo, eles entendessem o que aconteceu.

— Acho difícil. Você não deve esperar muito deles.

— É uma pena. Diga à mamãe e a papai que estou bem e que mandei um beijo para cada um. Beijo para você.

— Outro. Ligue sempre que puder.

Arlete desligou o telefone e foi ter com Rodrigo na outra sala.

— Aline ligou e nos deu carta branca para você contratar quem quiser.

— Vou ligar para Hamilton e formalizar o convite. Estou certo de que ele virá nos ajudar. Depois que se formou, ele foi para o Rio de Janeiro trabalhar em uma construtora. Na semana passada, nos encontramos casualmente. Ele veio visitar a família, que mora em São Paulo, e disse que não está satisfeito com o emprego. Hamilton gostaria de voltar para nossa cidade. Ele foi meu colega de faculdade e é muito bom no que faz.

— Então não perca tempo. Fale com ele.

Arlete foi para sua sala, e, pouco depois, Rodrigo foi ter com ela:

— Hamilton adorou a ideia. Virá hoje mesmo para conversarmos.

— Nesse caso, talvez possamos aceitar aquele projeto pelo qual você ficou muito interessado, mas não pôde aceitar.

— Vamos ver. Isso pode dar certo.

Uma hora depois, Hamilton chegou procurando Rodrigo. Era um rapaz moreno, alto, elegante, de cabelos crespos, olhos castanhos e brilhantes. Apesar de ter trinta e seis anos, parecia mais jovem, talvez pelo brilho dos olhos e pelos cabelos revoltos.

Arlete atendeu-o, e ele apresentou-se:

— Sou Hamilton. Rodrigo está me esperando.

Arlete convidou-o a acompanhá-la até a sala de Rodrigo, que, vendo-o, levantou-se para abraçá-lo com prazer.

Depois, Arlete deixou a sala e pediu à copeira para fazer um café e verificar se ele desejava mais alguma coisa. Quando voltou à sala, acompanhando a copeira com o café, Rodrigo chamou-a:

— Quero que conheça melhor o Hamilton. Arlete é irmã da viúva de Marcelo, que está residindo em Miami. Eu já lhe falei sobre o acidente que o vitimou.

— Como vai? — perguntou Hamilton.

— Vou bem. Seja bem-vindo.

Ele fixou os olhos em Arlete e respondeu:

— Obrigado. Ainda bem que você é uma pessoa prática e não se deixou envolver pelas pessoas à sua volta.

Foi Rodrigo quem respondeu:

— De fato, Arlete sabe lidar com as emoções e não entra no que os outros dizem.

— Essa é uma rara qualidade. Muitas pessoas preferem dramatizar os fatos, o que provoca sempre mais sofrimento.

— Se eu fosse me deixar levar pela família de Marcelo, teria me desequilibrado. Você aceita um biscoito, uma água?

— Obrigado. Só o café.

Arlete saiu da sala, e Rodrigo comentou:

— Rapaz, como você bateu os olhos nela e viu como ela é?

Hamilton sorriu:

— É que eu sou observador. Aliás, gosto de estudar as pessoas, saber como agem.

— Arlete veio na hora certa. Enquanto Marcelo era vivo, não me aproximei muito da família dele. Depois que ele morreu, fiquei meio órfão. Era ele quem cuidava da parte administrativa da empresa... Sabe como é! Dos contratos, bancos etc. Eu nunca tive jeito para essas coisas. Arlete apareceu e se ofereceu para me ajudar. Eu sabia que ela era uma executiva muito eficiente, Marcelo falava isso, então, entreguei tudo em suas mãos e não me arrependo. Ela é ótima. Sou-lhe muito grato.

— Ela tem padrão alto?

— Muito mais do que preciso aqui. Nossa empresa é pequena, mas, desde que ela veio para cá, atende os clientes, defende meus projetos, discute contratos com uma segurança que me deixa muito à vontade. Além do mais, contenta-se com a divisão dos lucros. Ela recebe a parte que caberia à irmã. Ofereci-lhe um salário de acordo com nossas possibilidades, mas ela recusou, dizendo que a irmã deseja que ela fique com a parte dela.

— Nota-se que ela está fazendo tudo isso para ajudar a irmã.

— É... tenho observado que a família de Arlete é muito unida. Quando Marcelo era vivo, eu os conhecia superficialmente. Depois que ele morreu, procurei me afastar deles por causa do desentendimento com os pais de Marcelo, que culpam Aline pelo acidente. Eu já lhe contei isso.

— Você ficou no meio da briga deles.

— Fiquei. A situação piorou quando Arlete veio trabalhar aqui. Eles não acharam justo Aline herdar os bens, mas ela tinha direito, e eles não puderam fazer nada. Na situação em que eu estava, não podia recusar a oferta de Arlete, mesmo porque foi um arranjo muito conveniente para mim.

— Você fez bem.

— Sim, mas, devido a isso, os pais de Marcelo e até o irmão não me cumprimentam mais. Não estou contente com isso, porém não posso fazer nada. Eles nem querem ouvir minhas razões. Eu pretendia ficar neutro, mas não consegui.

— Por quê?

— Há pouco tempo, Arlete caiu da escada e quebrou a perna. Precisei socorrê-la, tomei todas as providências, e todos os dias levava os papéis da empresa para ela, pois Arlete queria trabalhar em casa. Então, descobri a família maravilhosa que ela tem.

— A vida sabe mostrar a verdade quando é preciso.

— De fato! Como vivo sozinho na cidade, acabei encontrando neles um carinho do qual eu estava saudoso.

— Arlete é uma mulher muito bonita.

— Bonita e inteligente. É raro encontrar as duas coisas juntas em uma pessoa.

Eles riram, e Rodrigo começou a apresentar a proposta de trabalho a Hamilton. Meia hora depois, ele chamou Arlete para anotar os dados do contrato.

Depois de anotar tudo, ela disse, sorrindo:

— Agora é hora de comemorar! Vamos brindar ao sucesso da nossa empresa.

Em seguida, chamou a copeira, que entrou trazendo uma bandeja com taças, uma garrafa de champanhe e alguns salgadinhos.

Rodrigo abriu, serviu a todos e levantou a taça dizendo:

— Ao progresso de todos nós.

Eles tocaram as taças e beberam satisfeitos. Hamilton combinou de começar a trabalhar na manhã seguinte.

CAPÍTULO 19

Às oito horas, Cora foi à procura de Marcelo conforme o combinado. Quando entrou, encontrou-o de cabeça baixa, pensativo, triste.

Ela aproximou-se sorrindo:

— Vim buscá-lo. Ainda não está pronto?

— Desculpe-me, Cora. Mas eu não vou.

— Nada disso. Esse ar de vítima que adotou não lhe cai bem. Reaja. Vamos. Arrume-se. Deixei uma roupa linda em seu armário.

Cora puxou-o pelo braço, e Marcelo levantou-se, indeciso.

— Vamos, rápido. Não gosto de chegar atrasada. Depressa.

Ela arrastou-o para o quarto, e, em poucos instantes, Marcelo estava pronto. Sem dar-lhe tempo para pensar, Cora passou o braço no dele, e saíram.

A noite estava estrelada, e o perfume das flores no jardim estava delicioso.

— Que lindo — tornou Cora, aspirando o ar. — Que gostoso. Está sentindo?

— Estou.

— Sorria. Ninguém pode ficar triste em um lugar abençoado e lindo como este. Esqueça suas dores, seus problemas. Vamos a uma festa. Amanhã, você pode voltar a eles, se preferir.

— Do jeito que você fala, parece que gosto de viver triste.

— Se você gosta eu não sei, mas que está viciado em olhar tudo por meio da tristeza, isso está.

— Se tivesse passado pelo que passei, você não diria isso.

Ela riu bem-humorada:

— Saia do "pobre de mim", Marcelo. Onde está sua força, sua coragem? Por que apaga sua luz dessa forma? Você continua vivo! O acidente que o vitimou foi apenas uma viagem. Você continua jovem, bonito, de posse de todas as suas faculdades. Do que se queixa? Devia envergonhar-se disso.

Marcelo parou surpreendido. As palavras de Cora ativaram seu orgulho, e ele respondeu:

— Eu não sou um fraco. Posso reagir.

— Então, reaja! Agora é a hora. Chegamos à festa, e você vai entrar comigo, de cara alegre e com disposição para esquecer todo o passado e se divertir.

"Ela tem razão", pensou ele. Naquele momento, de nada adiantaria ficar pensando no que aconteceu. Estava cansado. Queria descansar. Esquecer todo o sofrimento e desfrutar um pouco de alegria.

Marcelo sorriu, ofereceu o braço a Cora e disse:

— Eu sempre fui um rapaz alegre. Você verá que sou capaz de me divertir.

Eles entraram no salão decorado com flores frescas, que espargiam seu delicado perfume no ambiente. Marcelo olhou surpreendido:

— Eu nunca vim aqui. É muito bonito.

— E agradável. Cuidado com seus pensamentos enquanto estivermos neste salão. Se permitir qualquer pensamento negativo, será impulsionado a sair, mesmo que não queira.

— O salão está lotado. Como conseguem controlar todas essas pessoas?

— Há dispositivos especiais de controle energético especiais. Este lugar trabalha a positividade dos frequentadores.

— Por isso você me trouxe aqui?

Cora riu e havia um brilho malicioso em seus olhos quando respondeu:

— Não foi apenas por esse motivo. Vamos dar uma volta! Vou apresentá-lo a alguns amigos.

Nas mesas, as pessoas conversavam alegres. Uma orquestra tocava uma valsa vienense, e muitos casais rodopiavam no centro do salão.

Eles foram andando ao redor, até que Cora parou diante de uma mesa e apresentou Marcelo. Eram pessoas simpáticas, e a conversa entre eles fluiu fácil.

Marcelo teve sua atenção voltada para a mesa vizinha. Sentada em meio a dois casais estava uma moça muito parecida com Mirela.

Seria ela? Talvez não. Mirela, a enfermeira que ele conhecera, aparentava ser mais velha. Essa mulher, além de mais nova, estava ricamente vestida e muito elegante. Marcelo sentiu-se atraído por ela e, sem desviar os olhos, foi à sua frente e perguntou:

— É você, Mirela?

Ela levantou-se:

— Sou. Como vai, Renato?

— Meu nome é Marcelo. Você sempre me chama de Renato.

— Ainda não me habituei ao outro nome.

— Você está diferente. Mais jovem, mais bonita.

— É que agora recuperei um pouco mais meu equilíbrio.

Marcelo lançou o olhar para Cora e, vendo que ela continuava conversando animada com os amigos, convidou:

— Quer dançar?

Mirela concordou, e logo os dois estavam rodopiando pelo salão. Marcelo a apertava nos braços e sentia um prazer muito grande com essa proximidade.

Ele sentia que a emoção estava tomando conta, e, de repente, era como se estivessem em um salão de um palácio. Lá, ele estava cantando em meio a alguns músicos, enquanto ela dançava com outros. Ele não a perdia de vista.

De repente, Marcelo se deu conta que aquela mulher era Mirela, que estava agora em seus braços, com o rosto muito próximo ao seu.

Sentiu vontade de beijá-la e notou que ela também estava muito emocionada.

— Vamos dar uma volta. Precisamos conversar.

Segurando-a pela mão, Marcelo caminhou até o jardim e conduziu-a a um caramanchão florido ao lado. Uma vez lá, abraçou-a e beijou-a nos lábios demoradamente.

Então, Marcelo sentiu seu peito encher-se de uma alegria como nunca se lembrava de haver sentido.

— Eu amo você — disse, apertando-a de encontro ao peito. Naquele momento, esqueceu-se completamente de Aline.

— Há muito, esperava por este momento. Nos últimos tempos, cheguei a temer que houvesse deixado de me amar.

— Eu ainda estou confuso. Sinto por você um amor muito grande, mas não sei explicar o porquê.

— Não precisa explicar nada. Para mim, basta saber que você ainda me ama como antigamente.

— Sinto como se tivesse vivido momentos de extrema angústia dos quais estou me libertando agora.

— Nós vivemos um grande amor, e a vida nos separou para nos ensinar o que precisávamos aprender. Hoje, mais amadurecida, reconheço que aprendi muito durante o tempo em que ficamos separados.

— Eu sinto que você diz a verdade. Por que não consigo me recordar de tudo?

— Venha, Renato, sente-se ao meu lado. Vou contar-lhe tudo com detalhes novamente. Estou certa de que isso vai ajudá-lo.

Quando se sentaram no banco, Mirela segurou a mão de Marcelo e começou a falar. Contou tudo desde o começo, até a morte de seu marido e a vingança que ele, ajudado por Mimo, lhes impôs.

Enquanto ela falava, Marcelo foi se recordando de tudo, e, aos poucos, sua aparência foi mudando. Quando parou de falar, Mirela olhou-o emocionada e abraçou-o:

— Renato! Você se lembrou! Voltou a ser como era antes.

Ele enlaçou-a e beijou-a apaixonadamente várias vezes. Depois, quando a emoção se acalmou, Mirela disse:

— Há uma coisa que quero lhe contar. Quando cheguei aqui, estava intrigada com sua obsessão por Aline. Temia que seu amor por ela houvesse substituído o que sentia por mim e tudo estivesse terminado entre nós. Confesso que senti ciúme dessa mulher que roubara seu amor.

Mirela fez uma ligeira pausa e, vendo que ele a ouvia com atenção, continuou:

— Tive a curiosidade de conhecê-la, consegui ir vê-la e, ao me aproximar, fui tomada de grande emoção. Reconheci nela o espírito de Giuliana, minha filha com Giulio.

Nessa hora, Marcelo levantou-se assustado:

— Não pode ser! Eu sentia por Giuliana um amor de pai!

— Eu sei e por isso lhe fazia todas as vontades, como quando estávamos juntos. Soube também que Marco nasceu como seu irmão Márcio.

— Por tudo isso, eu cuidava dele como se fosse um filho. Meu Deus! Eu não sabia de nada.

— Era necessário que fosse assim.

Eles ficaram conversando, esclarecendo todas as dúvidas, e Marcelo agora se sentia mais seguro, mais forte. Recordando o passado, tudo fazia sentido, se encaixava, e ele mudou com naturalidade seu modo de ver e sentir.

Aquela insatisfação e necessidade de ficar perto de Aline desapareceram por completo.

— Vamos procurar Cora. Foi ela quem insistiu para que eu viesse aqui. Quero agradecer-lhe.

— Eu também tenho muito o que agradecer a essa amiga querida.

Os dois, de mãos dadas, deixaram o caramanchão e foram para o salão. Vendo-os se aproximarem, transformados e radiantes, Cora entendeu logo o que havia acontecido.

Ela levantou-se e foi abraçá-los:

— Que bom vê-los tão bem!

Marcelo retribuiu o abraço e disse comovido:

— Obrigado por tudo o que fez por mim. Eu estava no inferno e agora estou no paraíso.

Mirela interveio:

— Eu lhe contei a respeito de Giuliana.

— Eu nunca poderia imaginar a verdade — comentou Marcelo.

Cora meneou a cabeça sorrindo e respondeu:

— Pois eu penso que sua obsessão de querer ficar ao lado dela, mesmo sabendo que ela preferia seguir outro caminho, era o desejo inconsciente de rever Mirela por meio de Giuliana.

— Eu não sabia que Aline era Giuliana reencarnada. Aliás, eu nem acreditava em reencarnação.

— Você não se lembrava, mas seu espírito sabia, porquanto todos os acontecimentos de sua vida passada estavam lá todo o tempo, influenciando suas decisões.

— Como marido, ele a tratava com o mesmo carinho de quando era pai — tornou Mirela.

— E... — continuou Cora — Aline tinha para com você um amor filial. Foi por essa razão que não titubeou em deixá-lo para seguir outro caminho. Os filhos costumam fazer isso quando estão adultos.

— De fato — disse Marcelo —, tudo agora ficou claro. Mas antes eu confundia os sentimentos, e isso me martirizava. A verdade restabeleceu meu equilíbrio, e penso que estou preparado para seguir meu caminho. Só espero que possa viver ao lado de Mirela.

— Vocês estão no mesmo nível espiritual. Acredito que tenham a chance de ficar juntos, enquanto assim o quiserem. Em todo o caso, não sou eu quem decide.

Mirela segurou a mão de Marcelo e disse alegre:

— Tenho muitos projetos de progresso que desejo realizar, mas em todos eles você está ao meu lado.

— Seria muito cruel separar-me de você agora.

— Primeiro, vamos ver se conseguimos programar nosso futuro juntos. Sonho também em poder auxiliar Márcio, meu filho querido. Ele tem pontos fracos, que precisará vencer para amadurecer. Quanto a Aline, ela é mais lúcida, sabe o que quer, e estou certa de que vai saber cuidar de si muito bem.

— Eu também me preocupo com Márcio. Ele sempre teve dificuldade de resolver seus desafios. Enquanto estive ao seu lado, procurei, como irmão mais velho, protegê-lo. Não sei como ele está agora, já que não pude mais estar ao lado dele.

— Foi bom para ele perder a muleta que você sempre lhe ofereceu — comentou Cora. — Acontece que João, seu pai, é muito fechado e não se comunica com os filhos. O problema maior, porém, é Ivone, que sempre vê mal em tudo. Desconfia das pessoas e pensa que todos estão querendo ludibriá-la. Assim, está sempre muito negativa e atrai pessoas perturbadas, tanto encarnadas como desencarnadas.

— É verdade. Minha mãe pensava que ter medo de tudo era se proteger e evitar que o mal acontecesse.

— Mas acontece exatamente o contrário — tornou Cora. — Quando ela teme, demonstra sua crença no mal, e isso atrai o mal. Semelhante atrai semelhante.

— Ela não sabe dessas coisas. Eu gostaria muito de poder ajudá-la. Apesar disso, foi uma mãe dedicada, que cuidou de mim com muito carinho.

— Eu sei. E isso é um ponto a favor dela. Mas, enquanto Ivone não modificar essa crença de que há perigo em tudo e alimentar o medo, ela não poderá viver em paz nem ser feliz.

Marcelo sentiu uma onda de tristeza, mas Mirela interveio:

— Não podemos nos preocupar. O importante é melhorarmos nossas condições, pedirmos orientação aos especialistas, aprendermos como fazer uma ajuda efetiva e, depois, procurarmos ajudá-los. Eu acredito que esse é o caminho.

Cora bateu palmas alegre:

— Muito bem, Mirela! Isso mesmo. Contem comigo. O que eu puder fazer para ajudar, farei com prazer. Tenho um amigo do qual gosto muito que está me esperando para dançar. Há pouco, tocaram um tango, e vocês precisavam ver os casais dançando. Por que não aproveitamos a festa?

Mirela passou o braço pelo de Marcelo e disse bem contente:

— Isso mesmo. Vamos comemorar nossa alegria nos envolvendo na música.

— Vamos — concordou Marcelo, feliz.

Em poucos instantes, estavam no salão, onde os casais dançavam ao som de um bolero. Os dois começaram a dançar, sentindo o romantismo da música, que expressava bem o amor que os unia.

⁂

Na tarde seguinte, Mirela pediu que seu orientador espiritual os recebesse. Na hora que ele marcou, os dois foram introduzidos em sua sala.

Vestido com uma camisa colorida e calça cinza, Sérgio era um rapaz louro, alto, magro, de cabelos crespos, olhos claros, que aparentava ter cerca de trinta anos..

A primeira impressão de Marcelo foi a de que Sérgio era jovem demais para ser conselheiro, porém, ao se aproximar dele, sentiu uma emoção grande quando seus olhos se encontraram, fazendo-o esquecer-se de sua primeira impressão.

Os olhos de Sérgio, de um verde-esmeralda, emitiam uma energia viva, que penetrava em seus interlocutores como um raio devassador.

Marcelo teve certeza de que, apenas com esse olhar, ele havia devassado todo o seu interior, e sentiu-se um pouco embaraçado.

— Sentem-se — pediu ele.

Eles obedeceram, e Mirela apresentou:

— Este é Renato. Você já conhece nossa história.

— Fique à vontade, Renato. Em que posso ajudá-los?

Mirela expôs o desejo deles de viverem juntos e a vontade de progredir, estudar e, quando fosse possível, ajudar as pessoas queridas que ficaram na carne.

Ele ouviu em silêncio e depois perguntou a Marcelo:

— Como vocês pensam em fazer isso?

— Eu gostaria de poder ficar ao lado deles, inspirando-lhes pensamentos bons. Sei que todos têm um lado bom, e é isso que desejo fazê-los sentir — disse Marcelo.

— Eu faria a mesma coisa com Márcio e poderia transmitir-lhes energias regenerativas — ajuntou Mirela.

— No momento, não seria bom ficarem ao lado deles na crosta. O astral por lá anda muito carregado, há muita violência, ódio, revolta, guerras, e vocês ainda não sabem ficar imunes a essas energias.

— Eu gostaria muito de ajudá-los! — comentou Marcelo, um tanto decepcionado.

— Vocês não precisam ir até lá para fazer o que desejam. Podem fazer isso a distância. A ajuda só funciona quando o doador está bem.

— Como assim? — indagou Mirela.

— Vocês precisam de um tempo de convivência para rever seu relacionamento.

— Nós nos amamos há tempos! — lembrou Marcelo.

— Mas estavam distanciados, vivendo outras experiências. Durante esse tempo, vocês mudaram. Precisam avaliar se realmente desejam continuar juntos.

— É o que mais quero agora. Esperei por isso durante muitos anos. Meu amor continua o mesmo — tornou Mirela.

— Eu também sinto isso.

— Ótimo. Mas a convivência sempre é reveladora. Portanto, vou conseguir um lugar para que vocês possam morar juntos e um trabalho que precisarão fazer como cooperação, conforme as normas da nossa cidade. Mas, ao mesmo tempo, indicarei o curso de magnetização, em que aprenderão a ajudar as pessoas que desejarem, mesmo a distância.

Ele levantou-se, e Marcelo tornou:

— Obrigado pela ajuda.

Sérgio chamou uma assistente e pediu-lhe que encaminhasse os dois para o curso indicado.

— Meu nome é Ângela. Acompanhem-me.

Eles obedeceram e inscreveram-se no curso, recebendo instruções para começar no dia seguinte. Depois, Ângela disse sorrindo:

— Sérgio deu-me instruções para levá-los à casa onde vocês deverão morar.

Mirela trocou com Marcelo um olhar satisfeito e, de mãos dadas, acompanharam Ângela, caminhando pelos jardins floridos até chegarem a uma rua em que havia algumas casas pequenas, mas graciosas, rodeadas de jardins. Embora fossem todas térreas, uma era diferente da outra.

Emocionados, eles entraram e, já à primeira vista, adoraram o lugar. Mirela estava feliz como havia muito não se sentia, e Marcelo parecia estar sonhando.

— Vocês podem se mudar hoje mesmo para cá, se desejarem — esclareceu Ângela.

— É o que faremos — respondeu Marcelo, satisfeito.

Eles saíram, foram arrumar seus pertences e, uma hora depois, voltaram à nova residência. Assim que se viram sozinhos, Marcelo abraçou Mirela e disse sorridente:

— Belisque-me para eu sentir que isto é verdade. Parece que estou sonhando e que vou acordar de repente, vivendo aquele pesadelo que foi minha vida nos últimos tempos.

— Não é preciso, Renato. Esta é a verdadeira vida, e estamos juntos de novo. Desta vez, é para sempre.

— Sim. Estamos juntos, e nunca mais vou deixá-la. Nunca poderia imaginar que a vida continuaria depois de deixar meu corpo morto naquele acidente. Mas essa é a verdade da vida! Ah, se as pessoas soubessem disso quando ainda estão no mundo! Fariam tudo diferente.

— Um dia, isso ainda acontecerá. Por ora, precisamos ter paciência e esperar.

Mirela abriu a janela, e Marcelo a abraçou. Ficaram olhando o jardim florido lá fora.

— Posso lhe fazer um pedido? — perguntou Marcelo.

— Pode.

— Prefiro que me chame de Marcelo. Gosto mais desse nome.

— Está bem, Marcelo. O nome não importa. O que eu quero é ficar com você.

Ele beijou-a nos lábios com amor, e, abraçados, continuaram olhando as flores com os olhos brilhantes de ternura.

CAPÍTULO 20

Aline levantou-se e preparou-se para mais um dia de trabalho. Estava pronta, quando a campainha tocou. Ela foi abrir a porta.

— Entre, Olívia. Estou pronta. Já tomou café?

— Já. Não quero chegar atrasada.

Fazia seis meses que Olívia chegara a Miami e, desde essa época, tornara-se muito amiga de Aline e Rachel. Tanto que Rachel havia lhe arranjado um emprego na mesma empresa em que as duas trabalhavam.

Como Aline estava sempre em companhia de Gino, e o romance entre eles continuava firme, e o casal estava cada vez mais apaixonado a cada dia, Rachel encontrara em Olívia a companheira para os passeios que antes fazia com Aline.

De vez em quando, Aline e Gino programavam algum passeio com as duas, mas eles gostavam de viajar nos fins de semana para outras cidades, o que ficava difícil para Rachel, por causa de John, que gostava de praticar esporte e ela sempre o acompanhava.

Com a amizade que as unia, Olívia contou às duas amigas a razão pela qual fugira da casa materna.

Quinze dias depois de sua chegada a Miami, Olívia telefonou para sua mãe, que estava muito zangada por ela haver saído sem lhe dizer nada.

— Eu sempre ouvi tudo o que você tinha para me dizer. Não precisava ter fugido de casa dessa forma e ter me deixado tão angustiada. Você foi ingrata. Nunca esperei que fizesse isso comigo.

— Eu sei, mãe, mas, se eu dissesse que queria vir para cá, você não iria deixar.

— Gilberto está inconsolável! Nunca pensei que ele gostasse tanto de você! Ficou abatido, quase adoeceu. Custou a se conformar. Queria ir à polícia, procurar você, trazê-la de volta. Se fosse seu pai de verdade, não seria tão preocupado.

— Eu imagino como ele ficou! Por esse motivo, eu não disse nada. Há muito eu desejava ser independente.

— Você está com alguém, com algum rapaz?

— Não, mãe. Eu vim para trabalhar, aprender a cuidar de mim.

— E a faculdade? Gilberto foi lá e soube que você trancou a matrícula. Ele quer que você volte.

— Nem pense nisso. Amanhã, vou começar a trabalhar em uma empresa e pretendo continuar estudando aqui. Estou ligando para dizer que estou bem.

— Onde você está?

— Vou lhe dizer, mas não quero que dê meu endereço a Gilberto.

— Por quê? É ele quem está mais preocupado.

— Por isso mesmo. Vai querer vir aqui, me buscar. Eu não quero ir. E, se ele insistir, vamos acabar brigando. Estou muito bem. Moro em um lugar lindo, tenho tudo de que preciso, tenho uma vizinha brasileira, da minha idade, e uma amiga americana, que arranjou um emprego para mim. Não preciso de nada.

— Não tem saudades de casa?

— Tenho saudades de você, mas do resto não.

— Vou anotar seu endereço.

— Olha, estou em Miami e vou lhe dar apenas meu telefone. Se eu souber que Gilberto está vindo atrás de mim, vou embora desta cidade. Por esse motivo, peço-lhe que não o deixe atrapalhar minha vida.

— Ele nunca atrapalhou sua vida. Você está sendo muito ingrata. Mas não quero lhe causar nenhum problema.

Olívia deu o telefone à mãe e desligou. Depois disso, de vez em quando sua mãe ligava, e as duas conversavam.

Durante o trajeto para a empresa, elas trocavam ideias sobre trabalho. Olívia estava satisfeita com o emprego. Embora ela houvesse começado em uma função simples de auxiliar administrativa, o salário era suficiente para suas despesas e havia grande possibilidade de Olívia progredir.

Entusiasmada e orientada por Rachel, a jovem esforçava-se para aprender sempre mais.

Chegaram dentro do horário e cada uma assumiu seu lugar, começando a trabalhar. No fim da tarde, Olívia foi chamada pelo diretor de sua área, que lhe comunicou que ela havia sido promovida à secretária de uma das executivas.

Depois dos cumprimentos, Olívia foi conduzida à antessala da sua nova chefe e descobriu que seu salário duplicara e que ela teria outras regalias relativas à sua função.

Poderia ter um carro financiado pela empresa e gratificações periódicas. No fim do expediente, ao reunir-se com as duas amigas como de hábito, contou-lhes a novidade.

— Isso não pode ficar assim! — comentou Aline. — Precisamos comemorar.

— Concordo — aduziu Rachel. — Vamos ao bar do *hall* nos reunir. Vou buscar John e levá-lo para Beth e depois encontrarei com vocês.

— Eu vou ligar para Gino nos encontrar lá.

Olívia estava radiante. Pela primeira vez, sentia o prazer da vitória. Ela conquistara a promoção por meio do próprio esforço e de sua capacidade. Era uma vitória modesta, mas ela sabia que tinha condições de conquistar mais.

A consciência da própria capacidade fê-la olhar para o futuro com prazer e confiar em dias melhores.

Passava das dez quando Olívia chegou a casa, depois das comemorações. Havia sido apresentada a alguns amigos de Rachel, estava alegre e feliz.

Lembrou-se de ligar para a mãe para contar-lhe a novidade. Pelo horário, sabia que ela atenderia.

A criada atendeu à ligação, e, pouco depois, Olga estava no telefone. Olívia contou-lhe sobre sua promoção e como estava feliz por estar progredindo.

Olga, contudo, respondeu um pouco triste:

— Você está feliz por ser promovida a uma simples secretária? Por que não volta para casa? Você não precisa disso para viver. Aqui, tem tudo o que desejar.

— Você nunca precisou trabalhar para se sustentar e não sabe o prazer que é ser independente e autossuficiente. Lamento que seja apenas isso que tenha para me dizer.

— Não estou depreciando seu progresso. No entanto, quando penso que você é uma moça rica, que poderia estar usufruindo uma vida de luxo, e está trabalhando para estranhos, vivendo em um pequeno *flat*, a troco de um salário que acredito ser insignificante, sinto-me triste.

— Mas estou feliz, e isso não tem preço.

— Quer dizer que aqui você era infeliz?

— Não quis dizer isso, mas gosto de ser útil, de testar minha capacidade, de saber que posso me sustentar. Você nem imagina como é bom trabalhar, ter dignidade, gastar um dinheiro que você conseguiu pelo próprio mérito. É uma realização.

— Você está feliz, e isso me conforta. Mas saiba que, quando se cansar disso tudo, seu lugar estará aqui, como sempre esteve. Volte quando quiser e será recebida de braços abertos.

— Obrigada, mãe. Eu sei disso.

Olívia despediu-se, e Olga desligou o telefone. Gilberto, que ouvira parte da conversa, tornou:

— Era Olívia? Ela não quer voltar?

— Sim. Ela disse que está feliz, foi promovida no emprego. Imagine só! Ela trabalha como secretária.

— Acho que essa menina não está boa da cabeça. Penso que deveríamos ir até lá para conversar, tentar fazê-la entender que deve voltar para casa.

— Não, isso não. Se voltar, terá de ser por vontade própria. Nós também temos nosso orgulho. Afinal, ela foi embora porque quis e deixou bem claro que não era feliz ao nosso lado. Um dia, ela vai acordar e sentir que seu lugar é aqui, ao lado das pessoas que mais a amam no mundo: eu e você.

— E se ela não quiser mais voltar?

— Não creio. Ela está brincando de ser independente. Um dia, Olívia vai se cansar e voltar para casa. Você vai ver.

Gilberto não respondeu, mas sentia-se triste e preocupado. Não suportava mais a saudade de Olívia. Sua presença dava luz àquela casa. Sem ela, tudo ficava sem cor. Mas não se atreveu a dizer mais nada.

⊚⋅⊰⊱⋅⊚

Fazia seis meses que Hamilton estava trabalhando com Rodrigo, e tudo estava indo muito bem. Os dois continuavam amigos como quando haviam sido colegas na faculdade e trabalhavam juntos com prazer e entusiasmo.

Desde a chegada de Hamilton, Arlete sentira-se atraída por ele, e, a cada dia, crescia mais essa atração que ela fazia tudo para esconder.

Hamilton havia sido noivo durante dois anos e, quando desejou se casar, descobriu que a moça era apaixonada por um antigo namorado. Romperam o noivado, e ele, desiludido, passou a não querer prender-se a ninguém, com medo de sofrer de novo. Seus relacionamentos com as mulheres eram sempre superficiais, companhias para fins de semana ou alguns encontros eventuais sem nenhum compromisso.

Ele notara nos olhos de Arlete um brilho maior e um interesse novo, porém, embora a achasse atraente, não desejava misturar as coisas, porquanto preservava muito seu trabalho, estava satisfeito e não queria que nada atrapalhasse.

Naquela tarde, Arlete entrou na sala em que os dois estavam trabalhando e aproximou-se sorrindo:

— Tenho uma ótima notícia. Aquele grande projeto que vocês fizeram juntos acaba de ser aprovado.

Os dois gritaram quase ao mesmo tempo:

— Que maravilha!

— Ótimo! — Arlete fez um ar de mistério: — E tem mais!

— O quê? — indagou Rodrigo.

— Eles desejam contratá-los para a construção. O próprio doutor Mendes ligou e quer agendar uma reunião com vocês para discutir o assunto. Alegou que nosso projeto retratou o que eles desejavam e foi além, de modo que eles acreditam que só nós seremos capazes de realizá-lo do jeitinho que está. Não desejam mudar nada.

Rodrigo olhou indeciso para Hamilton:

— Não sei... Geralmente, nós acompanhamos a execução, mas nunca assumimos uma construção desse porte. Não sei se teremos condições para isso.

Arlete interveio:

— Por quê não? Vai dar trabalho, teremos de contratar pessoas, mas estou certa de que poderemos fazer isso também. Nossa empresa está crescendo.

— É tentador — disse Hamilton. — Sei que uma construtora é muito rentável. Vamos marcar essa reunião, ouvir o que eles têm a dizer e, principalmente, se vai valer a pena o esforço.

— Eu tenho acompanhado a execução dos nossos projetos, feito cálculos de lucros e estou certa de que eles são compensadores.

— Você tem feito isso? — indagou Rodrigo, admirado.

— Tenho. Eu precisava discutir nossos preços com os clientes, e essa informação facilitaria nossa negociação.

— Agora eu sei por que Rodrigo deixava essa questão a seu critério.

— Não sei — tornou Rodrigo. — É muita responsabilidade.

— Contrataremos engenheiro, mão de obra especializada. Num projeto desses, não se pode economizar sem perder a qualidade. É exatamente por esse motivo que o doutor Mendes quer nos contratar.

— Acho que não perderemos nada indo a essa reunião — sugeriu Hamilton.

— Está certo. Marque a reunião para daqui a duas semanas. Enquanto isso, você vai pesquisando, fazendo cálculos, para que possamos avaliar a proposta que ele quer nos fazer.

— Eu os convido para jantar esta noite. Precisamos comemorar.

— Infelizmente, esta noite eu tenho um compromisso, mas, se deixarem para amanhã, irei com vocês — respondeu Arlete.

Hamilton olhou-a surpreendido. Não esperava aquela resposta.

— Nesse caso, fica para amanhã — decidiu Rodrigo.

— Fica para amanhã — concordou Hamilton. — Então, quero que seja em grande gala. Vou levá-los a um lugar maravilhoso.

Arlete deixou a sala satisfeita. Ela não tinha nenhum compromisso, mas disse isso para ver a reação de Hamilton. Ela sempre fora cortejada, mas nunca se interessara de verdade por ninguém.

Se desejasse, poderia sair todas as noites com alguém, mas, quando fazia isso para se distrair, alguns ficavam em volta com insistência, e, nos últimos tempos, ela decidira só aceitar um convite quando estivesse realmente interessada.

Na noite seguinte, Hamilton combinara de ir buscá-la em casa às oito e de irem ao encontro de Rodrigo no local combinado.

Arlete arrumou-se com capricho, pôs um vestido longo verde-musgo que lhe modelava o corpo, deixando seus ombros nus. Além disso, um decote em "v", que, além de deixar seu colo perfeito à mostra, lhe conferia um ar ainda mais elegante.

Ela colocou perfume e olhou-se no espelho, satisfeita. Seus cabelos castanhos, ligeiramente ondulados, soltos sobre os ombros, seus grandes olhos castanhos, sua boca carnuda e bem-feita, ressaltavam sua beleza e sua classe.

Vendo-a descer, Dalva não se conteve:

— Arlete, como você está linda!
— Hamilton vai nos levar a um lugar para comemorar.
— Você deveria sair mais. Faz tempo que eu não a vejo tão arrumada!

A campainha tocou, e Arlete disse:
— Deve ser ele. Boa noite, mãe.
— Divirta-se, minha filha.

Arlete abriu a porta, e o olhar de admiração de Hamilton a deixou de bom humor e disposta a aproveitar aqueles momentos.
— Boa noite, Hamilton.
— Boa noite.

Ele continuava olhando-a parado, sem dizer nada. Notando seu estupor, ela perguntou:
— Vamos?

Ele pareceu acordar e respondeu:
— Claro. Desculpe-me.

Ela sorriu, e Hamilton abriu a porta do carro para que ela entrasse. Os olhos de Arlete brilhavam de prazer notando o embaraço dele.
— Você foi pontual — comentou, sorrindo.
— Eu não gosto de deixar ninguém me esperando.
— Essa é uma qualidade que eu admiro.
— O que mais você admira nas pessoas?
— Inteligência, bom humor, elegância, discrição, alegria. Rodrigo irá conosco?
— Não, combinamos de nos encontrar lá.

Hamilton ligou o carro, e os dois saíram.
— Você está diferente esta noite — disse ele, lançando-lhe um olhar curioso.
— Você disse que a comemoração seria de gala, então, procurei estar à altura.
— Se eu soubesse disso, teria vestido um *smoking*.
— Seu terno azul-marinho está muito elegante.
— Ainda bem que você pensa assim.

Eles foram conversando sobre assuntos diversos até chegarem ao restaurante onde deveriam jantar.

O lugar era muito bonito e elegante. No salão, as mesas estavam dispostas em semicírculo, e, no meio, havia a pista de dança. Na frente, os músicos já tocavam algumas canções.

Os arranjos eram artísticos e de muito bom gosto, e a música popular, muito boa.

Hamilton apresentou-se, e o recepcionista levou-os à mesa que ele reservara. Depois de acomodar Arlete, ele sentou-se.

O garçom aproximou-se, e ele perguntou a Arlete:

— Você toma alguma coisa?

Arlete pediu um aperitivo, e ele também.

— Rodrigo continua o mesmo — comentou, sorrindo. — Desde os tempos de faculdade, ele nunca chega no horário.

— Eu já descobri isso. Mas as qualidades dele superam muito essa falha.

Hamilton olhou-a e pensou: "Será que Rodrigo já se interessou por ela? Afinal, tanto tempo ao lado de uma mulher tão atraente...". E perguntou:

— Você o aprecia muito, não é?

— Sim. No início, eu não o conhecia bem, mas, com o tempo, principalmente quando caí da escada e me machuquei, ele se aproximou mais de meus pais, e todos nós aprendemos a gostar muito dele.

— Você quebrou a perna, não foi?

— Sim, e luxei o braço. Foi um tempo meio ruim. Rodrigo também não passou muito bem. Tinha dores de cabeça, mal-estar.

— Vai ver que vocês captaram energias negativas.

— Você acredita nisso?

— Sim. Tenho estudado o assunto e sei que essas energias existem.

— Quando eu caí da escada, minha prima Dora foi rezar por mim em um centro espírita que ela frequenta, e eles disseram que meu tombo não foi casual. Que um espírito me empurrou e que seria bom eu fazer um tratamento no centro.

— E você foi?

— Sim, e tive uma experiência muito interessante, tanto que mudei minha forma de pensar.

— Eu sabia que iria lhe fazer bem e certamente isso abreviou sua cura.

— De fato. O médico me disse que eu me curei mais rápido do que outras pessoas com o mesmo problema. Lá, recebi muita ajuda. Olhe! Rodrigo está chegando.

Rodrigo aproximou-se, cumprimentou-os e disse:

— Hoje, você conseguiu ficar mais bonita do que já é.

— Obrigada. Você também está muito mais elegante do que já é.

Eles riram alegres. Rodrigo, então, pediu um aperitivo e disse:

— Esse já é por conta da comemoração.

A conversa fluiu fácil, mas não passou despercebido a Hamilton os olhares masculinos que Arlete atraía. Isso o incomodou um pouco. Ele, então, voltou-se para ela e a convidou:

— Quer dançar?

— Sim.

— Você não se importa de ficar sozinho? — indagou Hamilton a Rodrigo.

— Não. Fiquem à vontade.

Rodrigo estava mais interessado em uma mesa onde havia duas moças lindas, com as quais ele trocara sorrisos logo na entrada.

O conjunto tocava um samba-canção. Hamilton enlaçou Arlete, e os dois começaram a dançar. Ela notou que ele dançava bem, deslizando com leveza e prazer.

— Eu queria dançar com você, mas, ao mesmo tempo, não queria que Rodrigo ficasse aborrecido.

— Por que ele ficaria?

— Não sei. Vocês trabalham juntos há tempo, e eu ainda não sei que tipo de amizade têm um pelo outro. Se já houve algum outro sentimento entre vocês.

— Você quer saber se nós já namoramos?

— É sempre direta como agora?

— Sou. Não gosto de meias-palavras, pois podem nos confundir.

— Você não respondeu à minha pergunta.

— Eu e Rodrigo somos apenas amigos. Nunca tivemos nada além disso. Por que pergunta?

— Curiosidade. Você é tão atraente, e ele é um homem inteligente, que sempre teve sucesso com as mulheres.

— De fato. Rodrigo, além de ser um homem bonito e inteligente, tem muitas qualidades. Penso que ele tem condições de tornar feliz uma mulher.

— Quer dizer que isso passou por sua cabeça?

— Não, porque é preciso mais do que isso. É necessário que exista atração. Nós nunca sentimos isso um pelo outro.

— Você diz isso com tanta certeza. Como pode saber?

Ela riu, e seus olhos brilharam maliciosos quando respondeu:

— Uma mulher sente quando isso acontece, mesmo se não houver reciprocidade.
— Você dança muito bem.
— É... você que sabe conduzir. Parece até que faz isso todas as noites.
— Anos atrás, eu dançava muito, mas, nos últimos tempos, fui deixando. Fazia mais de um ano que não dançava.

A música parou, e, em seguida, começou um bolero. Os dois olharam para a mesa onde Rodrigo estava e viram-no conversando animadamente com as duas moças da outra mesa.

— Parece que ele já se arranjou muito bem — tornou Arlete.
— Nesse caso, podemos continuar a dançar.

Hamilton enlaçou-a novamente, desta vez encostando seu rosto no dela, e os dois continuaram dançando.

Ele sentia que a proximidade de Arlete o envolvia, fazendo-o esquecer-se de tudo. Notando que ela também se entregara ao prazer da dança, apertou-a levemente, e continuaram a dançar, esquecidos do mundo à sua volta, envolvidos pelas emoções que brotavam e eles deixavam fluir.

CAPÍTULO 21

Gilberto chegou a casa e procurou Olga com insistência. Foi encontrá-la no quarto e disse eufórico:

— Já sei onde Olívia está.

— Como assim?

— Está em Miami. Consegui o endereço do emprego dela.

— Como conseguiu?

— Encontrei a Silvinha, filha do doutor Niro, e ela parou para me dizer que havia voltado de Miami e lá encontrara Olívia casualmente, quando saía do trabalho. Passou-me o endereço. Acho que podemos marcar nossa viagem para ir buscá-la.

— Buscá-la? Mas ela não quer voltar.

— Bobagem. Nós iremos e a convenceremos a vir.

— Pois eu não irei. Olívia vive muito bem longe de nós, prefere a companhia de estranhos à nossa, então, por que nos daríamos o trabalho de ir buscá-la e pedir-lhe para voltar?

— Porque ela é uma moça ingênua, precisa da nossa proteção e deve morar com os pais.

— Pois eu não penso assim, Gilberto. Quando ela estava conosco, vivia insatisfeita, triste pelos cantos, desanimada. Chega disso. Ela só voltará quando tiver vontade. Se ela passa bem longe de nós, podemos também viver bem sem ela.

Ele não se conformou:

— Você está errada. A essas horas, Olívia já deve ter se arrependido. Só não tem coragem de nos pedir para voltar.

— Onde você está com a cabeça? Por que tem tanto interesse em que ela volte? Isso me parece estranho.

Ele resolveu contemporizar.

— Não há nada de estranho nisso. Só desejo proteger nossa filha. Mas, se você não quer, não insisto.

— Ainda bem. Ela precisa de uma lição.

Inconformado, Gilberto foi para a biblioteca, fechou a porta à chave, abriu uma gaveta secreta, tirou algumas fotografias e sentou-se embevecido, contemplando-as.

Eram fotos de Olívia, algumas em que ela estava sorrindo e outras que ele tirara quando lhe dera o sonífero para conseguir seus propósitos escusos.

Ficou olhando-as e não conteve as lágrimas. Tinha que dar um jeito de trazê-la de volta. Não podia mais viver sem ela.

Essa obsessão não o deixava dormir, e muitas vezes, enquanto Olga ressonava tranquila, ele levantava-se e ia ver as fotos, pensando em Olívia desesperado.

Durante o dia, quando serviam algum prato de que Olívia gostava, ele não se alimentava direito. Quando alguém a mencionava, ou quando Gilberto via os retratos da moça na sala, ele caía em depressão.

De repente, começou a pensar: "E se ela arrumou um namorado em Miami? Ela é bonita demais para ficar sozinha".

Certamente, Olívia não queria voltar por causa disso. Ao imaginar que ela poderia estar nos braços de outro, trocando carinhos, amando-o, beijando-o, entregando-se como nunca fizera com ele, sentiu uma onda de ódio invadir seu peito.

De repente, esse ódio foi crescendo, tornou-se insuportável, então sua vista escureceu, um tremor envolveu seu corpo, e Gilberto caiu ali mesmo, enquanto as fotos espalhavam-se pelo chão ao seu redor.

Uma hora depois, Olga foi procurá-lo na biblioteca, mas a porta estava fechada por dentro. Por que Gilberto teria passado a chave na porta?

Ela bateu, a princípio levemente, depois com força, mas não obteve resposta. Assustada, Olga chamou o criado e disse:

— Gilberto fechou-se na biblioteca há mais de uma hora. Estou batendo, e ele não abre. Será que aconteceu alguma coisa? Será que ele saiu, fechou a porta e tirou a chave?

— Eu o vi entrar, mas não o vi sair. Acho que é melhor tentar abrir a porta. Ele pode estar passando mal.

— Você tem a chave reserva. Vá buscá-la depressa.

Ele foi e voltou em seguida. Tentou introduzir a chave na porta, mas ela não entrava.

— A outra chave está do lado de dentro. Não consigo abri-la.

— Nesse caso, vamos forçar a porta. Temos de entrar de qualquer jeito.

Ele chamou o motorista, e ambos forçaram a porta sem conseguir abri-la. O motorista disse:

— Vou buscar uma chave de fenda e tentar abrir.

Pouco depois, o motorista voltou e, com a chave de fenda, conseguiu tirar a chave que estava na porta. O criado, então, pôde abri-la finalmente.

Olga entrou na frente e, vendo Gilberto estendido no chão, gritou desesperada:

— Corre, Gilson! Vá chamar o médico!

Depois, aproximou-se de Gilberto, tentando ver se ele respirava. Nesse momento, viu as fotos, algumas embaixo da escrivaninha, outras espalhadas pelo chão.

No primeiro instante, Olga não entendeu bem o que estava acontecendo. O que as fotos de Olívia estavam fazendo ali?

Enquanto o criado foi chamar o médico, o motorista colocou o ouvido sobre o peito de Gilberto, tentando checar se o coração estava batendo.

Olga, assustada, pegou uma das fotos e o que viu a deixou em choque. Era Olívia, nua, nos braços de Gilberto.

Ela quase desmaiou, mas a raiva e a surpresa fizeram-na reagir. Esqueceu o estado do marido e juntou as fotos, olhando-as uma a uma, e seu rosto passou da palidez ao rubor intenso. Olga olhou para o corpo de Gilberto estendido no chão e atirou-se sobre ele gritando:

— O que vocês fizeram comigo? Responda, responda! Por que não diz nada?

Ela começou a sacudi-lo, querendo que ele respondesse, mas Gilberto continuava mudo.

O motorista, assustado, segurou-a e disse à criada que se aproximara:

— Por favor, ajude-me. Dona Olga está fora de si.

— Doutor Gilberto está morto? — perguntou a criada, assustada.

— Não, consegui ouvir o coração, mas ele está respirando muito fraco. Peça ao Gilson para chamar uma ambulância. O médico não vai adiantar. Ele precisa ir para o hospital. Corra.

Olga continuava sacudindo Gilberto e exigindo que ele respondesse. O motorista inclinou-se sobre ela e disse:

— Dona Olga, contenha-se. O doutor Gilberto está muito mal. Ele pode morrer. Por favor, não faça isso com ele.

Olga olhou-o, parecendo não entender, e ele continuou:

— Vamos. Tente se acalmar. Precisamos socorrê-lo. Doutor Gilberto está muito mal.

Ainda segurando as fotos, ela olhou para o corpo imóvel do marido, depois para o motorista, e dessa vez entendeu. Por fim, perguntou:

— Ele está morto?

— Ainda está respirando, mas sua respiração está diferente. Já vi pessoas assim e garanto que não é coisa boa. Pedi ao Gilson para chamar uma ambulância.

Olga levantou-se com dificuldade. Sentia no peito uma dor imensa, e em sua cabeça havia muitas perguntas.

Gilberto não podia morrer antes de responder a todas elas. Trincando os dentes com raiva, ela disse:

— Enquanto esperamos a ambulância, fique aqui. Vou me arrumar. Quero ir com ele para o hospital.

Embora estivesse sentindo as pernas bambas, Olga foi para o quarto, vestiu-se rapidamente, colocou as fotos dentro de um envelope e depois na bolsa.

Desceu exatamente quando a ambulância entrou no jardim da casa. Os assistentes entraram com um médico, e Gilson levou-os à biblioteca.

Imediatamente, o médico colocou o dedo no pescoço de Gilberto e examinou-lhe o peito com o estetoscópio. Depois, olhou as pálpebras do paciente e pediu:

— Tragam o material de emergência.

Os dois saíram e voltaram em seguida com alguns aparelhos e um tubo de oxigênio. O médico, imediatamente, ligou o oxigênio e colocou nas narinas de Gilberto. Aplicou-lhe uma injeção na veia e tornou:

— Do jeito que está, não podemos removê-lo. Vamos ajudá-lo a reagir.

Olga ouviu e não respondeu. O que ela mais queria é que Gilberto não morresse antes de responder às perguntas que lhe queimavam o cérebro.

Ela não se conformava com o fato de Gilberto ter tido um caso com Olívia. Nunca poderia imaginar uma coisa dessas. Era por isso que ele andava triste, suspirando pelos cantos, não se conformava com o fato de ela ter ido embora e queria trazê-la de volta a todo o custo.

Miserável traidor! Traíra ela com sua filha. E Olívia? Por que se prestara a essa vileza? Nunca iria perdoá-los. Perdida em seus pensamentos, Olga não se deu conta de quanto tempo demorou para que finalmente o médico dissesse:

— Ele reagiu. Vamos removê-lo com muito cuidado.

Enquanto a equipe removia Gilberto para a ambulância, o médico aproximou-se de Olga:

— A senhora o acompanha? Precisamos de uma pessoa da família para a internação.

— Eu vou. Como ele está?

— Sofreu um infarto. Reagiu um pouco, mas, por enquanto, não posso dizer nada.

Dentro da ambulância, durante o trajeto para o hospital, enquanto o médico, sentado ao lado do paciente, acompanhava atentamente o caso, Olga observava o marido.

De onde estava, perto dos pés de Gilberto, ela fixava de vez em quando o rosto do marido, remoendo a terrível descoberta que fizera.

No hospital, ele foi internado na UTI, e o médico pediu a Olga que ela saísse. Como ela se recusava a atender-lhe o pedido, ele argumentou:

— É melhor para o paciente. Mas a senhora poderá entrar de vez em quando para vê-lo. Garanto que ele terá o que precisa e que faremos tudo para que se recupere.

— Ele não voltou a si. Está muito mal?

— Está em estado de coma induzido. Assim, ele terá mais chances de se recuperar. Vamos fazer alguns exames e, então, poderemos fazer algum prognóstico.

Olga saiu, mas permaneceu em um *hall* próximo, onde havia algumas poltronas e um sofá.

Ela não conseguia esquecer as fotos. Queria que Gilberto voltasse a si para lhe exigir explicações. Ao mesmo tempo, tinha vontade de pedir a Olívia que voltasse para lhe atirar no rosto sua traição.

Olga foi chamada à secretaria para providenciar a internação e depois voltou ao sofá próximo à UTI. O médico, vendo-a ali, aproximou-se:

— Como ele está?

— Não piorou. Ao contrário, teve uma leve melhora. A senhora está muito abatida. Por que não chama outra pessoa da família para acompanhar o caso e vai para casa descansar?

— Não temos ninguém mais. Minha única filha mora no exterior. Eu não sairei daqui, doutor. Quero estar perto dele quando acordar.

— Isso pode demorar. Nesse caso, seria melhor ir para casa e deixar seu telefone. Avisaremos assim que ele acordar.

— Não, doutor. Quero ficar aqui, perto dele.

— A senhora não pode passar a noite sentada. Não vai aguentar. Quando ele acordar, deverá ficar algum tempo em tratamento.

— Nesse caso, vou pedir um quarto. Poderei descansar e vir vê-lo de vez em quando.

— Está bem.

O médico se foi, e Olga conseguiu um quarto no mesmo andar. Estendeu-se na cama para descansar, mas sabia que não conseguiria dormir. Pelo menos, tentaria relaxar um pouco. Seu corpo doía e a cabeça latejava. Havia momentos em que sua respiração parecia diminuir, e ela respirava fundo para se aliviar.

As horas foram passando, e ela sabia que, no momento, não poderia fazer nada senão esperar.

⸻

Em Miami, Aline foi ter com Olívia para conversar. Gino viajara a trabalho e não iria visitá-la naquela noite. Fazia pouco mais de um ano que estava trabalhando e sentia saudades da família.

Arlete havia ligado contando que os negócios estavam melhorando e que o patrimônio que herdara do marido estava aumentando.

A presença de Hamilton contribuíra para isso, e Arlete falava dele com tanto entusiasmo que Aline percebeu que finalmente a irmã estava apaixonada.

A princípio, ela negou, mas acabou confessando:

— Você tem razão. Estou mesmo apaixonada por Hamilton. Mas ele, apesar de me lançar olhares significativos, não passa disso. Penso que não está interessado.

— Alguma coisa me diz que, algum dia, ele vai se dar conta da mulher maravilhosa que você é.

Arlete riu alegre e respondeu:

— Você diz isso porque é minha irmã e gosta de mim.

— Não. Digo isso porque sei que você é muito atraente e está sozinha porque quer.

Aline adoraria poder ter uma conversa face a face com Arlete, como nos velhos tempos. Ela era a pessoa que mais a compreendia.

Aline tocou a campainha, e Olívia atendeu:

— Que bom que você veio. Entre, Aline.

— Hoje, Gino está viajando, e eu senti saudades de casa. Vim me consolar com você.

— Às vezes, eu também sinto, embora tenha sofrido muito com minha família.

— Minhas férias começam na semana que vem, e estou pensando em ir ao Brasil visitar minha família.

— E Gino?

— Se ele puder, talvez irá. Se não puder, irei sozinha.

— Ele não vai achar ruim?

— Felizmente, Gino é muito diferente do meu ex-marido. Respeita minha individualidade, permite que eu seja o que gosto de ser, e eu faço o mesmo com ele, porque é assim que eu penso. Por tudo isso, nos damos tão bem.

— Fico admirada. Afinal, ele é italiano, e eles são muito ciumentos.

— Não o Gino. Às vezes, noto que ele percebe quando alguém me olha com admiração, mas controla e finge que não vê. Ele confia em mim, pois sabe que é dele que eu gosto. E, com isso, cada dia gosto mais dele. Além do mais, Gino não gosta de rotina, como eu, e está sempre criando coisas novas. Estar com ele é um prazer.

Olívia riu e comentou:

— E com isso ele a conquistou mesmo.

— É verdade.

— Você pretende ficar quanto tempo no Brasil?

— Tenho um mês, mas não sei se ficarei todo esse tempo lá. Dependerá de algumas coisas.

— Eu sei, da saudade do Gino.

— Não. Do que encontrarei no Brasil. Apesar de haver decorrido mais de um ano, a família do Marcelo, pelo que sei, continua me recriminando por tê-lo deixado. Quanto aos meus pais, sei que também vão me recriminar quando eu chegar, mas eles me amam, estão com saudades, e isso logo passará.

— Você deve ter uma família maravilhosa! Como eu gostaria que a minha fosse assim.

— De fato, minha família é ótima, mas penso que, mesmo que não fosse, eu os amaria da mesma forma. Você não ama seu padrasto pelo que ele lhe fez, mas sua mãe, apesar de tudo, sei que você ama.

— Amo. No tempo em que meu pai estava vivo, tudo era diferente. Depois que ele morreu e ela se apaixonou pelo Gilberto, minha mãe parece ter perdido a noção da realidade. Só faz o que ele quer, perdeu completamente a individualidade, apagou-se. E ele abusa, se faz de carente, então, ela se derrete e acaba lhe fazendo todas as vontades, atendendo a todos os seus caprichos.

— Muitas mulheres fazem isso e acabam apagando a própria luz, e, por fim, até os parceiros se cansam delas. Foi o que aconteceu com Marcelo. Ele se tornou minha sombra, e o amor acabou.

— O telefone tocou, e Olívia atendeu: Olívia!

— Mãe!

— Sou eu. Estou ligando para lhe dizer que Gilberto sofreu um infarto e está inconsciente na UTI.

— E é por isso que você está com essa voz tão diferente?

— Estou como sempre. Pensei que você gostaria de saber que ele está muito mal, e os médicos não sabem dizer se ele vai escapar.

— Sinto muito, mãe.

— Sente mesmo? Pois não parece. Se você realmente se importasse comigo, não teria feito o que fez.

— Mãe, eu vim embora porque não suportava viver ao lado de Gilberto. Eu nunca me dei bem com ele. Você estava feliz ao lado do seu marido e não precisava de mim. Achei melhor cuidar da minha vida, seguir meu caminho.

— Ele nunca se conformou com isso, e eu não sabia o porquê. Mas agora eu sei. Vi as fotos e quero dizer-lhe que pode ficar aí pelo resto da vida. Depois do que você fez, nunca mais quero vê-la. Não posso perdoar a traição dele, muito menos a sua, que é minha filha e deveria pelo menos ter me respeitado.

Olívia empalideceu e não conteve as lágrimas:

— Mãe, você precisa me ouvir. Não tive culpa. Ele me deu um sonífero e, quando acordei, estava na cama dele.

— Agora, você quer se fazer de inocente, porque ele não está em condições de falar, mas eu não acredito no que diz. Você o estava abraçando, nua, e quer que eu acredite nisso?

— Mãe, pelo amor de Deus, estou lhe dizendo a verdade! Ele tirou essas fotos para me chantagear. Gilberto me dopou e me violentou quando eu tinha quatorze anos. Depois disso, eu nunca mais tive nada com ele. Minha vida era fugir de seu marido, que sempre me perseguia.

— É mentira! Se fosse verdade, você teria me contado!

— Ele fez essas fotos enquanto eu estava dopada e me chantageava o tempo todo com elas. Dizia que, se eu lhe contasse, lhe mostraria as fotos e afirmaria que era eu quem o estava tentando. Não suportando mais essa pressão, decidi ir embora daquele jeito. Fugi, porque ele nunca permitiria que eu saísse de casa.

— Não posso crer que o homem que eu amei tanto fosse tão depravado. Você está dizendo isso para fazer-me crer em sua inocência.

— Não, mãe! Eu juro por tudo o que é mais sagrado que estou lhe dizendo a verdade.

— Não creio. Você me traiu, e eu nunca vou perdoá-la. Era só isso que eu queria lhe dizer.

Olga desligou o telefone, e Olívia ainda tentou argumentar:

— Mãe... não diga isso, por favor...

Mas Olga já havia desligado. Olívia colocou o telefone no gancho chorando copiosamente, e Aline abraçou-a com carinho, dizendo:

— Calma, Olívia. Ela ficou chocada, mas vai refletir, pensar melhor e se arrepender.

— Ela disse que nunca vai me perdoar! Eu fui vítima daquele canalha! Mais uma vez, ela ficou do lado dele. Recusa-se a crer que ele possa ter feito o que fez. Diz que Gilberto não seria capaz, mas ele foi!

Aline pegou um copo d'água e entregou-o a Olívia:

— Beba, acalme-se.

Olívia apanhou o copo com as mãos trêmulas e tomou alguns goles. Depois, continuou soluçando, deixando fluir pelas lágrimas todas as angústias, todos os medos, toda a revolta que guardava no coração.

Aline ficou ali, abraçando a amiga, enviando-lhe vibrações de carinho e amor e esperando que a tempestade passasse.

Sentadas uma ao lado da outra, Olívia, segurando a mão de Aline, começou a falar, rememorando detalhadamente toda a tragédia que fora sua adolescência.

Aline já conhecia a história, mas a deixou falar, porque percebeu que ela estava precisando colocar para fora todas as energias da revolta que guardara no coração.

CAPÍTULO 22

Olga acordou sobressaltada. Olhou em volta e pensou em Gilberto. Ela fora para o quarto, tomara um banho, deitara-se vestida para descansar um pouco e, vencida pelo cansaço, adormecera.

Levantou-se apressada e foi até a UTI procurar notícias. A enfermeira, vendo-a olhando pelo vidro, fez sinal para que ela esperasse um momento e depois foi atendê-la.

— Como ele está?

— Melhor. Há pouco, abriu os olhos, mas os fechou novamente. O médico veio, examinou-o e disse que ele melhorou. Agora está dormindo, e seu sono está mais natural.

— Eu desejo entrar para vê-lo.

— Pode ficar um pouco.

Olga entrou e sentou-se ao lado da cama, olhando atentamente para o rosto do marido. Ele dormia, mas, apesar do oxigênio, sua respiração não lhe pareceu normal.

A enfermeira continuava atenta, o que fez Olga pensar que a melhora não fora tão grande. Já amanhecia, e os primeiros raios de sol apareciam pelas frestas da persiana. Olga não desviava os olhos do rosto de Gilberto, lutando contra seus pensamentos de tristeza, raiva e dor.

De repente, ele abriu os olhos, e Olga levantou-se, aproximando seu rosto do dele.

— Olga... — balbuciou ele, com a voz fraca. — Onde estou?

— No hospital. Você desmaiou na biblioteca, e nós o trouxemos para cá.

Ele fechou os olhos e ficou calado por alguns minutos. Depois, abriu-os novamente, olhando-a aterrorizado.

Gilberto lembrou-se de que estava olhando as fotos de Olívia quando se sentiu mal. Olga as teria visto? Seus olhos encontraram-se novamente, e pela expressão da esposa, ele teve certeza de que ela as encontrara.

O ar começou a lhe faltar, e a enfermeira interveio:

— É melhor a senhora sair. Ele não pode se emocionar. Precisa descansar.

— Ele não está bem, e eu não vou sair daqui.

— Nesse caso, vou chamar o médico. Sua presença o emocionou, e isso pode prejudicá-lo.

A enfermeira saiu para chamar o médico, e Gilberto disse num sussurro:

— Perdão, Olga... e peça a Olívia que me perdoe por tudo o que lhe fiz. Ela não tem culpa... Eu a dopei. — Gilberto respirou fundo e continuou: — Não me culpe, Olga. Eu me apaixonei por ela desde o primeiro dia, lutei contra isso, mas não suportei... Eu sofri muito esse tempo todo...

As lágrimas corriam pelo rosto de Olga, que não encontrava palavras para responder. O médico entrou apressado e disse:

— A senhora precisa sair.

Gilberto interveio:

— Não, doutor. Ela tem que ficar. Eu não tenho muito tempo. Sinto que estou no fim. Diga que me perdoa, Olga, pelo amor de Deus.

Olga sentia a cabeça atordoada e uma dor muito grande, que ela não sabia se era fruto do medo de que ele morresse ou da descoberta de que ele nunca a amara como ela acreditara.

Gilberto ergueu a cabeça, os ombros, e seu corpo agitou-se. Depois, caiu na cama de novo.

Enquanto o médico tentava ressuscitá-lo, uma enfermeira pegou Olga pelo braço e conduziu-a para fora. Ainda em estado de choque, ela continuou sentada no sofá, incapaz de raciocinar, deixando que as lágrimas lavassem seu rosto.

Meia hora depois, o médico aproximou-se dela e disse:

— Fizemos tudo, mas não foi possível salvá-lo. Sinto muito.

Vendo o estado de Olga, o médico conduziu-a ao quarto, aplicou-lhe uma injeção e depois mandou a enfermeira ligar para a residência dela, pedindo que alguém fosse ao hospital cuidar das providências legais, pois Olga não estava em condições de fazê-lo.

Gilson e o motorista foram imediatamente para o hospital. Chegando lá, foram conduzidos ao quarto de Olga, que, apesar do calmante, estava acordada.

Eles tomaram todas as providências e avisaram um primo de Gilberto de sua morte. Ele, então, concordou em ajudá-los no que fosse necessário.

Foi a esposa desse primo quem acompanhou Olga até sua casa, garantindo-lhe que o marido faria tudo o que fosse preciso para o sepultamento.

Depois do enterro, esgotada e sem forças, Olga finalmente conseguiu dormir.

Seja pela quantidade de calmantes que havia ingerido ou pela depressão que se seguiu aos acontecimentos, Olga dormiu mais de dezesseis horas seguidas, preocupando a empregada, que, de vez em quando, subia até o quarto da patroa para verificar se ela estava bem.

Quando Olga acordou, não sentia vontade de levantar. Deixou-se ficar na cama, pensando em tudo o que acontecera.

A empregada insistiu para que ela se alimentasse e pediu à prima Julieta que ligasse para Olívia. Não entendia por que ela não fora avisada da morte do padrasto.

Olga justificou-se:

— Foi tudo muito rápido. Não quis preocupá-la. Pensei que ele fosse se recuperar.

— Se quiser, eu mesma posso ligar.

— Não. Eu quero fazer isso.

Tanto Julieta insistiu para que Olga se alimentasse que ela comeu um pouco só para ver-se livre da mulher. Depois, disse que queria ficar sozinha para descansar mais um pouco, e a outra se foi.

Ela nunca fora muito ligada aos primos de Gilberto, e, depois de tudo que acontecera, a presença deles a fazia lembrar-se ainda mais do que ele lhe fizera.

Por esse motivo, resolveu levantar-se. Fez-se de forte, arrumou-se e desceu na hora do jantar. Vendo-a entrar na sala, Alberto, marido de Julieta, disse satisfeito:

— Ainda bem que reagiu. Estávamos preocupados.

— É verdade — ajuntou Julieta. — Você não pode se entregar.

— Foi o que pensei. Por tudo isso, apesar da dor, estou aqui.

O jantar foi servido, e Olga procurou mostrar-se natural. Depois, quando foram sentar-se na sala de estar, ela tornou:

— Não sei como agradecer-lhes o que fizeram por nós. Minha filha está no exterior, e eu não tenho outros parentes.

— Não fizemos mais do que nossa obrigação. Sempre desejamos nos aproximar mais de vocês, mas não surgiu ocasião. Lamento que tenha sido agora, dessa forma — disse Alberto.

— Penso que vocês também têm seus compromissos, filhos, negócios etc., e não desejo tomar mais o tempo de vocês. Apesar da tristeza, estou disposta a não me deixar abater. A vida continua, e não há como parar.

— Certamente, depois do que houve, sua filha voltará para casa para lhe fazer companhia. Se quiser, posso ficar mais alguns dias aqui até que ela chegue.

— Não é preciso. Você não pode abandonar sua família. Eu estou bem. Além disso, tenho os empregados, que estão comigo há anos e são muito dedicados. Não preciso de nada. Podem ir em paz.

— Nesse caso, nós iremos — tornou Alberto.

Depois de alguns minutos, eles despediram-se, e Olga respirou aliviada. Pensou em ligar para Olívia, mas se sentia exausta e deixou a tarefa para a manhã seguinte.

Não ligara antes porque sabia que Olívia não iria querer comparecer ao enterro de Gilberto. As últimas palavras dele confirmaram tudo o que ela lhe contara ao telefone.

Pensando com mais calma, Olga imaginou o quanto Olívia deveria ter sofrido com tudo o que Gilberto lhe fizera, sem poder falar nada.

Pela primeira vez, Olga pensou: "Se Olívia houvesse me contado a verdade, eu teria acreditado?".

Certamente não. Estava cega, iludida por um canalha que se aproveitara de sua cegueira para violentar sua filha adolescente.

Uma onda de remorso a acometeu. A culpa era dela, que deveria ter sido mais esperta e percebido que o interesse dele não tinha nada de paternal.

Aos quatorze anos, Olívia era uma criança. Isso era um crime. Ele merecia ser preso. Olga notou que não estava sentida por ele ter morrido. Como seria a vida deles se ele continuasse vivo? Ela se separaria.

Teria coragem para isso? Mil pensamentos conflitantes passavam pela cabeça de Olga, sem que ela encontrasse resposta.

Na manhã seguinte, ela ligou para Olívia.

— Olívia, temos que conversar.

— Eu sei, mãe. Você desligou o telefone e não acreditou em mim.

— Sim, eu não acreditei, mas aconteceram coisas que me fizeram acreditar. Eu sei que você me disse a verdade.

Olívia emocionou-se:

— Mãe, não sabe o peso que tira do meu coração.

— Posso avaliar, minha filha. Peço-lhe que me perdoe. Não tenho sido uma boa mãe.

— Não diga isso. Eu adoro você.

— Eu também a adoro. Preciso contar-lhe que Gilberto sofreu um infarto, foi para o hospital, mas não resistiu e faleceu.

— Sinto muito.

— Foi melhor assim. Depois que descobri o que ele fez com você, nossa vida em comum seria impossível. A vida resolveu por nós. Estou ligando para lhe pedir que volte para casa, que me dê a chance de ser para você a companheira, a amiga, a mãe que não fui. Por favor, filha, volte. Somos apenas nós duas no mundo. Vamos ficar juntas.

As lágrimas corriam pela face de Olívia, que, emocionada, respondeu:

— Está bem, mãe. Vou organizar tudo para voltar para casa. Estou com muitas saudades de você.

— Que bom, filha. Avise-me para que possa ir buscá-la no aeroporto.

Elas se despediram, e Olívia respirou aliviada. Sentiu-se livre, de bem com a vida. Pela primeira vez, sentiu o prazer de ser jovem, bonita e de poder olhar o futuro de frente.

Sua mãe sabia de tudo e acreditava em sua inocência. Parecia-lhe haver acordado de um pesadelo. Iria pedir demissão do emprego, ver as passagens e voltar o quanto antes para o Brasil.

No fim da tarde, encontrou Aline no estacionamento. Era com ela que voltava para casa todos os dias, uma vez que ainda não quisera comprar um carro.

Vendo-a, Aline percebeu logo o quanto Olívia estava alegre.

— Aconteceu alguma coisa? Você está radiante!

— Aconteceu! Minha mãe me ligou. Vou deixar o emprego e voltar o quanto antes para o Brasil.

— Por quê?

— Gilberto teve um infarto e morreu. Mas, antes, contou toda a verdade à minha mãe. Ela me pediu perdão e quer que eu volte pra casa.

— Que bom! Seu inferno acabou. Agora, você está livre para fazer o que quiser!

— Isso mesmo. Já conversei com o departamento pessoal da empresa, informei sobre o falecimento do meu padrasto e que eu preciso voltar para o Brasil. Penso que vão fazer um acordo e me liberar imediatamente. Hoje mesmo, vou me informar sobre a passagem.

— Segunda-feira, já estarei de férias e reservei minha passagem para o domingo. Podemos viajar juntas.

— E o Gino?

— Ele não poderá viajar. Ficará aqui, mas tomará conta de minha casa enquanto eu estiver fora.

Olívia sorriu:

— Parece que você encontrou o companheiro ideal.

— É verdade. Cada dia que passa, estou mais certa disso. Gosto de ficar com ele. Sua presença não me oprime. Ao contrário, Gino me motiva a progredir, a realizar meus projetos. Por causa disso, sinto muito prazer ao lado dele, porque posso falar o que sinto e ouvir o que ele tem a dizer.

— Eu gostaria de um dia encontrar um amor assim.

Aline olhou-a nos olhos e respondeu:

— Eu consegui porque não me importei de pagar o preço.

— Sei o que quer dizer. Você não estava feliz, sabia o que queria, virou a mesa e largou tudo. Claro que pagou o preço por isso e conquistou uma vida melhor.

— Exatamente. Vamos passar na agência de viagens e reservar sua passagem para domingo. Iremos juntas. Acha que vai dar tempo?

— Acho. Na empresa, eles entenderam o caso, e penso que não vão demorar a me liberar.

— Em caso de morte na família, eles costumam ser muito solidários.

Elas passaram na agência de viagens e conseguiram reservar a passagem no mesmo voo de Aline, embora em lugares separados. Tiveram a promessa, contudo, de conseguirem uma mudança de assento para que pudessem ficar juntas durante o voo.

Entusiasmadas, as duas começaram a planejar tudo. Olívia queria comprar alguns presentes para a mãe e para os empregados, seus velhos amigos.

Aline indicou-lhe algumas lojas, onde comprara parte dos presentes que levaria para a família. Estavam alegres e felizes.

Na manhã seguinte, quando Olívia chegou à empresa, ficou sabendo que seria seu último dia de trabalho. No fim da tarde, ao sair, despediu-se dos colegas e de todos. Foi Rachel quem mais sentiu sua partida, pois as duas haviam se tornado muito amigas.

— John vai sentir sua falta — comentou Rachel, com os olhos úmidos.

— Só ele?

— Não. Muitos colegas aqui, eu e meus amigos que aprenderam a gostar de você.

— Pode estar certa de que terei muitas saudades de todos, principalmente de você e de John. Mas espero voltar para vê-los e que vocês nos visitem no Brasil. Nossa casa estará à sua disposição, e teremos muito prazer em recebê-los.

— Eu não conheço o Brasil, mas gostaria muito de visitar o país.

— Vá mesmo.

— Não vamos nos despedir. Pretendo ir ao bota-fora no aeroporto.

— Estarei esperando.

Nos três dias que faltavam para o domingo, Olívia passou fazendo compras. Precisou comprar mais duas malas para acondicionar tudo.

Ao viajar para Miami, ela utilizara apenas duas malas pequenas para não chamar a atenção da mãe.

Depois de tudo pronto, foram para o aeroporto acompanhadas de Gino e lá encontraram Rachel com o filho e alguns amigos.

Tanto Aline como Olívia estavam emocionadas. Aline porque iria rever a família, recordar obrigatoriamente a morte de Marcelo e talvez enfrentar a família dele. Olívia porque iria encontrar a mãe, saber dos detalhes da morte do padrasto e, naturalmente, falar sobre o passado.

Conseguiram a troca de assentos e, durante o trajeto, falaram sobre o que esperavam encontrar no Brasil e como seria doloroso rever os fatos tristes do passado.

Apesar disso, estavam regressando felizes, porque ambas haviam obtido sucesso.

Olívia voltava amadurecida, mais confiante, uma vez que havia conseguido viver sozinha em um país desconhecido, trabalhar, fazer amigos e voltar só porque desejava.

Aline, por sua vez, realizara seus sonhos de adolescente, conquistara seu espaço e um amor mais forte e verdadeiro do que encontrara no casamento.

Com o coração batendo forte, as duas desceram do avião em São Paulo, passaram pela fiscalização e, finalmente, saíram cada uma empurrando o carrinho com as malas.

Arlete estava esperando a irmã e, assim que viu Aline, correu em sua direção, abraçando-a efusivamente. Em seguida, Olívia viu Olga, que ansiosamente a esperava, e atirou-se nos braços da mãe, emocionada.

Passados os primeiros momentos, foi a hora de fazer as apresentações.

— Mãe, esta é minha amiga Aline. Ela era minha vizinha e me apoiou muito.

Olga abraçou-a sorrindo, e Aline apresentou Arlete a ambas:

— Esta é minha irmã Arlete, que tem sido meu braço direito a vida inteira.

Depois dos abraços, Olga fez questão de entregar seu cartão a Aline e disse:

— Gostaria de recebê-las em minha casa.

— Iremos com prazer — respondeu ela. — Olívia tem o telefone da casa de minha mãe. Gostaria de apresentá-la à minha família. Estou de férias e volto para Miami dentro de três semanas.

— Vamos nos ver muito durante esses dias — prometeu Olívia.

Elas se despediram, e, uma vez no carro de Arlete, Aline perguntou:

— Como vão as coisas em casa?

— Em casa, bem. Nossos pais estão muito emocionados com sua chegada. Parece que isso os fez recordar todo o passado. Não falam em outra coisa.

— Era isso o que eu temia. Cheguei a me perguntar se não seria melhor deixar para vir nas férias do ano que vem, mas a saudade era forte, e isso me fez decidir.

— Fez bem. Rodrigo está ansioso, esperando sua chegada. Ele só não veio ao aeroporto, porque achou que seria melhor você ficar mais à vontade com nossa família.

— Ele sempre foi muito delicado.

— Adoro trabalhar com ele. É uma homem delicado, atencioso, um pouco fechado, mas muito correto e trabalhador. A empresa está crescendo e indo muito bem. Penso que melhoramos seu patrimônio.

— Isso me faz lembrar da família de Marcelo. Eles já se conformaram de eu herdar os bens?

— Penso que não. Ainda não nos cumprimentam, e Rodrigo, que tinha um bom relacionamento com eles, também foi posto de lado. Ficaram ofendidos por ele ter me aceitado para trabalhar.

— Como Rodrigo reagiu?

— A princípio, ficou um pouco aborrecido, mas, depois, não só não aceitou a atitude deles, como passou definitivamente para o nosso lado. Ele frequentou muito nossa casa quando eu quebrei a perna e nos conheceu melhor. Desde então, começou a nos apreciar, e hoje todos somos muito amigos.

— Fico feliz. Tornar a encontrar a família de Marcelo será constrangedor, porque sei o que eles pensam de mim. Conforta-me saber que Rodrigo está ao nosso lado. Nós somos sócios e eu terei de conversar com ele, tratar de assuntos pessoais e assim será muito mais fácil.

— Hamilton também está com vontade de conhecê-la. Eu falo tanto em você que ele tem curiosidade.

— Eu também desejo conhecê-lo. Sei que você tem bom gosto e imagino que ele seja muito interessante.

Arlete suspirou e respondeu:

— Às vezes, sinto que não lhe sou indiferente, mas parece que ele tem medo de alguma coisa. Sempre que percebe estar se aproximando mais, corta imediatamente.

— Ele deve ter tido alguma desilusão amorosa. Nunca lhe falou sobre isso?

— Sei que foi noivo, esteve de casamento marcado, mas de repente tudo acabou. Ele não gosta de tocar nesse assunto.

— Pois acho que aí está a causa do medo que ele tem, e, quando se sente atraído por você, foge.

— Pode ser. Mas, se for isso, é ele quem terá de resolver. Não posso fazer nada. É uma questão íntima.

Aline sorriu maliciosa e disse:

— Talvez eu possa dar um empurrãozinho.

— O que você pensa em fazer? Cuidado. Tenho meu orgulho e prefiro morrer a que ele saiba o quanto eu o amo!

— Confie em mim. Penso que a mulher precisa ter dignidade e não correr atrás do homem que ama, mas nada impede que ela use alguns artifícios para acelerar a conquista.

As duas riram, e Arlete respondeu:

— Você estava me fazendo falta! Em poucos instantes, fez-me ficar mais otimista.

— Ótimo. Assim é que se fala.

Elas chegaram a casa, e tanto Dalva como Mário já as esperavam impacientes. Ele nem fora para a loja; deixara-a nas mãos dos empregados, o que raramente fazia, só para esperar a filha.

Dalva e Mário abraçaram Aline com lágrimas nos olhos e muito carinho. Ela voltara mais bonita, muito bem-vestida, elegante e, com alegria, abriu as malas e distribuiu os presentes.

Eles sabiam que Aline não voltara para ficar e que pretendia continuar vivendo em Miami. Não comentaram nada sobre Marcelo, deixando o assunto para mais tarde. Não queriam que a filha se aborrecesse logo na chegada, e isso fez o ambiente se tornar alegre e festivo.

Foi depois do jantar, quando eles se sentaram na sala para conversar, que Dalva resolveu tocar no assunto:

— Parece mentira que você está aqui! Ainda não consegui me conformar com tudo o que aconteceu.

Mário concordou com a cabeça, e Aline percebeu que o momento tão temido havia chegado e que ela não tinha outro caminho senão enfrentá-lo.

CAPÍTULO 23

Dois dias depois da chegada ao Brasil, o telefone da casa de Olívia tocou. Ela atendeu:

— Aline! Tudo bem?

— Tudo. Eu ia ligar ontem, mas não tive tempo. Tive de ir à empresa para ver como estavam as coisas e atender ao que eles desejavam. Mas, hoje, gostaria que você e sua mãe viessem jantar aqui em casa. Além de meus pais e Arlete, estarão Rodrigo, que era sócio de Marcelo, e o outro arquiteto que trabalha com ele.

— Iremos. A que horas será o jantar?

— Às oito. Mas, quanto antes vocês vierem, melhor. Assim, poderemos conversar bastante.

— Obrigada pelo convite. Estaremos lá.

Olívia desligou o telefone e disse a Olga:

— Aline nos convidou para jantar hoje. Eu aceitei.

— É uma moça bonita e agradável. Além de tudo, é sua amiga. Fez bem.

— Ela é mais do que minha amiga. Aline me ajudou a conseguir o emprego na empresa em que trabalha e sempre me apoiou. Quando eu ficava deprimida, ela procurava me deixar alegre.

— Mais uma razão para eu gostar dela.

Olga, apesar da tristeza do que lhe acontecera, procurava reagir e redimir-se diante da filha, por sentir-se culpada de não a haver protegido o suficiente.

O choque provocado pela descoberta do comportamento de Gilberto, não só traindo sua confiança como prejudicando sua filha, haviam destruído de um só golpe o amor que Olga sentia por ele, deixando em seu lugar, além da desilusão, um sentimento de repulsa, que a fizera aceitar sua morte como um mal menor.

Ela sempre se perguntava: "Se ele houvesse sobrevivido, como seria minha vida?". Certamente, o casal teria se separado. A morte a poupara de ter que decidir.

Agora, ela tentava suprir a falha que julgava ter por não haver notado o interesse doentio do marido por Olívia, empenhando-se em tornar a vida da filha mais feliz.

Olívia passara a adolescência inteira infernizada pela maldade de Gilberto, e Olga desejava compensá-la de alguma forma, fazendo tudo para que ela se alegrasse.

Faltavam cinco minutos para as oito horas da noite, quando as duas tocaram a campainha da casa de Aline. A empregada abriu a porta e as introduziu na sala, onde já estavam, além da família, Rodrigo e Hamilton.

Aline levantou-se e foi abraçá-las com carinho. Depois, apresentou-as a todos.

A conversa fluiu agradável sobre a vida em Miami, que os dois rapazes também conheciam.

Rodrigo, desde que fora apresentado a Olívia, não conseguia desviar os olhos dela. Enquanto Olga acompanhou Dalva, que desejava mostrar-lhe uma coleção de peças de porcelana antiga que herdara de sua avó materna e Mário as acompanhara, os jovens ficaram conversando na sala.

A empregada serviu-lhes uma taça de vinho branco e dispôs alguns petiscos sobre a mesinha. Hamilton aproximou-se de Arlete e Aline, dizendo sorridente:

— Vocês não se parecem fisicamente, mas espiritualmente têm muita afinidade.

— Como sabe? — indagou Aline.

— Ele sabe — tornou Arlete. — Hamilton tem um sexto sentido bastante desenvolvido.

— Sou só um bom observador.

— Por que você não assume sua sensibilidade? — tornou Aline.

— Você é ateu?

— Não. Creio em uma força superior, mas não sou religioso.

— Ser espiritualista não é ser religioso — rebateu Aline. — Todos nós somos espíritos. Eu aceito isso como uma coisa natural.

Arlete interveio:

— Desde que comecei a estudar o sexto sentido, descobri que Hamilton o tem muito desenvolvido. Por vezes, ele diz coisas que estamos pensando ou que já nos aconteceram. Agora mesmo, ele sentiu que temos afinidade.

Hamilton riu e respondeu:

— Eu tenho estudado a vida e sei que os fenômenos paranormais existem. Estive com médiuns e tive a oportunidade de assistir a fenômenos convincentes. Não sou incrédulo como vocês parecem pensar. Ao contrário, olho esses acontecimentos como fatos naturais. Sei que somos espíritos, sobreviveremos à morte do corpo e que, inclusive, poderemos nos comunicar com os que ficaram, conforme as circunstâncias. Hamilton fez uma ligeira pausa e continuou: — Mas não sou adepto de religiões, pois elas detêm meias-verdades, foram elaboradas por homens, que interpretaram as revelações espirituais e colocaram um pouco de suas crenças e ideias nessa interpretação.

— Com isso eu concordo. Nunca aceitei certas ideias moralistas, fora da realidade, que algumas religiões pregam como verdade absoluta — tornou Aline.

— Então, vocês pensam como eu. Nós temos que estudar a vida, como ela funciona, como devemos escolher nossos caminhos para vivermos melhor, valorizando nossas qualidades e tentando melhorar nossos pontos fracos.

— Não sabia que você pensava assim. Por que nunca me disse isso? — indagou Arlete, admirada.

— Porque nunca conversamos sobre esse assunto.

— Eu gostaria de conversar mais sobre isso. Estou começando a estudar a espiritualidade, mas, às vezes, não me aprofundo com receio de entrar na ilusão.

— Você tem um bom senso prático — respondeu ele, sério. — E é por isso que eu gosto de olhar os fatos que a vida me mostra, de maneira aberta, sem nenhum preconceito. Assim, protejo-me não só do fanatismo, como da ilusão.

— Gostei — tornou Aline. — Você falou como nossos mestres no Instituto Ferguson. Eles são pesquisadores e procuram no dia a dia as provas do que acreditam.

A conversa seguiu animada entre os três, e, enquanto isso, Rodrigo sentara-se no sofá ao lado de Olívia e perguntou:

— Você também vai voltar a Miami?

— Não, eu vim para ficar. Estava com muitas saudades. Além disso, minha mãe perdeu o marido, está sozinha, e quero ficar ao lado dela.

— Talvez não seja por muito tempo.

Olívia olhou-o surpresa:

— Como assim?

— Uma moça como você, se já não estiver comprometida, logo arranjará alguém, e sua mãe perderá a companhia.

— Nem pensar. Não pretendo me casar. Quero viver minha vida em paz.

— Pensa tão mal assim do casamento?

— Penso. Eu tive uma adolescência tumultuada e infeliz. Agora, estou livre, quero viver e aproveitar minha liberdade. Não vou me amarrar de forma alguma.

Rodrigo estava admirado. A maior parte das moças que ele conhecia estava ansiosa para arranjar alguém, casar, viver junto. Nunca encontrara uma moça que fosse avessa a essa ideia. Estaria sendo sincera?

Olívia estava sendo sincera. Para ela, o casamento significava sofrimento, ilusão, traição, e fazia-a recordar-se da amarga experiência que tivera com o casamento da mãe.

Rodrigo tornou:

— Eu penso como você. Aprecio minha liberdade. Até agora, tenho escapado de um relacionamento sério e pretendo continuar assim.

Olívia fixou-o e sorriu. Rodrigo era um homem fino, bonito, educado. Deveria ser muito assediado pelas mulheres.

— O que foi? — perguntou ele.

— Estou pensando que, para você, não deve ser fácil escapar das mulheres. É o que elas chamam de um bom partido.

Ele riu divertido e concordou. Aline, então, aproximou-se e disse:

— Vou ficar aqui três semanas. Quero sair, rever a cidade, me divertir e gostaria que vocês dois, que devem estar em dia com a vida social e noturna, sugerissem o que fazer, aonde ir.

— Faremos mais — respondeu Rodrigo. — Vamos levá-las a todos os lugares da moda e nos divertiremos tanto que talvez a convençamos a ficar aqui para sempre.

— Isso não! — protestou Aline. — Agradeço, mas preciso voltar para Miami. Por mais que seja bom estar aqui, pretendo ficar por lá durante mais algum tempo.

— Nesse caso — tornou Hamilton —, só nos resta acompanhá-la a todos os lugares para mostrar-lhe as vantagens de morar aqui.

— Eu aceitarei o desafio, se Olívia e Arlete concordarem.

As duas concordaram, e Arlete levantou a taça de vinho dizendo:

— Que esses dias sirvam para selar nossa amizade.

Todos brindaram, e, pouco depois, Dalva os convidou a passarem para a sala, onde o jantar seria servido.

Passava da meia-noite quando Olga e Olívia se despediram. Rodrigo e Hamilton sentiram que também deveriam se retirar.

Depois de haverem prometido descobrir um lugar para irem na noite seguinte, os dois se despediram e, uma vez no estacionamento, antes de entrar no carro, comentaram sobre o jantar.

— Muito bonita a irmã de Arlete — disse Hamilton.

— Eu acho Olívia bem mais interessante. Já conhecia Aline.

— Bem que eu notei seu interesse.

— Além de linda, ela me disse que deseja ser livre e não pretende se casar.

— Isso é raro.

— É a única que eu conheci até hoje que pensa assim. Se estiver sendo sincera...

— É difícil saber. Algumas mulheres gostam de manipular.

— Ela alegou que teve uma adolescência infeliz. Por que será?

— Arlete falou qualquer coisa. Parece que o padrasto a maltratava.

— Então, é por essa razão que ela fala tão mal do casamento. Eu fiquei surpreso com Aline. Quando era casada com Marcelo, falava pouco, parecia introvertida, mas pareceu-me completamente diferente essa noite.

— Pelo que sei, o marido dela a tratava muito bem. Era até exagerado em lhe fazer todas as vontades.

— Marcelo a mimava demais.

— Mas isso não a deixava expandir-se. Agora que ele não está mais aqui, ela pode ser o que é, sem que ninguém a contenha.

— Estou começando a entender por que ela o deixou — disse Rodrigo. — Eu não suportaria viver ao lado de alguém que me cercasse de tantos cuidados. Isso sufoca.

— Por essa e por outras razões, também sou avesso ao casamento.

— Pois eu, apesar de não querer compromissos no momento, desejo me casar um dia, constituir família, como meus pais fizeram. Mas só quando encontrar a mulher certa.

Hamilton ficou calado, e Rodrigo perguntou:

— No que está pensando?

— No que você disse. Eu me pergunto: "Se eu encontrasse a mulher certa, teria coragem para me casar?".

— Essa vida de solteiro também cansa.

— Às vezes, eu sinto isso. Mas continuo priorizando minha liberdade. Posso lhe fazer uma pergunta?

— Faça.

— Arlete é uma mulher atraente. Você nunca sentiu interesse por ela? — Hamilton questionou.

— Não. Para mim, Arlete é apenas uma boa amiga e excelente sócia. Por que pergunta?

— Por nada. Ela é uma mulher exuberante, que chama atenção por onde passa. Eu sempre me pergunto: "Por que está sozinha até agora? Ela deve ter mais de trinta anos".

— Tem trinta e dois, embora pareça mais jovem. Além disso, é muito elegante e tem classe. Também noto como ela chama a atenção dos nossos clientes. Arlete, contudo, é sempre muito discreta, e nunca notei da parte dela qualquer interesse. A não ser por você. Algumas vezes, quando você está inclinado sobre a mesa de trabalho, percebo o olhar de carinho que ela lança sobre você.

— Eu nunca notei... — mentiu ele.

— É que ela disfarça quando você olha. Nunca lhe passou pela cabeça que ela possa estar interessada em você, Hamilton?

— Já. Mas eu, quando pressinto o perigo, fujo dele como o diabo foge da cruz. — Eles riram contentes. Então, despediram-se, e cada um foi para seu carro.

⋄⊰⊱⋄

No fim da tarde seguinte, Rodrigo pediu para Arlete combinar com Aline e Olívia o que fariam naquela noite.

Eles poderiam ir a um concerto de uma orquestra de cordas no Teatro Municipal ou a uma festa no Clube de Portugal, onde aconteceria um jantar e cujos convites Rodrigo conseguira com um amigo.

Elas preferiram ir à festa do clube e adoraram. Depois disso, eles passaram a sair juntos quase todas as noites, ora indo comer uma pizza, ora assistindo a um show de um artista famoso, ora jantando na casa de Olga ou na de Aline.

Desde a primeira noite em que saíram juntos, Rodrigo não fez cerimônia e ficou o tempo todo ao lado de Olívia. Dançara apenas com ela, e Hamilton, como bom cavalheiro, dançava com as outras duas.

Mas era com Arlete que ele se sentia emocionado. O perfume que vinha dela o deixava atordoado, e ele a apertava de encontro ao peito sem perceber.

Havia momentos em que lhe era difícil controlar a vontade de beijá-la, e Hamilton fechava os olhos, tentando não olhar para a boca bonita de Arlete.

Ela, por sua vez, sentia que o atraía, mas não entendia por que Hamilton resistia tanto. Do que teria medo?

A sós com Aline, ela abria o coração, ao que a irmã respondia:

— Tenha paciência. Ele está entregando os pontos. Dá para notar o esforço que faz para se conter. Chegará o momento em que ele não poderá mais se segurar.

— Será?

— Você verá.

— Falta uma semana para você ir embora. Se ele aguentar até lá, penso que não estaremos tanto tempo juntos como agora e tudo voltará a ser como antes.

— Depois do que observamos nesses dias, nada voltará a ser como antes. Pode esperar.

— Você fala, mas não tenho o mesmo otimismo.

Aline riu bem-humorada:

— Você parece uma adolescente apaixonada. Está na hora de eu fazer alguma coisa.

— Aline, você não pode me criticar! Nunca a vi fazer com Marcelo o que faz com Gino. Nem se importam de gastar tanto dinheiro falando ao telefone.

— Está certo. Reconheço que com Gino é diferente. Nunca senti por homem nenhum o que sinto por ele. É um deslumbramento, uma emoção viva, uma euforia! Quando estamos juntos, o tempo voa. Às vezes, penso que, como Gino é muito arrebatado, eu esteja me deixando levar pelas energias dele.

— Não é só isso. É que agora você encontrou um amor de verdade. Sempre achei que você nunca amou Marcelo.

— Talvez.

— Eu já me apaixonei duas vezes. Uma vez, na adolescência, e outra, pouco depois. Mas nunca senti por nenhum dos dois o que sinto por Hamilton. É um carinho, um sentimento bom, que me faz bem.

— Amanhã à noite, combinamos de sair para dançar. Já sei o que fazer.

— O quê?

— Deixe comigo.

Na noite seguinte, quando Hamilton chegou para buscá-las, Aline não estava pronta. Com o nariz vermelho, olhos lacrimejando, apareceu na sala, onde Arlete e Hamilton a esperavam.

— O que aconteceu? — indagou ele.

— Estou resfriada... a cabeça dói, sinto arrepios, acho que estou com febre. Hoje, não poderei sair com vocês.

— Nesse caso, não iremos — disse Arlete.

— Nada disso. Rodrigo já deve ter ido buscar Olívia, vocês estão prontos, e eu me sentirei culpada se, por minha causa, ficarem em casa. Estou tomando bastante remédio, amanhã já estarei boa e poderei sair com vocês.

Arlete estava hesitante, mas Aline e Hamilton insistiram, e ela concordou. Saíram.

No carro, Hamilton olhava Arlete, procurando controlar a admiração. Ela estava com um vestido vermelho escuro, um decote generoso, que deixava à mostra seu colo bonito. Os cabelos ligeiramente ondulados, soltos nos ombros, eram a moldura perfeita para seu rosto expressivo, nos quais os grandes olhos castanhos e a boca carnuda eram destaque.

Além disso, havia o perfume delicioso que vinha dela, e Hamilton aspirava-o com prazer.

Arlete notou que ele estava perturbado com sua presença e, fixando-o, perguntou de repente:

— Por que você controla tanto o que sente?

— O quê?

Ela repetiu a pergunta, e, desta vez, ele entendeu:

— Porque não me deixo levar com facilidade pelas emoções. Um homem precisa ter domínio sobre si mesmo.

Arlete aproximou mais seu rosto do dele e disse baixinho:

— Pois eu não. Quando sinto uma emoção agradável, deixo fluir. Por que não faz o mesmo?

Ela olhava-o com os lábios entreabertos, e seus olhos deixavam transparecer seu carinho por Hamilton, que não conseguiu dominar-se.

Hamilton colou seus lábios nos dela em um longo beijo, em que ambos extravasaram o que sentiam. Com o coração batendo descompassado, eles continuaram se beijando com crescente euforia e prazer.

Quando serenaram um pouco, Hamilton disse com voz um tanto rouca de emoção:

— O que você está fazendo comigo? Eu sempre soube me controlar.

— Não gostou da experiência? — perguntou ela, desafiadora.

Como resposta, ele a beijou novamente repetidas vezes. Depois, permaneceram abraçados em silêncio, cada um imerso em seus pensamentos.

Arlete rompeu o silêncio:

— Por que resistiu tanto?

Ele suspirou e respondeu:

— Pois suspeitava que, com você, eu corria o risco de me envolver profundamente. Desde que a vi, senti uma forte atração.

— Aconteceu o mesmo comigo.

— Eu saí de um relacionamento doloroso, em que sofri uma desilusão terrível. Não queria passar por isso novamente.

Arlete alisou o rosto dele com carinho:

— Quem lhe garante que acontecerá o mesmo?

— Eu fui traído por uma pessoa em quem confiava a ponto de querer me casar. Ela ia se casar comigo estando apaixonada por outro. Foi terrível!

— Mas é uma situação muito diferente: eu estou apaixonada por você!

Hamilton a beijou novamente várias vezes. Depois, perguntou:

— Você quer ir ao encontro de Rodrigo e de Olívia?

Arlete sorriu e respondeu:

— Não. Prefiro ficar aqui com você. Tenho a impressão de que Rodrigo vai nos agradecer.

— Eu também. E Olívia?
— Também.
Atrás da janela do quarto, Aline espiava-os e, vendo que o carro continuava parado diante da casa, sorriu satisfeita.

CAPÍTULO 24

Rodrigo foi buscar Olívia para irem ao encontro com os amigos, conforme o combinado. Quando ela surgiu, ele conteve a respiração. Ela estava com um vestido de seda verde-garrafa, que tornava mais verdes seus olhos e ressaltava o castanho-dourado de seus cabelos.

A custo, ele conteve sua admiração. Durante o trajeto, conversaram sobre assuntos banais, e, por fim, Olívia tornou:

— Aline está doente e não se encontrará conosco esta noite. Mas Arlete e Hamilton vão.

— O que ela tem?

— Um forte resfriado. Espero que amanhã esteja melhor. Combinamos de sair. Ela quer comprar alguns presentes para levar aos amigos.

— Soube que ela está namorando.

— Está, e parece muito apaixonada. Arlete comentou que ela nunca sentiu pelo marido o que sente por Gino.

— Acredito que ela nunca tenha amado o marido, senão não o teria deixado.

— Ficou aborrecido por saber que ela está gostando de outro? Você era muito amigo dele?

— Se fosse em outros tempos, eu talvez ficasse, mas, hoje, não. Quando Marcelo a conheceu, interessou-se a tal ponto que sua vida passou a girar em torno dela. Foi tão insistente que conseguiu casar, mas ela não se sentia feliz a seu lado.

— Por quê?

— Marcelo era muito apegado, ficava em volta dela mesmo durante o dia, telefonava, controlava tudo o que ela fazia. Isso passou a incomodá-la e acabou matando o interesse dela, que desejou libertar-se dessa fixação.

— Você não está sendo nada gentil com seu amigo.

— É que ele exagerava, e isso não dá certo com ninguém. Quando você ama, não pode sufocar a pessoa amada nem absorver até seus pensamentos, sem que ela tenha liberdade para escolher o que deseja. Ela se cansou e o deixou.

— Agora entendo. Aline sempre comenta que aprecia Gino, porque ele não interfere em seus gostos nem tolhe sua liberdade. Ela cita isso como uma grande qualidade que ele tem e afirma que é por isso que, a cada dia, se sente mais feliz ao lado dele.

— Eu também não gostaria de viver ao lado de uma mulher que colasse em mim, estivesse sempre em volta, sem me dar a liberdade de eu ser o que sou.

— Sei como é isso. Eu fui muito vigiada e controlada por meu padrasto e acabei fugindo de casa. Ninguém aguenta uma coisa dessas.

— Talvez por isso você diz não desejar se casar. Mas, a bem da verdade, devo dizer que nem todos os homens são assim. Eu, por exemplo, respeito a individualidade das pessoas. No dia em que me relacionar seriamente com alguém, permitirei que ela seja o que é e desejo que faça o mesmo comigo. Sem isso, um relacionamento não se mantém.

— Você está solteiro e, pelo visto, também não deseja se casar.

— Aí é que você se engana. Um dia, se encontrar a mulher que eu quero, pretendo me casar e ter filhos. Uma família pode ser a melhor coisa do mundo.

Olívia lembrou-se dos momentos em que seu pai ainda era vivo e sentiu saudades.

— Depende da família — comentou. — Enquanto meu pai viveu conosco, fomos muito felizes. Tivemos momentos de alegria e prazer. Mas, depois que ele se foi e minha mãe se casou novamente, meu tormento começou.

— Minha família mora no interior, e eu sinto muitas saudades de todos. Eles, contudo, não querem vir para cá.

Rodrigo e Olívia chegaram ao restaurante, desceram, entraram e olharam em volta. Arlete e Hamilton não haviam chegado.

— Desta vez, chegamos primeiro. Eu vou cobrar — comentou Rodrigo.

O maître aproximou-se, Rodrigo pediu a mesa e os dois se acomodaram. O lugar era de classe, havia arranjos de flores frescas sobre as mesas e a música era agradável.

Pediram um aperitivo e resolveram esperar os amigos para escolherem o jantar. O conjunto tocava um *blues*, e Rodrigo convidou Olívia para dançar.

Sentindo a proximidade dela, ele se emocionou. Nunca antes sentira tanta atração por uma mulher. Olívia notou o interesse dele, mas fingiu não perceber.

O tempo passava, e Hamilton e Arlete não chegavam. Enquanto esperavam, foram tomando os aperitivos e se entusiasmando com as músicas. Dançavam todas. Por fim, Rodrigo sugeriu:

— Vamos pedir o jantar. Acho que eles não virão.

— É melhor mesmo. Estou me sentindo um tanto aérea.

Sentaram-se, ele fez o pedido, então começou a tocar um samba, e Olívia pegou Rodrigo pela mão:

— Vamos dançar! Essa não dá para perder.

Empolgados, dançaram até o fim. Olívia estava feliz. Esquecera-se de suas mágoas e para ela só havia aquele momento de alegria.

Enquanto dançavam, seus olhos brilhavam radiantes, e seus lábios entreabriam-se em um sorriso. Rodrigo não se conteve, apertou-a de encontro ao peito e encostou os lábios em seus cabelos.

Ela não se afastou, e, quando começou a tocar um bolero, eles continuaram dançando de rosto colado, sentindo o prazer da proximidade e um sentimento doce no coração.

Foi natural o beijo que Rodrigo depositou nos lábios de Olívia, que correspondeu ao gesto. Ele sentiu seu amor crescer diante da possibilidade de ser correspondido e disse baixinho em seu ouvido:

— Eu a amo, Olívia. Você é a mulher que eu quero para ser minha companheira por toda a vida.

Ela afastou-se um pouco, olhando-o fixamente, como se quisesse ler nos olhos de Rodrigo se era verdade o que ele dizia.

— Vamos nos sentar — disse ela, separando-se dele e dirigindo-se à mesa. Rodrigo acompanhou-a e puxou a cadeira para que ela se acomodasse. Depois, sentou-se.

Naquele instante, o garçom trouxe o jantar e colocou-o na mesa auxiliar, apanhando o prato de Olívia para servi-la.

Os dois ficaram em silêncio, esperando que ele se afastasse. Rodrigo olhava-a, tentando descobrir por que ela reagira daquela forma.

Estava mexido, sensibilizado pela emoção que aquele beijo provocara.

— Olívia, o que foi? Você se zangou?

— Não quero falar sobre isso agora.

— Está bem. Vamos comer.

Rodrigo gostava de ser direto e sentia-se inquieto. Era-lhe difícil esperar que ela tocasse no assunto, mas procurou serenar suas emoções. Não estava habituado a descontrolar-se tanto.

Eles comeram em silêncio, não quiseram sobremesa, e Rodrigo tomou um café.

— Vamos embora — pediu Olívia.

— Está bem.

Depois de pagar a conta, eles foram para o carro. Uma vez lá, sentados um ao lado do outro, Rodrigo não se conteve. Segurou a mão dela e disse:

— Olívia, quero saber o que sente por mim. Estou muito emocionado. Tenho por você um sentimento forte, profundo, e receio que não esteja sendo correspondido. Preciso saber. Não posso continuar nessa dúvida que está me atormentando.

Olívia levantou o rosto, e seus olhos estavam cheios de lágrimas.

— Você está chorando! O que aconteceu?

— Eu sinto muito.

— É isso... você não me quer.

— Não. Estou apenas confusa, triste, sem saber o que fazer.

— Olívia, eu a amo! Desejo que seja feliz. Se você não corresponde ao meu afeto, não vou recriminá-la. Ninguém pode forçar o coração. Diga a verdade.

O tom com o qual ele disse isso e o carinho que ela viu em seus olhos fizeram-na chorar ainda mais.

Sem saber por que ela soluçava, ele a abraçou, tentando confortá-la, e esperou que a crise serenasse. Quando Olívia se calou, ele alisou seus cabelos e pediu:

— Fale, Olívia... conte-me o que está machucando seu coração.

Ela não resistiu, contou-lhe tudo o que lhe acontecera na adolescência e finalizou:

— Rodrigo, eu não posso amar. Carrego comigo um ressentimento muito grande e não seria uma boa mulher para você.

Ele tirou o lenço, enxugou os olhos dela e depois respondeu:

— Para mim, só uma coisa importa: você não sente nada por mim?

— Eu o amei desde o primeiro dia, mas reagi. Não queria sofrer e tentei de todas as formas arrancar esse sentimento do meu coração... no entanto, não consegui.

— É isso o que eu queria saber. Para mim, nada mais importa.

— Importa, sim. As feridas do passado ainda doem dentro de mim.

Rodrigo beijou os olhos, o rosto e a boca da moça e, por fim, respondeu:

— Vou ajudá-la a esquecer tudo isso. Juntos, seremos felizes.

— Tem certeza de que é isso o que quer?

— Tenho. Você é a mulher da minha vida.

Os dois trocaram longos beijos e depois, abraçados, foram para o estacionamento. Ele ligou o carro e levou-a para casa.

Olívia entrou em casa emocionada, e em seu coração sentia uma alegria que havia muito não experimentava. Ao dividir com ele suas preocupações quanto ao passado, encontrou como resposta amor, compreensão, alívio e bem-estar e sentiu que se abria uma chance de felicidade pela qual ela não ousara esperar.

A casa estava às escuras, e Olívia foi para o quarto, deitou-se, mas não dormiu logo. Recordou-se dos beijos que havia trocado com Rodrigo, reviveu todos o momentos daquela noite mágica, em que tudo caminhara para que se entendessem, até que, vencida pelo cansaço, finalmente, adormeceu.

Na manhã seguinte, levantou-se bem-disposta, com o rosto corado e sorriso fácil. À mesa do café, Olga, vendo-a, percebeu a mudança e comentou:

— Como você está radiante! Há muito tempo, não a via assim. Você está linda!

Sem poder conter-se, Olívia contou tudo com tal calor que, ao terminar, Olga comentou:

— Que ele estava apaixonado, eu notei, mas temia que você não correspondesse.

— Por quê?

— Considero Rodrigo um excelente rapaz e gostaria de tê-lo como genro, filha. Mas, como você nunca se interessou por ninguém e sempre foi avessa ao namoro, temi que o recusasse. Felizmente, eu estava enganada.

— Estava. Eu gostei dele desde o primeiro dia, mas o passado me atormentava. Eu temia que, quando lhe contasse a verdade, ele não me quisesse. Procurava não me iludir.

— Você foi uma vítima. Qualquer pessoa de bom senso entenderia.

— Ele foi maravilhoso. Carinhoso, amigo.

Olga levantou-se e beijou o rosto da filha com carinho:

— Você merece, minha filha.

Depois do café, Olívia ligou para Aline para saber de sua saúde. O fato de Arlete não ter ido ao encontro a fez pensar que ela poderia ter piorado.

Aline a atendeu com satisfação e respondeu:

— Eu nunca estive tão bem.

— Como assim? Você não estava doente?

— Nunca estive. Eu só queria dar uma mãozinha para Arlete e Hamilton.

Em poucas palavras, Aline contou o bom resultado que haviam obtido. Olívia ouviu tudo e, quando ela terminou, disse:

— Então foi isso. Você quis ajudar Arlete e, sem querer, me ajudou também.

— Como assim?

— Eu e Rodrigo fomos ao restaurante, esperamos Arlete e Hamilton para jantar e, enquanto não chegavam, começamos a tomar uns aperitivos e a dançar sem parar. Ficamos alegres e acabamos nos beijando. Foi uma noite mágica. Estamos namorando.

— Que coisa boa! Eu sabia que Rodrigo estava apaixonado por você e pressenti que era correspondido. Vocês ficam tão bem juntos, entendem-se, e há uma forte afinidade entre os dois. Isso vai dar certo.

— Vai. Eu contei a ele sobre meu passado e recebi muito carinho. Estou feliz.

— Fico contente em saber. Agora, estou me aprontando para ir ao escritório. Tenho que levar alguns documentos assinados. Quer ir comigo?

— Acha que não vou incomodar? É um lugar de trabalho.

— Estou certa de que não. Venha para cá, e iremos juntas buscá-los para o almoço. Será uma alegre surpresa, você verá.

— Está bem. Dentro de meia hora, estarei aí.

As duas despediram-se, e Olívia foi para o quarto retocar a maquiagem. Pegou o carro, apanhou Aline e foram para o escritório.

Lá chegando, deixaram o carro em um estacionamento próximo e saíram caminhando pela calçada até o prédio do escritório. Nessa hora, Olívia ouviu uma voz chamando-a:

— Olívia! É você?

Elas olharam, e Márcio estava parado na frente delas. Foi então que ele notou Aline, perdeu o jeito e empalideceu.

Olívia respondeu sorrindo:

— Márcio?

Ele olhava-as estupefato, sem saber o que dizer. Aline notou e tentou quebrar o gelo:

— Como vai, Márcio?

Ainda chocado, ele balbuciou:

— Bem. Eu não sabia que você tinha voltado. Sua mãe não me contou.

Ele estava embaraçado e tentou fingir que não vira Aline. Não podia entender como as duas poderiam estar juntas.

Aline pensou que ele houvesse se referido a Dalva e perguntou:

— Você foi falar com minha mãe?

— Não estou falando com você. Estou me referindo à dona Olga.

— Mas foi bom termos nos encontrado — tornou Aline, olhando firme nos olhos dele. — Eu queria mesmo conversar com você e com seus pais.

— Para quê? Nós não temos nada a dizer um ao outro. O que você fez não tem perdão. Meu irmão morreu por sua causa. E é melhor não ir falar com meus pais, pois eles não vão recebê-la.

Olívia interveio:

— Vocês precisam dar uma chance para Aline se explicar. Não podem julgar os fatos sem ouvi-la.

— Você parece estar do lado dela. Sabe-se lá a história que lhe contaram. A verdade é que ela matou meu irmão.

Os olhos dele brilharam rancorosos, e Aline sentiu um arrepio desagradável percorrer seu corpo.

— Vou entrar, Olívia. Espero-a lá dentro.

— Vou com você. Olhe, Márcio, você está sendo injusto. Foi um acidente. Agora, preciso ir. Em outra hora, conversaremos. Faço questão de voltar ao assunto.

Ela seguiu Aline, que havia entrado no prédio, e Márcio ficou olhando-a desaparecer, sentindo renascer o ódio que guardava no coração.

Ele precisava descobrir por que as duas estavam juntas. O que teria acontecido? Certamente, estavam indo à empresa da qual ele se considerava espoliado.

Precisava descobrir tudo. Márcio distanciou-se, procurou um lugar onde ninguém o visse e decidiu esperar.

Meia hora depois, ele viu Aline ao lado de Arlete, que estava de mãos dadas com Hamilton. Mais atrás, Olívia caminhava de braços dados com Rodrigo.

Márcio sentiu seu ódio aumentar. Não queria ser visto. Entrou na farmácia próxima e escondeu-se atrás da coluna. Viu quando o grupo passou pela porta da farmácia e Rodrigo e Olívia trocando olhares amorosos. Notou que ele beijara os cabelos dela, revelando certa intimidade que o fez sentir-se mais amargurado.

Rodrigo estava se revelando pior do que a própria Aline. Por isso estavam se entendendo bem. Além de se derreter com a família daquela assassina, ainda lhe roubara o amor de Olívia.

Por que Rodrigo tinha de vencer em tudo, enquanto ele era o perdedor? Não podia se conformar. Queria saber mais. Começou a segui-los a distância e, cada vez mais, percebia o romance entre Olívia e Rodrigo.

Isso não podia ficar assim. Desde que Olívia fora embora, de tempos em tempos, ele passava diante da casa dela na esperança de vê-la de volta.

Quando a moça estava fora, de vez em quando ligava para a casa de Olívia pedindo notícias. Ficou sabendo da morte de Gilberto e foi ao enterro, na esperança de que ela estivesse lá.

Quando Olívia teria chegado? Desde quando estaria se relacionando com Rodrigo? Ele havia deixado vários recados, pedindo que, quando chegasse, lhe ligasse, mas ela não o fizera.

O culpado era Rodrigo, que se interpusera entre os dois.

Eles entraram no restaurante, e Márcio continuou observando-os discretamente.

Todos conversavam, riam felizes, esquecidos da morte de Marcelo, do sofrimento de seus pais, como se nunca houvesse acontecido nada.

Era revoltante. Olívia debruçava-se sobre Rodrigo, com os olhos brilhantes de amor, e derretia-se cheia de amabilidades com Aline.

Márcio sentia a boca amarga, o estômago queimando. Ele não podia permitir que isso continuasse. Seu irmão estava morto, não podia se defender, mas ele estava ali, vendo tudo, e haveria de encontrar uma forma de eles pagarem pela maldade.

Quando terminaram de almoçar, saíram e foram caminhando devagar até o prédio do escritório. Entraram, e Márcio continuou esperando-os do lado de fora.

Demorasse o quanto demorasse, ele não poderia sair dali. Tinha de saber o que estava acontecendo. Como Olívia fora relacionar-se com Aline e Rodrigo?

Meia hora depois, rindo e conversando, Olívia e Aline saíram do prédio e caminharam até o estacionamento. Apanharam o carro e se foram.

Só depois disso, Márcio foi para sua casa. Vendo-o entrar, Ivone notou logo que ele estava bastante transtornado:

— Você demorou para vir almoçar. Eu estava preocupada. Aconteceu alguma coisa? Você está com uma cara...

— Aconteceu sim. Aquela assassina está de volta.

— Isso não é novidade.

— Nós nos encontramos na rua. Lembra-se de Olívia, aquela moça que conheci no terreiro de Pai José?

— Aquela que você queria namorar e viajou?

— Sim. Ela voltou, estava com Aline e, o que é pior, pendurada no braço de Rodrigo, que estava todo derretido e amável.

— Eu sabia que aquela história de Rodrigo gostar de nós e só aceitar Arlete na empresa, porque ela estava representando a irmã, era uma tremenda mentira. Ele quis ficar do lado deles. Nós fizemos bem em cortar relações com aquele rapaz. Ele já conhecia Olívia antes de ela viajar?

— Não.

— Como estavam juntos, então?

— Isso eu também gostaria de saber. Além de entregar os bens de Marcelo a Aline, agora Rodrigo roubou a única garota que eu queria namorar. Desde que ela se foi, eu esperava ansioso que ela voltasse. Como ele teve tempo de passar na minha frente?

— Talvez não estejam namorando.

— Eu vi como eles se tratavam. Ela parecia muito interessada nele.

— Ela viu você?

— Nós nos encontramos na rua. Eu não tinha percebido que era Aline quem estava com ela. Chamei Olívia, e elas pararam. Foi nesse momento que vi Aline. Perdi o jeito.

— E ela?

— Cumprimentou-me, disse que havia muito queria falar comigo para explicar tudo e que, antes de ir embora, viria procurar você e o papai para conversar. Respondi que seria inútil, porque vocês não iriam recebê-la.

— Pois eu gostaria muito de ficar frente a frente com ela e poder dizer-lhe tudo o que tenho vontade.

— Não foi o que pensei. Seja o ela disser, isso não vai trazer Marcelo de volta nem amenizar a dor que sentimos. Portanto, é melhor que ela não apareça.

— Você precisa esfriar a cabeça, ir procurar Olívia e conversar com ela. Talvez você esteja enganado. É possível que ela não tenha nada com Rodrigo e esteja esperando que você se declare.

— Não creio. Ela nunca olhou para mim do jeito que olhava para ele. Mas, mesmo assim, não me darei por vencido. Vou procurá-la, afinal, somos amigos, e Olívia sempre me tratou muito bem. Não há razão para eu me manter distante. Ela me pediu que a procurasse.

— Assim é que se fala. Se quer conquistar essa garota, precisa lutar. Você é um moço bonito, cheio de qualidades, formado, bem empregado. Não perde nada para aquele traidor do Rodrigo.

— É o que farei. Agora, quero almoçar rápido, porque estou em cima da hora para voltar ao escritório.

Imediatamente, Ivone apressou-se a servir o almoço ao filho, que, enquanto comia, não conseguia esquecer as cenas que presenciara momentos antes.

CAPÍTULO 25

Naquela noite, reunida com Arlete e os pais, Aline comentou sobre o encontro que tivera com Márcio e finalizou:

— Apesar de Márcio haver dito que os pais dele não querem me ver, sinto vontade de tentar conversar com eles.

— Para quê? — indagou Dalva. — Eles não querem ouvi-la. Tudo o que você disser não vai adiantar nada.

— É perda de tempo — comentou Mário.

— Mesmo assim, gostaria de tentar. Eu me sentiria melhor se eles entendessem por que fui embora.

— Você disse que a atitude de Márcio foi agressiva, prova de que eles continuam com raiva de todos nós — comentou Arlete. — Além de perder tempo, você vai se aborrecer ainda mais.

Aline calou-se. Márcio sempre foi muito ligado a Marcelo e carinhoso com ela. Naquela tarde, quando se encontraram, notou logo sua expressão triste, seu olhar rancoroso, muito diferente do menino que ela conhecera, dócil e de expressão leve.

Estava claro o quanto ele sofrera com a morte do irmão e o quanto se atormentava, acreditando que ela era culpada.

Apesar da atitude raivosa de Márcio, ela sentia-se penalizada. A tragédia inesperada fizera-o perder a paz e afundar na amargura, no ódio, o que poderia ter consequências desastrosas.

Ao analisar os fatos, Márcio, em vez de procurar saber a verdade, entrara no julgamento, atirando a culpa da morte do irmão sobre Aline, o que não era verdade.

A princípio, ela também se sentira um tanto culpada e conversara sobre isso com o doutor Morris, seu orientador espiritual no Instituto Ferguson. Ele respondera:

"— Você não tem culpa de nada. Foi seu marido quem provocou os fatos que o vitimaram. Primeiro, por agarrar-se a você, sufocando-a, o que causou uma reação que considero saudável: tentar libertar-se. Era um direito seu."

"— Mas ele não entendeu."

"— Você se libertou. O desespero de seu marido em correr atrás de você para impedi-la de embarcar denota o medo que ele sentia de perder a muleta. Tanto que pretendia ficar ao seu lado até depois de morto."

"— Mas o acidente ocorreu porque eu o deixei."

"— Não, Aline. O acidente ocorreu, porque ele estava com tanto medo que acabou provocando o acidente. Sossegue seu coração. Você não tem culpa de nada. Ele fez tudo sozinho."

Pensando melhor, Aline concordou e, desde esse dia, analisando as atitudes de Marcelo durante o noivado e o casamento, ela percebeu que, de fato, o fracasso de seu casamento se devia a ele, por causa de seu apego.

Quanto mais pensava, Aline mais percebia o quanto as atitudes do marido incomodavam-na. Ela era uma pessoa livre, cheia de ideias, mas ele, apesar de parecer amigo, só aceitava as ideias que a mantivessem colada a ele.

Sentia vontade de conversar com Márcio, com os pais de Marcelo, mas, do jeito que eles estavam, como conseguiria fazê-los enxergar a verdade? Seria melhor esperar que o tempo passasse e um dia ela pudesse encontrá-los melhor.

✶✶✶

Faltavam cinco dias para Aline voltar a Miami. Ela comprara presentes para os amigos e alguns especiais para Gino.

Havia contado aos pais que estava namorando, mas não lhes disse que era sério para não preocupá-los. Eles não estavam preparados ainda para vê-la em outro casamento.

Com Arlete, contudo, ela confidenciava que estava muito apaixonada por Gino e pretendia passar o resto da vida ao lado dele.

Márcio, no dia seguinte ao encontro com Olívia e os amigos, ligou para ela, que o atendeu alegre. Depois dos cumprimentos, ele tornou:

— Eu gostaria de conversar com você.

— Ótimo. Venha tomar um chá conosco esta tarde.

— A que horas?

— À hora que quiser. Estarei esperando.

Márcio desligou e cuidou de se arrumar muito bem. Havia comprado um carro novo, e isso o fez sentir-se melhor. Não foi trabalhar depois do almoço e, antes das quatro, estava tocando a campainha da casa de Olívia.

Ela recebeu-o com carinho e conduziu-o para dentro. Olga cumprimentou-o educadamente, acompanhou-os à sala de estar e, depois de conversar durante alguns minutos, deixou-os sozinhos.

Sentados um ao lado do outro no sofá, Márcio comentou:

— Desculpe-me. Ontem, eu fiquei desconcertado quando a vi com Aline. Nunca imaginei que vocês se conhecessem.

— Nós nos conhecemos em Miami. Fui morar ao lado da casa dela, e nos tornamos amigas. Viajamos juntas para o Brasil. Ela vai voltar para Miami dentro de mais alguns dias.

— Você fica, não é?

— Sim. Eu fui embora porque não me dava bem com meu padrasto. Você sabe. Mas ele não está mais aqui. Voltei porque não quis deixar minha mãe sozinha. Eu estava com muitas saudades.

— Eu também. Enquanto você esteve fora, eu, de vez em quando, procurava saber notícias. Senti muito sua falta.

— Eu precisava ir embora, e isso foi muito bom. Aprendi a viver sozinha, trabalhei para me manter. Foi uma experiência muito positiva.

Márcio calou-se durante alguns segundos, hesitou um pouco e depois perguntou:

— Você conhece Rodrigo há muito tempo?

— Desde que voltei ao Brasil. Aline me apresentou a ele.

— Ele foi sócio de meu irmão.

— Eu sei. Ele me contou.

— Talvez Rodrigo não tenha lhe contado que, depois da morte de Marcelo, minha família e eu rompemos com ele.

— Não. Ele não me disse nada.

— Pensei que ele houvesse contado a história a seu modo.

— Ele jamais faria isso. Além disso, a vida dos outros não nos diz respeito.

— Ele agiu mal conosco. Era como um irmão de Marcelo, mas, depois que ele morreu, virou para o lado dos nossos inimigos. Aproximou-se de Arlete, frequenta a casa dos pais de Aline, é todo amável com eles e nunca se interessou em nos ajudar a recuperar a herança de meu irmão.

Olívia não se conteve:

— Vamos mudar de assunto, Márcio. Não gosto que fale mal de Rodrigo, pois ele não está aqui para se defender.

— Você o defende. Bem que notei que vocês estavam muito ligados.

— Estamos namorando.

Márcio empalideceu e perguntou:

— Você dizia que não queria se casar, mas mudou de ideia?

— Márcio, eu o aprecio. Você me ajudou em um tempo em que eu estava sofrendo muito, foi meu amigo, mas isso não lhe dá o direito de investigar minha vida ou comentar minhas decisões.

Márcio mordeu os lábios e conteve o ímpeto que sentia de gritar sua raiva, sua decepção.

— Desculpe-me. Eu esperava ansiosamente sua volta, imaginando que, quando voltasse, nós pudéssemos reatar nossa amizade.

— Nada nos impede de continuarmos amigos.

— Mas eu esperava muito mais.

— Sinto muito. Eu só posso lhe oferecer minha amizade.

— A culpa é de Rodrigo! Se ele não houvesse atravessado meu caminho, você aceitaria meu amor.

— Você está sendo injusto. Ele nem sequer sabia que nos conhecíamos.

— Você ainda o defende. Não posso entender.

Olívia colocou sua mão sobre a dele e disse com carinho:

— Eu gosto de você, Márcio. Mas amor é um sentimento que nasce espontaneamente e que não pode ser forçado. O que sinto por você é gratidão, amizade. Apenas isso. Ninguém tem culpa. Essas coisas acontecem.

Márcio baixou a cabeça, tentando dissimular a raiva. Como ela podia ser tão ingrata? Ele ficara noites sem dormir, imaginando o reencontro quando ela voltasse, idealizando cenas de amor, nas quais ambos se entregavam à paixão.

Ele tinha isso como certo. Não podia aceitar que estivera enganado esse tempo todo. Ao mesmo tempo, sentiu que seria melhor não discutir. Respondeu com voz que procurou tornar calma:

— Lamento que você não me ame. Tenho por você um sentimento verdadeiro e sincero. Mas, como você mesma diz, não se pode forçar o amor.

Olívia sentiu-se aliviada, estendeu a mão e propôs:

— Amigos?

— Amigos — respondeu ele, apertando a mão que ela lhe oferecia.

Depois, Márcio mudou de assunto, perguntando sobre a vida em Miami, as experiências que ela tivera, e contou que fora promovido no trabalho e comprara um carro zero.

Olga chamou-os para o chá, e a conversa generalizou-se. Passava das seis quando Márcio deixou a casa de Olívia.

Estava amargurado, triste, decepcionado. Não podia aceitar aquela situação sem fazer nada. Precisava tirar Rodrigo do seu caminho, mas como?

Pensou no terreiro de Pai José, no entanto, ele não conseguira cumprir o que prometera. Márcio já gastara muito dinheiro, ainda estava pagando o empréstimo da tia e, tanto Arlete como Rodrigo continuavam bem, nada lhes havia acontecido.

Pelo visto, Pai José não tinha força nenhuma. Ele precisava arranjar um lugar mais forte, que funcionasse de fato. Mas onde?

Naquele momento, dois vultos envolveram-no. Márcio não os viu, mas sentiu alguns arrepios.

Um deles lhe disse ao ouvido:

— Não se preocupe. Nós vamos ajudá-lo a encontrar o lugar certo.

— Isso mesmo — comentou o outro. — Nós conhecemos um lugar que funciona.

"Estou certo de que vou encontrar", pensou Márcio.

— Vai mesmo. Vamos ajudá-lo.

Os dois vultos riram satisfeitos. Havia muito eles esperavam a chance de envolvê-lo, sem, contudo, conseguir. Agora, o próprio Márcio favorecera essa oportunidade.

Ele chegou em casa pensando no assunto. Ivone, vendo-o, notou logo que o filho não estava bem.

— O que foi? Você parece aborrecido.

— E estou mesmo. Fui visitar Olívia e fiquei decepcionado. Ela e Rodrigo estão namorando.

— É verdade mesmo?

— Sim. Eu falei das minhas intenções, e ela, delicadamente, respondeu que o que sente por mim é apenas amizade. Não posso aceitar isso. Eu gosto muito dela.

— O que pensa fazer?

— Não sei... Pensei em ir ao terreiro de Pai José, mas...

— Isso não funcionou para nós. Gastamos aquele dinheiro à toa, e ele não fez nada.

— Isso mesmo. Mas não conheço nenhum outro lugar.

— Pois eu sei. Malvina me contou que a comadre dela descobriu que o marido a estava traindo. Foi a esse lugar, fez o trabalho, a outra passou mal, mudou até de cidade, e o marido voltou para casa, com o rabo entre as pernas, todo arrependido. É de um lugar assim que precisamos.

— Eu sabia que ia encontrar. Peça a ela o endereço, mãe. Vou até lá o quanto antes.

Uma hora depois, Ivone entregou a ele um papel e disse:

— Esse é o endereço. É uma mulher muito poderosa, que tem um grupo que trabalha com ela. Disse que o preço não é caro.

Márcio apanhou o papel, leu e disse:

— Vou lá hoje mesmo. A que horas abre o centro?

— Não é um centro. Não tem hora certa. Você telefona e combina a hora.

Márcio foi direto ao telefone, ligou, e a pessoa quis saber quem a havia indicado. Ele respondeu, e a mulher marcou para dali a meia hora.

Os dois vultos comemoraram satisfeitos. Márcio estava nervoso, lavou o rosto para se acalmar, penteou os cabelos e procurou Ivone:

— Mãe, eu já vou.

— Cuidado, meu filho. Se ela quiser cobrar muito, seu pai não vai querer dar o dinheiro e não teremos como pagar.

— Você não disse que era barato?

— Malvina disse que era, mas nunca se sabe. Chega de fazer dívidas.

— Pode deixar. Sei o que estou fazendo.

Uma vez no carro, Márcio consultou o papel, procurou o endereço no guia e, depois de localizar, foi até lá.

Vinte minutos depois, estava diante da casa, que, apesar de antiga, estava bem-cuidada.

Márcio tocou a campainha e foi atendido por uma moça morena:

— Quero falar com dona Rosa. Meu nome é Márcio. Ela está me esperando.

— Pode entrar.

Ele entrou. Foi conduzido até uma sala, e a moça bateu delicadamente na porta antes de abri-la.

A sala estava na penumbra, e havia no ar um cheiro de ervas, misturado a um perfume forte. Nas paredes, quadros de gráficos diferenciados, um console com imagens de santos, um rosário pendurado em uma cruz de madeira, muitas velas coloridas e, ao fundo, uma mesa forrada com um pano vermelho, iluminada apenas por um abajur de luz também vermelha. Atrás da mesa, uma mulher de meia-idade o esperava, vestida com um manto bordado de pedrarias, tendo na cabeça um turbante de veludo verde. Tinha o rosto oval e grandes olhos escuros e penetrantes.

Impressionado com o ambiente, Márcio estava hesitante:

— Entre — pediu ela, apontando uma cadeira em frente à mesa. — Sente-se.

A voz da mulher era grave, e ele obedeceu. Ela continuou:

— Não precisa me dizer nada. Eu sei tudo. — A mulher colocou na frente dele um baralho e pediu: — Corte com a mão esquerda.

Márcio obedeceu. Com as mãos cheias de anéis, a mulher começou a dispor as cartas na mesa, fazendo tilintar as várias pulseiras que tinha nos pulsos.

Depois, olhou nos olhos de Márcio e disse:

— Você veio aqui por causa de uma mulher.

— É verdade.

— Você a quer, mas ela gosta de outro.

— Isso mesmo. Esse outro está sempre no meu caminho.

— Eles querem se casar.

— Isso não! — protestou ele.

— Eles vão se casar. O destino deles está marcado. Melhor seria que você desistisse de fazer o que deseja.

— Não posso! Ele era sócio de meu irmão, que morreu, e amigo da família. Agora, virou nosso inimigo, não vai mais à nossa casa. E, por último, roubou a mulher que eu amo.

Rosa estremeceu, e sua mão deixou cair o maço de cartas que ela segurava. Seus olhos fecharam-se, ela suspirou, e seu rosto transformou-se. A voz da mulher estava mais grave quando disse:

— Márcio, há muito desejava falar com você! Sou eu, Marcelo. Finalmente, podemos conversar!

Márcio empalideceu, começou a tremer e balbuciou:

— Não pode ser... Como ela sabe o nome dele?

— Ela não sabe. Sou eu, Marcelo, quem está falando com você. Não tenha medo. Ouça o que preciso lhe dizer.

Márcio tremia, mas, ao mesmo tempo, brotou em sua garganta um soluço que ele não conseguiu conter.

— Você sentiu minha falta, eu sei. E acredite que eu também sinto muita saudade de você e de nossos pais. Sei que você ainda não aceitou minha morte, mas acredite que eu tinha de passar por tudo o que passei. Eu tinha que morrer da forma como morri.

— Aline foi a culpada! — disse Márcio.

— Não. Aline não teve culpa de nada. Vocês estão enganados. Ela precisava seguir o caminho dela e eu, o meu. O único responsável pelo que me aconteceu fui eu mesmo. Errei e com isso programei minha lição. Aprendi muito e sei que fui eu quem não soube lidar com Aline. Eu estava errado. Eu a sufoquei, e ela não aguentou.

— Não pode ser. Você sempre foi muito bom para ela. Fez tudo para agradá-la. Aline foi ingrata.

— Não, Márcio. Aline estava certa. Eu não lhe dava paz nem liberdade para ela fazer o que veio fazer. Eu estava tolhendo o caminho dela.

— Você a amava.

— O que eu sentia por ela não era amor; era apego. E apego não faz bem a ninguém. Ela se libertou, e com isso eu também me libertei.

— Quer dizer que ela o ajudou?

— Aline procurou o caminho dela, e com isso eu encontrei o meu. Essa é a verdade. É por isso que estou aqui, falando com você.

— Eu fiquei perdido sem você.

— Eu assumo também essa culpa. Sempre resolvi seus problemas e não o ensinei a fazer isso sozinho. Quando vim embora, você ficou perdido, mas quero lhe dizer que você é uma pessoa de valor.

— Não creio.

— É verdade. Você está vendo os fatos de uma forma errada, Márcio. Por causa disso, tem tido tantos pensamentos de vingança, de rancor, e isso pode levá-lo a muito sofrimento. Vim aqui para alertá-lo, para contar-lhe a verdade e pedir que não julgue ninguém. Você é um rapaz de bons sentimentos e não pode se deixar envolver por esses pensamentos ruins.

Márcio não suportou mais. Os soluços brotaram fortes, e ele chorou toda a sua dor.

Rosa levantou-se e começou a passar a mão sobre a cabeça de Márcio com carinho. Quando ele finalmente parou de chorar, ela passou a mão pela testa dele e disse sorrindo:

— Então, meu querido, está pronto para outra?

Márcio não conteve a emoção. Esse era o gesto que Marcelo sempre fazia, dizendo a mesma frase, sempre que ele tinha um problema e os dois conversavam.

Márcio sentiu que era Marcelo mesmo quem estava ali, num verdadeiro milagre, conversando novamente com ele. Sem conter-se, Márcio levantou-se, abraçou Rosa e disse:

— É você, Marcelo! Eu sei que é você.

— Sou eu. Agora, preciso fazer-lhe um pedido.

— Faça. Farei tudo o que disser.

— Quero que deixe de lado esse rancor e vá conversar com Aline. Diga-lhe que estou bem e que encontrei minha verdadeira felicidade aqui. Que desejo a Aline que ela seja sempre muito feliz e que, um dia, ainda conversaremos novamente, porque a vida continua depois da morte.

— Quer mesmo que eu lhe diga isso?

— Sim, e quero também que conte tudo o que conversamos aos nossos pais. Gostaria muito que eles procurassem o Rodrigo e a família de Aline para desfazer esse mal-entendido.

— Não sei se vão aceitar.

— Vão sim. Conte tudo o que eu disse.

— Mas Rodrigo me roubou a mulher que eu amo.

— Ela está no destino dele, não no seu. Tenha paciência e espere, porquanto vai aparecer a mulher que lhe está destinada e que o fará muito feliz. Aceite a realidade, cuide melhor de si e fique em paz. Não queira mudar os fatos da vida. Com isso, você pode estar impedindo a felicidade que a vida lhe reserva e mergulhando na dor. Prometa que fará tudo isso.

— Está bem. Você disse, eu aceito. Farei tudo como você pediu.

— Esse é meu querido Márcio, que sempre continuará em meu coração. Saiba que, apesar de não poder me ver, estarei sempre ao seu lado para lhe inspirar coisas boas, para que possa ser mais feliz. Diga a nossos pais que continuo vivo e os amando como sempre. Agora, preciso ir. Adeus.

Rosa estremeceu e teria caído se Márcio não a segurasse. Ela passou a mão pela testa, olhou em volta e depois se deixou cair na cadeira assustada:

— O que aconteceu aqui?

— Não se lembra?

— Não. Perdi os sentidos. Como eu estava em pé ao seu lado?

— A senhora recebeu o espírito de meu irmão Marcelo. Ele conversou comigo. Muito obrigado. Nunca pensei que isso pudesse me acontecer.

— Meu Deus! Aconteceu novamente! Fazia muito tempo que eu não perdia os sentidos. Desculpe-me, vamos continuar.

— Não, senhora. Muito obrigado. Já recebi muito mais do que vim procurar. Serei sempre muito grato à senhora por esta noite. Deus a abençoe.

Márcio levantou-se, perguntou quanto devia à mulher, que respondeu:

— Não posso lhe cobrar nada. Pode ir em paz.

Ele saiu aliviado, eufórico, querendo ir logo para casa contar aos pais o que havia acontecido. Lá fora, os dois vultos quiseram aproximar-se dele, mas não conseguiram. Um comentou:

— O que aconteceu com Rosa? Por que tinha esses guardas na porta? Nunca vi uma coisa dessas! Além de não nos deixarem entrar, ainda nos jogaram longe.

— E agora nos impedem de seguir com ele. Reparou como ele estava com uma luz no peito?

— Eu vi. É melhor irmos embora. Dessa vez, não conseguimos nada. Não quero lidar mais com ele.

— Nem eu. Vamos embora.

CAPÍTULO 26

Eufórico, Márcio entrou no carro. Tinha pressa de ir para casa contar a novidade aos pais. Sentia no peito uma alegria que nunca sentira depois da morte de Marcelo.

Ao entrar em casa, encontrou os pais conversando na sala. Ivone levantou-se e notou logo que ele estava diferente.

— Foi bom encontrá-los juntos. Tenho uma novidade.

— Vamos conversar na cozinha — disse Ivone. — Eu fiz um bolo e quero que experimente.

— Depois, mãe. O recado que tenho é para os dois.

— Recado? De quem? — indagou João, levantando os olhos do jornal.

— De Marcelo.

— O que há com você, enlouqueceu? Ele está morto.

— Não, pai. Eu conversei com ele.

— Como assim? — indagou Ivone.

— Vou lhes contar. Sente-se, mãe.

Ivone obedeceu, Márcio sentou-se também e começou a falar, primeiro de sua revolta e dos motivos que o levaram a procurar Rosa.

Nesse momento, os espíritos de Marcelo e Mirela entraram e postaram-se ao lado de Márcio, que, emocionado, começou a relatar o que conversara com o irmão.

Marcelo ficou ao lado dos pais, enquanto Mirela permanecia ao lado de Márcio. Os dois vibravam luz para que aquelas pessoas pudessem perceber a verdade.

À medida que Márcio falava, seus pais emocionavam-se, e lágrimas rolavam de seus olhos. Eles sentiam uma saudade muito forte do filho querido.

Ouvindo seu recado, era como se ele estivesse ali, de novo, para restabelecer a paz que eles haviam perdido desde sua trágica morte.

Márcio finalizou:

— Marcelo me deu provas de que era ele mesmo quem estava falando por meio daquela mulher. Falou seu nome, o de Aline, fez comigo uma brincadeira que costumava fazer desde quando eu era criança. Depois, senti que ele estava ali. Era ele, mãe! Eu sei que era ele!

Os três, emocionados, se reuniram em um abraço, e, tanto Marcelo como Mirela juntaram-se a eles. Permaneceram assim durante algum tempo.

Depois, João disse sério:

— Temos de fazer o que ele pediu. Nós erramos e precisamos pedir desculpas a Rodrigo e Aline.

— Não sei como fazer isso. Ela pode não nos receber — comentou Ivone.

— Não creio. Quando nos encontramos, Aline disse que desejava conversar conosco. Não parecia estar com raiva — esclareceu Márcio.

— Precisamos ver Aline antes que ela volte para os Estados Unidos — comentou João.

— Amanhã mesmo, irei à casa dela para conversar e contar-lhe o que aconteceu — disse Márcio.

— Faça isso, meu filho. Vamos ver como ela reage.

Durante algum tempo, eles continuaram conversando, e tanto João como Ivone não se cansavam de pedir a Márcio que repetisse as palavras de Marcelo.

☙❦☙

Na manhã seguinte, Aline acordou cedo pensando no estranho sonho que tivera. Nele, Marcelo aparecera com um rosto um pouco diferente do que ele tinha, mas ela sabia que era ele. Estava de mãos dadas com uma linda mulher, haviam conversado, porém Aline não se recordava sobre o quê.

Só poderia ter sido uma fantasia. Aquele encontro, contudo, lhe parecera tão real que, durante todo o dia, ela não conseguiu esquecê-lo.

À tarde, o telefone tocou, e ela atendeu.

— Aline?

— Sim.

— É Márcio. Aconteceu uma coisa, e eu preciso conversar com você. Posso passar em sua casa agora?

— Claro.

— Obrigado. Dentro de alguns minutos, estarei aí.

Aline desligou o telefone, admirada. O que teria acontecido para fazê-lo mudar tanto? Ele estava tão zangado, mas agora se mostrara quase amável.

Dalva entrou na sala e perguntou:

— O que você está fazendo aí perto do telefone com essa cara de susto? Quem ligou?

— Márcio. Ele está vindo aqui para conversar comigo e não parecia estar zangado! Disse que aconteceu uma coisa. O que será?

— Seja lá o que for, deve ter sido alguma coisa boa. Para ele mudar...

— É. Vamos esperar.

Quando a campainha tocou, Aline foi abrir a porta. Ela notou que Márcio estava acanhado, fingiu não perceber e sorriu:

— Entre, Márcio. — Aline conduziu-o à sala, designou um sofá para que ele se sentasse e depois se sentou ao lado dele.

Márcio respirou para tomar coragem e começou:

— Sofri muito com a morte de meu irmão. Fiquei revoltado. Ele era meu companheiro, meu amigo...

— Eu me lembro como vocês se queriam bem.

— Meus pais também sofreram muito. Ainda não se recuperaram dessa perda.

— Eu sei disso. Todos nós sofremos. Minha família também sentiu a morte dele.

— Mas nós ficamos revoltados, colocamos a culpa em você, ficamos com muita raiva até da sua família, porém, aconteceu um fato ontem que mudou tudo isso.

— Fale, Márcio. O que aconteceu?

Ele estava comovido, respirou fundo e continuou:

— Você precisa saber a verdade. Eu estava com muita raiva do Rodrigo, porque descobri que ele e Olívia estão namorando. Havia algum tempo, eu estava apaixonado por ela, esperando ansioso que ela voltasse. Não me conformei com o namoro deles, principalmente por Rodrigo haver me roubado Olívia. Então, decidi ir a uma mulher para fazer um trabalho e separar os dois.

Ele se calou, e Aline notou que estava com dificuldade de prosseguir:

— Continue.

— Não é fácil fazer uma confissão dessas, mas estou disposto a dizer a verdade.

— Não estou aqui para julgá-lo. Fale sem receio.

— Obrigado. Deram-me um endereço ontem à noite, e eu fui à procura dessa mulher. — Márcio, então, passou a relatar o encontro com o espírito de Marcelo. Aline ouvia com atenção e não conteve as lágrimas. Ele não omitiu nenhum detalhe e finalizou: — Fiz o que ele me pediu: contei tudo o que aconteceu a meus pais, e nós percebemos a injustiça que estávamos fazendo com todos vocês. Estou aqui para lhe pedir que nos perdoe. Você não teve culpa de nada.

Aline levantou-se e abraçou-o com carinho, depositando um beijo em sua testa:

— Abençoado seja o Marcelo por ter vindo lhe contar a verdade. Eu fiquei muito triste com a atitude de vocês. Desde que cheguei ao Brasil, eu estava pensando em procurá-los para falar dos meus sentimentos. Meu amor pelo Marcelo acabou, mas ele não quis entender isso. Eu não podia continuar em um relacionamento, fingindo o que não sentia. Por causa disso, fui embora. Tenho para com Marcelo um respeito muito grande, e foi exatamente por isso que o deixei. Pensei que ele sofreria no começo, mas que, depois, encontraria outra mulher que o amasse como merece.

— Não se pode forçar o amor. Eu amo Olívia, estava disposto a lutar para conquistá-la, ainda que usasse meios escusos para isso, mas Marcelo fez-me compreender que eles estavam destinados um ao outro e eu precisava esquecê-la.

— Ele está certo. Os dois se atraíram desde o dia em que se conheceram. Foi algo muito forte. Mesmo que você conseguisse o que pretendia, não seria feliz com ela. A vida sabe o que faz. Seu destino é outro.

— Entendi isso. Mas é bom saber que você não está com raiva de nós pelo mal que lhe fizemos.

— Não. Dentro de alguns dias, irei embora, mas pretendo visitar seus pais, abraçá-los antes de ir embora.

— Vá mesmo. Você será muito bem recebida.

— Eu telefonarei avisando.

Márcio levantou-se para se despedir, mas parou porque Dalva entrou na sala trazendo uma bandeja. Tinha os olhos úmidos e notava que havia chorado. Ela colocou a bandeja sobre a mesinha e, voltando-se para Márcio, tornou:

— Você não vai embora antes de tomar um chá e comer um pedaço daquele bolo de que você gostava tanto. Ontem, quando eu o fiz, pensei muito em você.

— Obrigado, dona Dalva. Eu aceito.

Dalva o serviu, Aline quis uma xícara de chá, e eles falaram de outros assuntos. O ambiente tornara-se leve e agradável.

Depois que Márcio se foi, Aline comentou:

— Mãe, eu havia lhe falado sobre o que tenho aprendido sobre espiritualidade e vida após a morte. Vocês ouviram, mas tinham suas dúvidas. Depois do que aconteceu hoje, penso que elas acabaram.

— Eu estava na sala ao lado e ouvi tudo o que conversaram. Fiquei arrepiada. Nunca pensei que o espírito de Marcelo voltaria para nos defender. Eu pensava que, se ele estivesse realmente vivo no outro mundo, estaria com raiva de todos nós. Mas não. Ele não só nos defendeu, como justificou seus motivos.

— Uma frase dele deixou-me aliviada: "O que eu sentia por ela não era amor, era apego. Ela se libertou e com isso eu também me libertei". Marcelo descreveu o que eu sempre senti, mas não sabia explicar.

— Estou feliz que seja assim. Por que você não volta definitivamente para casa? Agora tudo está bem.

— Não, mãe. Eu gosto da minha vida em Miami e quero viver lá um pouco mais. Mas tenho certeza de que algum dia voltarei para ficar.

— Esperaremos você de braços abertos. Estou ansiosa para seu pai chegar a fim de contar-lhe o que aconteceu. Ele vai ficar satisfeito.

— Sei disso. Agora vou até a empresa conversar com Arlete e Rodrigo. Eles também vão gostar.

Aline foi se arrumar. Saiu e, em pouco tempo, chegou à empresa. Vendo-a entrar, Arlete sorriu:

— Que bom que você veio. Assim, poderemos ficar mais juntas. Estou começando a ficar com saudades. Faltam poucos dias para você ir embora, e quero aproveitar sua companhia em todos os minutos que puder.

— Vocês também podem ir para Miami.

— É o que estou pensando fazer.

— Agora você está muito ocupada aqui. Não vai querer deixar Hamilton sozinho.

— Claro que não. Quando eu for, ele irá comigo.

— Esse namoro está tão sério assim?

— Ontem, Hamilton me pediu em casamento, e eu aceitei o pedido.

— Parabéns! Estou certa de que vocês serão felizes. Tenho uma novidade boa para lhes contar: aconteceu um milagre.

— O que foi?

— Vamos procurar Rodrigo.

Elas entraram na sala onde Rodrigo e Hamilton trabalhavam, e, depois dos cumprimentos, Aline falou sobre a inesperada visita de Márcio e tudo quanto ele lhes contara, finalizando:

— Eu lhes contei que o espírito de Marcelo, logo depois que ele morreu, se colou a mim. Eu, então, comecei a ficar mal. Sonhava com ele, sentia sua presença. Procurei o Instituto Ferguson e tive a certeza de que era ele mesmo. Fiz o tratamento espiritual que indicaram e melhorei. Estou certa de que Marcelo recebeu ajuda, entendeu que não podia continuar perto de mim e foi embora. As palavras que ele disse a Márcio me esclareceram e me trouxeram alívio e paz.

Rodrigo, muito emocionado, ouviu todo o relato. Enquanto Aline falava, ele sentiu arrepios por todo o corpo. Parecia-lhe ver o rosto do amigo na sua frente. Quando Aline se calou, ele comentou:

— Arlete me falou sobre espiritualidade e vida após a morte, mas eu nunca me detive muito nesses assuntos. As palavras de Marcelo me tocaram fundo e senti vontade de entender o que isso quer dizer. É como se ele estivesse nos dizendo: "Acordem! A vida continua depois da morte e o espírito é eterno".

— Isso muda nossa maneira de ver a vida. Saber que as pessoas que já morreram continuam vivendo em outro lugar e que um dia as veremos de novo é algo que nos conforta e traz paz! — exclamou Hamilton.

— É verdade. Se vocês quiserem, poderão ir comigo ao centro espírita que frequento com mamãe. Papai também quer ir. Lá, poderão estudar e aprender sobre os fenômenos paranormais. É um lugar agradável, que refaz nossas energias e eleva nossos pensamentos. Desde que comecei a ir, venho me sentindo bem melhor.

— Aconteceu o mesmo comigo — tornou Aline. — No Instituto Ferguson, eles estudam bastante, fazem pesquisas, indicam livros de cientistas sobre os fenômenos da mediunidade.

— Esses são os que eu gostaria de ler — respondeu Rodrigo.

— Eu já li alguns. Fiquei muito interessado em me aprofundar no assunto, mas vim para São Paulo e não tive oportunidade. Eu também quero ir com vocês — aduziu Hamilton.

— Quando eu chegar a Miami, mandarei para vocês alguns livros e as apostilas utilizadas nos cursos do instituto. Vocês vão adorar.

— Vou convidar Olívia para ir conosco — tornou Rodrigo.
— Conte a novidade — incentivou Arlete.
— Eu e Olívia vamos nos casar.
Aline tornou:
— Eu quero ver quem será o mais corajoso e marcará o casamento primeiro.
— Nós vamos nos casar antes de vocês — provocou Hamilton.
— Eu serei o primeiro! — disse Rodrigo, convicto.
— Olívia sabe disso? — brincou Aline.
— Sabe e aprova. Já deu o sim.

A conversa fluiu fácil e alegre. Aline pensou em Gino e sentiu saudades. Conformou-se, lembrando-se de que, dentro de mais alguns dias, estaria nos braços dele.

Aqueles dias de ausência fizeram-na compreender que os dois estavam muito ligados. Nunca sentira por Marcelo o amor que sentia por Gino.

Ao lado dele sentia-se livre e segura. Era uma gostosa sensação de prazer que nunca usufruíra. O temperamento dele combinava com o dela. Não havia cobranças nem apego, apenas respeito e carinho.

Depois de conversar com os amigos, Aline foi para casa. Dalva já a esperava satisfeita. Assim que a viu, foi dizendo:

— Você nem imagina como seu pai ficou quando soube de tudo. Chegou às lágrimas. Claro que disfarçou, e eu fingi que não notei. Não pensei que ficaria tão emocionado.

— Todos nós ficamos. Foi muito bom desfazermos aquele mal-entendido. À noite, pretendo ir até a casa deles.

— Quer que eu vá junto?

— Não precisa. Desejo conversar, esclarecer melhor todos os fatos.

Dalva ficou calada por alguns instantes e depois disse:

— Estive pensando em fazer um jantar na véspera de sua viagem, reunindo todos para selar nossa amizade.

— Que boa ideia, mãe! Chamaremos Olívia e Hamilton também.

— Não seria melhor apenas os da família?

Aline riu, bem-humorada:

— Hamilton pediu Arlete em casamento. Logo, logo ele será da família.

Dalva levou a mão aos lábios, tentando conter uma exclamação de surpresa:

— É verdade isso? Arlete vai se casar? E não me disse nada?

— É verdade. As coisas estão acontecendo muito depressa. Rodrigo também pediu Olívia em casamento!

— Não me diga! Eu notei os olhares que ele lançava sobre ela. Nesse caso, ambos devem vir mesmo e também dona Olga. Nossa família está aumentando. Lamento que você esteja sozinha.

Aline abraçou a mãe e respondeu:

— Não será por muito tempo. Gino está me esperando em Miami, e eu não penso em deixá-lo escapar.

Dalva olhou-a séria e perguntou:

— Tem certeza de que será feliz ao lado dele?

— Tenho, mãe. Não se preocupe. Nosso relacionamento é muito diferente do que o que eu tinha com Marcelo. Ele me entende, não me sufoca. É um homem bonito de corpo e alma. Eu o amo como nunca amei Marcelo. Ficamos muito felizes juntos.

— Se você se casar com ele, nunca mais voltará a morar no Brasil.

— Não diga isso. Ficarei lá mais algum tempo, mas não pelo resto da vida.

— Mas e se Gino não quiser vir?

— Gino é um homem do mundo, viajou muito. Não conhece o Brasil, mas deseja muito conhecer. Estou certa de que não colocará obstáculo.

— Nesse caso, tudo bem. Meu sonho é que você volte a morar aqui novamente.

— Eu sei, mãe. Você e papai poderão ir para lá passar um tempo. Miami é uma cidade linda! Estou certa de que vão gostar.

— Seu pai não larga daquela loja.

— Mandarei as passagens, e ele terá de ir.

Dalva sorriu feliz. O tempo ruim havia passado, e ela sentia que podia confiar no futuro.

⁂

Eram sete horas quando Aline tocou a campainha da casa de Márcio. A empregada abriu a porta, e Aline pediu para falar com dona Ivone.

Pouco depois, Ivone apareceu e, vendo-a, ficou sem saber o que dizer.

— Como vai, dona Ivone?

Ela recuperou um pouco de sangue frio e respondeu:

— Bem. Entre, Aline. Você ligou, Márcio disse que viria, mas não acreditei.

Aline entrou, e Márcio apareceu e, amavelmente, disse:

— Ainda bem que veio, Aline.

— Seu João está em casa?

— Está na sala lendo o jornal. Vamos até lá — convidou Márcio.

Ivone continuava sem graça. Havia falado tão mal da nora e temia que ela viesse para falar sobre isso. Aline, contudo, estava ali para selar a paz.

Uma vez na sala, Márcio chamou:

— Pai, Aline veio nos visitar.

João fechou o jornal e levantou-se um pouco tenso. Aline estendeu-lhe a mão:

— Como vai, seu João?

— Bem. E você?

Aline notou que tanto ele como a mulher estavam inibidos.

— Sente-se, Aline — convidou Márcio, indicando-lhe uma poltrona.

Todos se acomodaram, e, Aline, olhando-os nos olhos, disse:

— Há muito eu desejava conversar com vocês. A morte de Marcelo machucou a todos nós, embora eu saiba que deve ter doído muito mais em vocês. Quando soube do que aconteceu, fiquei chocada, sofri muito e pensei em vocês. Analisei os fatos e questionei se eu fora culpada pelo que aconteceu.

Um suspiro saiu do peito de Ivone, enquanto ela lutava para segurar as lágrimas.

— Nós também pensamos isso — tornou Márcio.

— Mas depois, analisando melhor os fatos, senti que o acidente que o vitimou foi uma fatalidade e que não me cabia nenhuma culpa. Meu único erro foi ter aceitado me casar com Marcelo. Nós éramos muito diferentes. Enquanto eu queria viajar, trabalhar fora, conhecer outros lugares, Marcelo fazia o oposto. Queria ficar em volta de mim, cercando-me de cuidados.

— Ele era muito bom, e você não deveria queixar-se dele — objetou Ivone.

— Não estou me queixando. Ao contrário. Marcelo era um moço bom, carinhoso, mas me cercava de muitos cuidados e nunca me deixava tomar qualquer iniciativa. Ele resolvia tudo. Eu fui me sentindo insatisfeita, parada, sem poder fazer nada.

— Mas ele até permitiu que você trabalhasse — tornou Ivone.

— É verdade. E, por algum tempo, isso me ajudou bastante. No entanto, depois de um tempo, comecei a sentir um grande vazio no coração e descobri que nós nunca poderíamos ser felizes juntos. Não era essa a vida que eu desejava levar. Eu queria fazer as coisas por mim mesma, e Marcelo nunca permitiu. Por fim, descobri que o amor que sentia por ele havia terminado.

— Por que, então, não foi sincera e disse isso a ele? — questionou Ivone.

— Ele nunca aceitaria, dona Ivone. Era apegado demais. Telefonava para casa ou para o trabalho muitas vezes ao dia. Eu tinha a sensação de que estava sendo vigiada e comecei a me sentir infeliz. Pensei que não era justo continuar casada, se não amava meu marido como ele merecia. Então, ofereceram-me um emprego em Miami, e resolvi aceitar.

— Por que fugiu daquele jeito? — questionou Ivone, enquanto as lágrimas desciam por seu rosto.

— Marcelo nunca me deixaria ir. Faria qualquer coisa para me segurar aqui. Então, pensei em fugir, deixar uma carta. Nunca imaginei, contudo, que ele pudesse correr daquele jeito e sofrer um acidente. Se eu tivesse pelo menos suspeitado dessa possibilidade, teria feito diferente. Eu sabia que ele sofreria, mas acreditava que, com o tempo, iria se recuperar e encontrar outra mulher que o amasse de verdade. — Ela fez ligeira pausa e, vendo que todos continuavam calados, prosseguiu: — Dentro de alguns dias, eu irei embora. Desejava procurá-los desde que cheguei, mas meus pais e Arlete disseram que vocês estavam zangados conosco e que seria inútil tentar contatá-los. Vocês não podem imaginar a alegria que todos nós sentimos quando Márcio foi nos procurar, falar sobre a mensagem de Marcelo e pedir que voltássemos a ser amigos.

Ivone não conseguiu segurar o pranto, e Aline abraçou-a, dizendo com carinho:

— Mesmo do outro lado da vida, Marcelo pensou em nós. Entendeu meu gesto e foi além, afirmando que, procurando minha liberdade, eu o libertei. Ele é um espírito nobre, bondoso, e foi embora porque chegara sua hora de ir.

— Era tão moço, tão bonito... — respondeu Ivone, entre soluços.

— Isso dói. Mas, dona Ivone... ele continua vivo do outro lado da vida. Ele é o mesmo filho amoroso que a senhora teve. Todos nós morreremos um dia. Quando chegar sua hora, ele certamente a estará esperando para lhe dar as boas-vindas e o abraço carinhoso de sempre.

— Será mesmo? É bom demais para ser verdade.

Márcio aproximou-se:

— É verdade, mãe. Ele está vivo! A vida continua depois da morte do corpo! Nós tivemos essa prova.

João interveio:

— Nosso filho continua vivo, Ivone! Uma noite, antes de Márcio receber a mensagem dele, eu sonhei com Marcelo. Eu estava muito acabrunhado, deprimido, com muita saudade, mas não disse nada a ninguém, porquanto não queria entristecê-los. Encontrei-o sentado em um banco em um jardim maravilhoso. Assim que me viu, ele levantou-se e me deu um abraço tão gostoso! Foi tão real, tão verdadeiro, que cheguei a sentir o cheiro dele, como quando estava vivo. Eu não suportei e chorei. Então, ele me disse: "Pai, eu continuo vivo. Não chorem mais por mim. Aqui encontrei minha felicidade. Vamos esquecer a dor e cultivar a alegria".

João fez uma breve pausa e continuou:

— Eu acordei em seguida, ouvindo suas últimas palavras, sentindo ainda seu cheiro. Quando Márcio nos deu a mensagem, tive a certeza de que era verdadeira.

— Por que você não me contou isso, João?

— Para não entristecê-la ainda mais.

Ivone parou de chorar, e Márcio deu-lhe um lenço, que ela segurou, enxugando o rosto. Vendo-a mais calma, Aline disse:

— Nós devemos nos esforçar para fazer o que Marcelo pediu ao seu João. Os espíritos nos veem, embora não possamos vê-los. Já pensaram no sofrimento dele, vendo o estado em que todos ficamos?

Ivone olhou-a e perguntou:

— Você acha que ele viu nosso sofrimento?

— Claro. Ele deveria estar muito preocupado, principalmente com vocês, que ele ama tanto.

— Ele foi um filho de ouro...

— Isso mesmo, dona Ivone.

— Eu fico triste por tê-lo feito sofrer...

— A dor da perda é natural. Agora, porém, a senhora já sabe que ele continua vivo em outro lugar, está feliz e, o que é melhor, continua amando a todos. Por isso, ele disse que é hora de cultivar a alegria, deixar de lado a tristeza e tocar a vida adiante.

— Será que ele está por perto?

— Talvez esteja — respondeu Aline.

— Nesse caso, não vou mais chorar. Não quero que ele fique triste. Vou fazer um café e trazer um pedaço de bolo para todos nós celebrarmos este momento.

João abraçou-a com olhos brilhantes:

— Gostei de ver. De agora em diante, vamos nos lembrar dele com amor e saudade, não com tristeza.

Aline acompanhou Ivone à cozinha, e, enquanto ela fazia o café, cortou alguns pedaços de bolo, colocando nos pratinhos para serem servidos.

Nos tempos em que era casada com Marcelo, Aline costumava ajudar Ivone a arrumar as bandejas e decorar os pratos.

Vendo-a fazer isso com naturalidade, Ivone sentiu um brando calor envolvendo seu coração:

— Parece mentira que você está aqui comigo!

— Estou contente. Sempre gostei muito de vocês.

Foram para a sala servir o café, eles perguntaram sobre a vida de Aline em Miami. Ela falou de sua casa, da empresa e finalizou:

— Estou bem lá e agora ficarei melhor depois do nosso encontro. Mamãe fará um jantar de despedida em nossa casa e ficaremos muito felizes se forem.

Ivone olhou para João e Márcio, que respondeu:

— Iremos com o maior prazer.

Aline despediu-se, e Márcio ofereceu-se para levá-la até sua casa. Ela aceitou. No carro, ela comentou:

— Nesse jantar, Rodrigo e Olívia vão estar. Eles estão noivos.

— Eu já esperava. Não se preocupe. Não ficarei triste nem nervoso. Sei que ela não era para mim. Marcelo disse que a mulher certa aparecerá em minha e que serei feliz com ela.

— Que bom que entendeu. Se Marcelo houvesse feito isso, não teria se casado comigo. Mas, certamente, tínhamos de passar por essa experiência, para aprender a valorizar nossa liberdade.

— Por quê? Antes, vocês não a valorizavam?

— Não. Marcelo apegou-se a mim de uma forma errada, e eu me deixei envolver pelo amor que ele dizia sentir por mim, pelas qualidades que ele possuía de moço bom e me deixei aprisionar. O casamento para nós foi uma prisão. Enquanto ele só tinha olhos para mim, eu tinha vontade de ser eu mesma, de poder fazer as coisas do meu jeito, o que era impossível ao lado dele. O amor só funciona quando é inteligente. Quando, mesmo vivendo juntos, cada um consegue continuar a ser o que é. Desde o começo, nossa união estava fadada ao fracasso.

— Nesse caso, sinto que, se me casasse com Olívia, aconteceria a mesma coisa. Eu fiquei fascinado desde o começo pela beleza dela, mas também pela classe, pelo ambiente requintado onde ela vivia. Percebi, contudo, que somos diferentes e que um relacionamento com ela nunca daria certo.

— Ainda bem que entendeu. O tempo é nosso melhor amigo. Seja paciente e espere a vida trazer aquela que vai fazê-lo feliz.

Chegando à casa de Aline, despediram-se com a promessa de que todos iriam ao seu jantar de despedida.

Epílogo

Márcio olhou-se no espelho meticulosamente. Ele vestira sua melhor roupa, caprichara na barba bem-feita, nos cabelos, no perfume discreto, agradável, mas, mesmo assim, notou que seu rosto estava abatido. Acompanharia os pais ao jantar na casa de Aline, porém, desde que soube do noivado de Olívia, não conseguiu furtar-se a um sentimento de perda e desânimo. Pensara em desistir de ir ao jantar, onde teria de suportar a felicidade dos noivos, presenciar os carinhos que trocariam, porém, se não fosse, Aline poderia pensar que ele ainda conservava por ela o antigo ressentimento. Ele desejava cumprir o que prometera a Marcelo. Em seu coração, não havia mais a antiga revolta que tanto o atormentava. Os encontros com a família de Aline tiveram o dom de lhe restituir a serenidade. Além do mais, retomar aquela amizade fez-lhe bem, uma vez que os apreciava.

João bateu na porta do quarto:

— Vamos, Márcio. Está na hora. Não queremos nos atrasar.

— Estou pronto. Já vou.

Lançando um último olhar ao espelho, tentou suavizar a expressão do rosto e saiu.

Ao chegarem à casa de Aline, foram recebidos por ela, que os abraçou:

— Que bom vê-los! Entrem, por favor.

Ivone entrou na frente, abraçou Aline, e depois Dalva se aproximou. As duas abraçaram-se e não puderam conter as lágrimas.

Os dois homens esperaram mais atrás, comovidos. Vendo-os, Mário aproximou-se de mão estendida. Trocaram um forte aperto de mão, e ele disse:

— Venham comigo. Talvez elas queiram conversar.

Aline acompanhou-os até a sala, e Márcio notou que Olívia não estava lá. Ele, então, suspirou aliviado. Era-lhe penoso que ela notasse sua tristeza.

No *hall*, depois de controlarem um pouco a emoção, Dalva tornou:

— Hoje é um dia feliz para mim. Estou muito contente por terem aceitado meu convite.

— Estar aqui me trouxe tristes recordações.

— Comigo aconteceu o mesmo. É difícil esquecer uma pessoa tão querida como Marcelo.

— Ele gostava muito de todos, mas tinha um carinho especial por você.

— E eu por ele. Mas hoje não é dia de tristeza. Afinal, ele deseja que estejamos alegres. Portanto, vamos deixar o passado e comemorar nossa amizade. Penso que ele, se nos puder ver, ficará mais feliz.

— Tem razão. Hoje é um dia de alegria.

As duas entraram na sala, e Arlete levantou-se para abraçá-la, apresentando-lhe Hamilton. A campainha tocou, e a empregada foi abrir a porta. Olívia entrou em companhia de Rodrigo e de mais uma moça. Depois de abraçar Dalva, Rodrigo apresentou a jovem:

— Minha irmã chegou hoje do interior e tomei a liberdade de trazê-la sem avisar.

— Fez muito bem. Seja bem-vinda.

— Obrigada.

— Venha, vou apresentá-la aos demais. Qual é o seu nome?

— Márcia.

Aline aproximou-se, e, depois de abraçar Olívia e Rodrigo, Dalva a apresentou:

— Minha filha, Aline. Márcia, irmã de Rodrigo.

— Muito prazer. Vocês são muito parecidos, mas ela é muito mais bonita.

— Também acho — brincou Rodrigo satisfeito.

Dalva apresentou a jovem aos demais, e ela, com sua simpatia, cativou-os. Seus olhos vivos, seu sorriso fácil, sua alegria contagiante animaram o ambiente um pouco tenso pelas lembranças do passado.

Tentando fingir que não estava triste com o noivado de Olívia, Márcio ficou ao lado de Márcia, rindo, participando das brincadeiras, tornando-se espirituoso, o que provocou em Aline o comentário:

— Márcio, não conhecia esse lado seu. Você me surpreendeu.

— É que estou inspirado hoje — brincou ele.

O jantar foi servido, e, ao voltarem à sala de estar, Aline comentou:

— Hoje, depois de muito tempo, me sinto completamente feliz. Quero agradecer a todos por terem vindo. Quando eu estiver longe, recordarei estes momentos com muita alegria. Por várias razões, esta é uma noite especial.

Todos aplaudiram, e Aline continuou:

— Sinto vontade também de agradecer a Deus por nos dar essa oportunidade de reatar nossos laços de amizade, que eu espero serem fortes e eternos.

Eles não podiam ver, mas Marcelo e Mirela estavam ali, juntos, emocionados, observando a cena. Mirela aproximou-se de Aline, colocou a mão sobre sua testa, e ela continuou:

— Depois que Marcelo se foi tão inesperadamente, todos nós sofremos, mas eu tive a felicidade de descobrir que a morte não existe e que ele continua vivo em outra dimensão do universo. Aquele corpo que morreu naquele acidente foi apenas um invólucro que seu espírito deixou quando não serviu mais. E a prova veio quando ele mesmo, preocupado com nossas lágrimas, procurou nos contar que continuava vivo e que nossos sofrimentos o estavam infelicitando.

Aline fez uma ligeira pausa e, observando que todos a ouviam emocionados e atentos, prosseguiu:

— Ele mandou dizer que está bem e pediu que cultivemos a alegria, confiando na vida e em nosso futuro. Por isso, esta noite é muito especial. É mágica, porquanto sinto, neste momento, que ele está aqui, ao nosso lado, nos abraçando feliz. Vamos também lhe desejar felicidades nessa nova vida em que está agora. E para ele eu digo: eu lhe agradeço, Marcelo, tudo quanto fez por mim. Nunca vou esquecê-lo. Obrigada, meu Deus, por tantas dádivas.

Aline calou-se, e Mirela afastou-se um pouco. Marcelo, aproximando-se, beijou-a delicadamente na testa.

Aline sentiu um arrepio percorrer-lhe o corpo, teve a impressão de ver o rosto dele próximo ao seu e sorriu. Ele estava lá.

O ambiente tornou-se mais leve, as pessoas, mais alegres, e a conversa fluía fácil. Marcelo lançou um olhar para Mirela e disse:
— Finalmente, ela veio!
— Márcio ainda não sabe.
Os olhos de Marcelo brilharam maliciosos, e ele falou:
— Ele precisa saber.
Marcelo aproximou-se de Márcio, que conversava com Márcia, e disse ao seu ouvido:
— Ela é a mulher de sua vida. Veja como é linda! Não perca tempo. Vocês serão muito felizes!

Márcio não ouviu o que ele estava dizendo, porém sentiu a atração por Márcia aumentar. Ela era linda e muito inteligente, qualidades que sempre sonhou encontrar em uma mulher. Possuía lábios tentadores e, a custo, dominou a vontade de beijá-la.

Mirela sorriu e olhou para Marcelo:
— Você não acha que está sendo muito apressado?
— Não. Quanto antes ele esquecer a ilusão de Olívia, melhor será. Só estou dando um empurrãozinho. Não viu como ele ficou?

Mirela abraçou-o e disse alegre:
— Agora podemos ir. Tudo está em paz.
— Sim, e nós poderemos seguir nosso caminho.

Marcelo passou o braço na cintura de Mirela, e ambos começaram a volitar. A noite estava clara e o céu, estrelado. Deslizando sobre a cidade, abraçados, os dois contemplavam a beleza do universo à sua volta, reverenciando a vida e a grandeza de Deus.

Fim

GRANDES SUCESSOS DE
ZIBIA GASPARETTO

Com 20 milhões de títulos vendidos, a autora tem contribuído para o fortalecimento da literatura espiritualista no mercado editorial e para a popularização da espiritualidade. Conheça os sucessos da escritora.

Romances
pelo espírito Lucius

- A força da vida
- A verdade de cada um
- A vida sabe o que faz
- Ela confiou na vida
- Entre o amor e a guerra
- Esmeralda
- Espinhos do tempo
- Laços eternos
- Nada é por acaso
- Ninguém é de ninguém
- O advogado de Deus
- O amanhã a Deus pertence
- O amor venceu
- O encontro inesperado
- O fio do destino
- O poder da escolha
- O matuto
- O morro das ilusões
- Onde está Teresa?
- Pelas portas do coração
- Quando a vida escolhe
- Quando chega a hora
- Quando é preciso voltar
- Se abrindo pra vida
- Sem medo de viver
- Só o amor consegue
- Somos todos inocentes
- Tudo tem seu preço
- Tudo valeu a pena
- Um amor de verdade
- Vencendo o passado

VIDA & CONSCIÊNCIA
EDITORA

Rua das Oiticicas, 75 — SP
55 11 2613-4777

contato@vidaeconsciencia.com.br
www.vidaeconsciencia.com.br